岩 波 文 庫

38-128-1

伊 藤 野 枝 集

森まゆみ編

岩 波 書 店

目　次

Ⅰ　創　作

Ⅱ　評論・随筆・書簡

Ⅲ　大杉栄との往復書簡

伊藤野枝集

Ⅰ 創作

伊藤野枝

第Ⅰ部では創作六篇を収める。「東の渚」は十七歳の野枝の『青鞜』デビュー作。「日記より」は、故郷と家への反抗、因習からの解放を希求する野枝の決意を告白風に語る。「雑音」は、『青鞜』創刊二年目の編集部の様子をリアルタイムで記録し貴重。個性際立つ同人の中で、十代の野枝の成長がうかがえる。全体の五分の二を抄録。

「乞食の名誉」からは、思想家・アナキストであるエマ・ゴールドマンに出会った野枝の興奮が伝わる。この出会いが、自分に嘘をつかない生き方を求め、婚家の辻家を出る原動力になった。

「白痴の母」は、共同体の中の差別・排除を、故郷福岡の海辺の村を舞台に描く。評論「無政府の真実」(本書二七八頁)につながる力強い小説。「火つけ彦七」は被差別部落の人間へのひどい仕打ちと復讐を描く。今日の人権意識によれば不適切な差別的用語が使われているが、差別の実態を直視することにより問題をあぶり出すこれらの作品には今日的にも重い意味があり、弱者を抑圧・排除する社会のあり方を糾弾した野枝の思想をよく示す内容であることに鑑み、原文のまま収録した。

東の渚

東の磯の離れ岩、
その褐色の岩の背に、
今日もとまったケエツブロウよ、
何故にお前はそのように
かなしい声してお泣きやる。

お前のつれは何処へ去た
お前の寝床はどこにある――
もう日が暮れるよ――御覧、
あの――あの沖のうすもやを、

『青鞜』第二巻第一一号、
一九一二年一一月号

何時までお前は其処にいる。
岩と岩との間の瀬戸の、
あの渦をまく恐ろしい、
その海の面をケエツブロウよ、
いつまでお前はながめてる
あれ――あのたよりなげな泣き声――
海の声まであのように
はやくかえれとしかっているに
何時まで其処にいやる気か
何がかなしいケエツブロウよ、
もう日が暮れる――あれ波が――

私の可愛いいケエツブロウよ、
お前が去らぬで私もゆかぬ
お前の心は私の心
私も矢張り泣いている、

お前と一しょに此処にいる。

ねえケエツブロウやいっその事に
死んでおしまい！その岩の上で――
お前が死ねば私も死ぬよ
どうせ死ぬならケエツブロウよ
かなしお前とあの渦巻へ――

――東の磯の渚にて、一〇、三、――

＊ケエツブロウ＝海鳥の名。（方言ならん）

日記より

『青鞜』第二巻第一二号、一九一二年一二月号

六日――

雨だろうと思ったのに案外な上天気。和《やわ》らかな日影が椽側《えんがわ》の障子一ぱいに射している。書椽の方の障子一枚開くと真青な松の梢と高い晴れた空が覗かれる。波の音も聞こえぬ。サフランの小さい花がたった一つ咲いている。

穏やかな、静かな朝だ。何となく起きてみたい。枕の上に手をついてそっと上半身を起してみる。少し頭が重いばかりだ。しばらく座ってた。朗らかな目白の囀《さえず》りが何処からともなく聞こえて来る。

来そうにもない手紙を待ってたけれども駄目だった。

午後お隣りのお婆さんの歌が始まった。夷魔山《いまやま》のお三狐《さんぎつね》にもう、十年近くもとりつかれているのだ。七十越したお婆さんが体もろくに動かせないくらい痛み疲れていながら

食べるものは二人前だと聞いて驚く。時々機嫌のいい時には歌うのだ。私たちの知らないような、古い歌ばかりだ。毎日毎日たいして悪くもない体を床に横たえて無為に暮す私のさびしい今の心持ちでは、お婆さんの歌は非常に面白く聞かれる。

「わしが歌うたら、大工さんが笑うた。
　歌にかんながかけられよか」

なんて、おもしろい調子で歌う。

「婆さんが沈み入るごとある声出して歌いなさるけん、私どもうっかり、歌われまっせんや」

若い、お婆さんの養子は高笑いしながらお婆さんを冷やかしている。お婆さんの細い声がクドクド何か云《い》っている。しばらくして畑にいた祖母が垣根越しに養子と口きいていた。

「へえ、只今御愁嘆の場で御座います、もう、近々お逝《か》くれになりますげなけん、そのお別れの口上で……」

ときさく者の養子はあたりかまわず笑った。祖母の笑い声も聞こえた。

　今日も、平穏無事な一日が静かに暮れて行った。

八日——

午前に近藤さんが来た。昨日からの暗い悲しい気分がまだ去らないので折角来たのにろくにお話もしなかった。何時もながらの、私の我儘《わがまま》は知っているのだから別に何とも思ってやしないだろうけれども後で何だか気の毒な感がした。

我儘といえば私のこの頃の激しいわがままは自分でもはっきり分っていながら制する事が出来ない。どうせ、永いこと、家にいる体じゃないのだもの、とついそう思ってしまう。それでも私に欺《あざむ》かれた家の者はいくらか力づいたようだ。そして私の我儘も割合に何かと云わないでいる。うまく、欺きおおせた私は、人々のあさましい態度と浅果《あさはか》な考えを冷笑してやりたいような皮肉な考えと一緒にまた淡い悲しみと寂しさとを感ぜずにはいられない。そしてまたそれ等は代る代るに私の苦しい頭をかきまわすのだ。懐かしく恋しく、何時までも去りたくなくてはならぬはずの父母の家を私は、再び逃がれ出でようとのみ隙をねらっているのだ。何という不幸な私だろう。

そう一時の、間に合せの妥協によっての平和が何時まで続こう。一時の平和を求めて後々まで苦しむより、まだ、死によって強く自己の道に生きる方がどのくらい、ましだか知れない。いささかの理解もない人々の中に立ちまじって目を瞑《つむ》って物質的の、もしくは団体的の安逸に耽《ふけ》るよりは、少しでも多く、自分を理解してくれる人々と共に苦しい、辛い生を、続ける方が、いくらいいか……

私は今日までかなり、真面目に、熱心に、少しでも、私を愛してくれる父や母に、周囲の人に、本当の私を理解して欲しいと思って苦しい努力を試みた。しかしそれはみんな、無駄な努力だと知れた。私と、両親との間は、あまりに遠すぎる。私が、真面目に私の本体を臆面なく、人々の前に、さらけ出そうとすれば、父も、母もみんな、目を覆《おお》って、見ようとはしない。そして、私は、わざわざ、醜《みに》くい本体を人前にさらし、間違った道を歩いて行く馬鹿者だ、世間知らずだと、ばかり罵られる。真面目な私の苦悶は、それにつれて動く感情のうつりかわりの激しさに、気狂いと冷やかな笑を浴びせられるばかりだ。

十重二十重に縛《いまし》められた因習の縄を切って自由な自己の道を歩いて行こうとする私は、因習に生きている、両親やその他の人々の目からは、常軌を逸した、危険極る、道を平気で行く気違いとしか、見えないだろう。世間並みの道から外れた者は、やはり、気違いか、馬鹿の仲間だろう。とうてい私など世間からは容れてもらえない人間だ。だけど、今になって、両親や周囲の者が狼狽して、もとの生地に直そうとする、注文が無理なのじゃないだろうか？　私は一度開いた目を閉じて、大勢の、めくらと一緒に生命のない、卑怯な馬鹿な生き方はしたくない。

どうせ、私は父の子じゃない。母に教育された子じゃない。

安楽や幸福を願えばこそ、何かが恐くなって来るのだ、はじめから、苦しむつもりで苦痛の底に潜んだ何物かをさがすつもりで、かかれば何にも恐れるものはない。すべての迫害、圧迫、におじて、おどおどした不安な、なまぬるい生を送るより、刹那《せつな》も強く弾力ある、激しい生き方を私は望ましいと思う。

私は、両親を欺いた。すべての、私の周囲の人を偽った。しかしそれを私は、罪悪だとか何とか考えたくない。

私が激した時……父母に対して激しく何か憤った時……私は父や母が何だろう、血と肉を受けたばかしだ。私の両親は、少しも、本当に私を愛してくれない、そして、私というものを、認めてくれない。何時までも、赤ん坊のつもりで扱っている。私にとっては、祖母や両親は、師より友より、さらにさらに遠い人だとしか思えない。そして、私は何の権威もない、割に合わない、子の親に対する道徳など考えたくない、実際私の親くらい、自分達の下らない、満足を願うために可愛《かわ》いいと、口癖のように云っている、子を苦しめるという、矛盾した勝手なまねをする親は、ないだろう。

そう、思えば親なんか、何でもないと、いう気も出るけれども、やはり目に見えぬ、何かの絆は、しっかり、親と、子という間を、つないでいてその絆はどうしたって、断つ事は出来ないのだ。そして私は、たしかに父や母が私に対するよりも以上に、私は父や母を理解する事が出来ると思う。

一切を捨てて、傍見《わきみ》をせずただ一心に、忠実に、自己の道に進むという、そういう、決心を絶えずゆるめないで引きしめている、私の頭の中を幾度となく、私が両親を欺いて、家を出て後に父母が襲われる苦痛と家の中の暗い、不安な、空気をもって、抱く苦しい心持がうろつく。ああ、けれどおそらく私の両親は、私がそういう心持を抱く事など夢にも思ってはくれないだろう……そして、ただ不孝な子とばかし憤るだろう。

「不足のう教育も受けていながら、人並にしていれば幸福に暮せるものをどうして従順《おとな》しくしている事が出来ないのだろう」

と昨日も祖母が次の間でこぼしていた、私は黙って目をつぶっていた。


午後たあちゃんが来た。ザボンを持って……

私が五つになるまで守《もり》をしてくれた女だ。私の幼い記憶に残っている、たあちゃんは赤い、うすい髪の毛をひきつめた銀杏返《いちょうがえ》しに結った、色の黒い目の細い、両頬に靨《えくぼ》のある忘れられないような、何処となくやさしみのある顔だった。

十三の年にあって、それっきり会わないでいるうちに見違えるような奇麗《きれい》な女になっている。二十四とか云っていた。今まで直方《のおがた》に奉公していたが、お嫁入の仕度に帰って来たらちょうど私が久しぶりに帰省していると聞いて早速来たのだそうだ。私も何とはなしになつかしくうれしい気がして日あたりのいい椽側に床を引っぱり出してその上に座って話した。

私がナイフを出してもらってザボンをむいている間にも、祖母は、たあちゃんをつかまえて、云わなくてもよさそうな余計な事まで聞いたり、話したりしていた。やはり、自分の経験をふりまわして、お嫁に行ってからの事をいろいろ注意を与えているのだ。何処まで人の世話が焼きたいんだろう。ザボンはたあちゃんの宅になるので奇麗な内紫だ。味はまだよくついていないけれども匂いが馬鹿に高い。たあちゃんは、私を時々見送りながら私の幼い時の話をはじめた。私はザボンをたべながら黙って、話を聞き聞き、しきりにおぼろ気な記憶をたどり始めた。

この頃のような秋の暮れ方、灯《ひ》ともし前の一時を私はきっと、たあちゃんの背に負われる。そして海岸に行った。私は小さい時から海が好きだった。松原ぬけて砂丘の上にたって、たあちゃんは背をゆすぶりながら、

椎ーのやーまゆーけばー

椎がボーロリボーロリと―

と透きとおるような声で歌ってくれた。

暮れ方のうるみを帯びた物しずかな低い波の音につれる子守歌がたまらなく悲しい。私はたあちゃんの背に顔をうずめてシクシク泣いた。そしてじーっと耳をすましては、歌を聞き思い出したように、泣き止んだり、また泣いたりした。たあちゃんは、歌い歌いサクサク砂丘を降りてまっしろな、きれいな藻の根を、青い藻の中からさがし出しては私の手に握らしてくれた。私は冷たいその根を嚙んでは甘酸っぱい汁を、チュウチュウ音をさして吸うた。そうしてたあちゃんは椎の山を歌いながら寒い海の風に吹かれて白い渚を行ったり来たりして背中をゆすった。

五時近くたあちゃんは私の髪を梳《す》いてくれたりして帰った。後はまた寂しかった。

九日――

今日も仰向《あおむけ》になったまま胸の上に指を組み合わして天井を見つめたまま何おもうともなしに一日は暮れてしまった。

昼間シャブが松原で殺された事が誰からともなく家の者の耳に入って来た。皆浮かぬ顔している。

やさしい、おっとりした親しみを持った眼と、深いフサフサした美しい毛をもった、老いてはいたが利巧な犬、可愛いい犬だった。かなり引き締った気持ちでいる私の目からもホロリホロリと涙が出る。

皆《みな》次の間で食事しながら犬の事で泣いたり笑ったりしている。私はひとり突きはなされた者のような気分でさびしく考えている。

私はこうして独りはなれて、なるべく周囲の何物も耳にしないでつとめて、自分ひとりの気分をかばって一日でいいそうした周囲に起る不快なくだらない紛紜《いざこざ》に耳をかさず心を動かさずに、私は寂しい私自身を抱いて静かに深くそして真面目に何かを考えてみたい。せめて一日、静かに心動かさずおなじ気分で考え続くる事が出来たら何か意味のあるものをつかむ事が出来るような気が絶えずする。

黄昏の冷たい空気が何処からともなくしみ込んで来て、しばらくの間に室《へや》一杯に漲《みな》ぎって沈んだ、しかし張《はり》を持った私の気分を一層深くきゅうと引きしめるようだ。私はヒタと目を閉じた。こうした空気の中にじっと浸っていつまでこうした気持ちでいたい。


……

雑　音――「青鞜(1)」の周囲の人々
「新らしい女」の内部生活（抄）

『大阪毎日新聞』
一九一六年一月三日～四月一七日

雑音を書くについて

面倒な前置きなどは止《や》めにしようと思いながらやはり、読んで頂く方に、またこの私の今書こうとする人々の前に是非云わねば済まないことがあるような気がしますので本題に入るまえに云っておきたいのです。

明治四十四年の九月に「青鞜《せいとう》」という雑誌が若い少数の婦人の手に創刊されて今日まで足掛六年満四年以上の時がたちました。私の手に経営することになってからでさえもう満一ケ年はたちました。雑誌はかなりな号数を重ねて、最初からではかなりな進歩のあともたしかに見えるようになりました、けれども今日までのすぎた日をかえり見ますと、ここまでに育てて来た内部の人々はもちろん他の関係者の受けた圧迫や苦痛はとても私の幼稚な筆では書けそうにもありません。私たちの歩みはじめの第一歩は習俗に対する反抗でした。そして私達自身ではそれはかなりしっかりした理論を持っていました。けれども、それは世間の人々にとっては何でもありませんでした。雑誌をのぞいて何彼と云う人はまだしも、ただ無責任な人から人へ伝わる誤謬の多いうわさを真にうけて、「新らしい女」という流行語が生《うま》れ、五色の酒、マント、吉原ゆき、男女間のふしだらな交際といったような乱暴きわまる外見的な奇を衒《てら》うような女のみと早呑込《はやのみこみ》をする人の方が多くなって来ました。そして青鞜社は「女梁山泊《りょうざんぱく》」というはなはだ有難い名称までも頂戴するようになりました。

　私が青鞜社に入社するようになり内部で平塚氏②の手伝いをするようになったのは大正元年の十一月からでした。ちょうど吉原ゆきが問題となってようやく人達の行動が世間から注目されるようになって来た頃でした。私はまだ学校を出たばかりのすべてのことについて無智な十八の年でした。そうして今日まで私はずっと青鞜の編輯に従事して外部から受けた種々な影響はいいにつけ、悪いにつけすべて私には直接の苦痛であり、よろこびでありました。そうしてまた、内部の人々の一人一人異った生活についても私は世間に発表されていることとはずっと違った方面にその真相を見出しました、私はその自分の目に映じただけの人達の生活ぶりを発表するだけでも青鞜社というものがどんなものかということをたしかめるたしには確《たしか》になると何時《いつ》も思うのでした。けれどもそれはなかなか実行の出来ることではありませんでした。私はただ考えるだけでした。けれどもそれを書きたい心持で何時までたっても決して消えはしませんでした。この頃ではそうした世間に発表される誤謬を解くというような意味でなくもっと強い意志を加えて来ました。私はそれを自伝をかくと同じような心持でただ自分の大事な記録としてかきたいという風に考えて来ました。そうして機会が来て今度それを発表する事にしました。けれどもこれは私の純な気持からただ「ありのまま」をかくつもりです。私以外の他人の生活を書くにあたっても、私の良心が許すかぎり正直にかざりなく書きたいと思っています。

で、私のこれをかくについてのいろいろな野心、即ち、青鞜社の誤解をときたいとか、または内部の人々の生活を弁護するというような、そんな心持は動機ではありましたが、私はそれを頭において書くのは自分にとってあんまりいいことでは御座いませんので、これはすっかり捨ててしまいました。私はただ、事実の記述という平坦な心持でこれを書きたいのです。これだけの私の心持を読者に断って理解して頂けば私は安心して本題に入ることが出来るのです。

一

金曜日の研究会から二三日おいて私は、明子《はるこ》の書斎を訪ねた。その日は哥津子《かつこ》[3](小林)に会える日であった。青鞜の年末号の編輯を一緒にしようという約束だった。

明子の書斎にはまだ誰の姿も見えなかった。私を見ると明子は優しく微笑みかけて

「いらっしゃい、この間のかえりは遅くなって寒かったでしょう」

と三畳の室《へや》に私の方に火鉢をおしやりながら静かな声で話《はなし》かけるのであった。私は小さく「いいえ」と答えながら

「哥津ちゃんはまだお見えになりませんか」

と初めて這《は》入《い》ったその小さな丸窓の室を見まわしながら、本箱の中に詰められた書籍の背文字を読むのであった。

「ええまだ、ダンテは分《わか》りますか、この次までにね林町の物集《もずめ》さん[4]があの本が不用になっているはずですからね、行って借りていらっしゃい。処はね、千駄木《せんだぎ》の大観音を御存じ? ええ、あすこの前を行ってね——」

傍の万年筆をとりあげて地図を書き示しながら位置を教えて、

「本当に、行ってらっしゃい。本がなくっちゃね」

「ええありがとう」

私はそれだけ云うのがやっとであった。これから歩き出そうとする私を導いてくれるのは明子の手より他にはなかった。明子もまた、最近にすべての繋累《けいるい》を捨ててただ自分の道に進んでゆこうとする若い私のために最もいい道を開いてやろうとする温かい親切な心持を私に投げかけることを忘れなかった。私にとってはこの明子の同情は何よりも力強い喜びであった。「私は、この人のこの親切を、この同情を忘れてはならない、私はこの人のためにはどんな苦しみも辞してはならない。」

私はそうした幼稚な感激で一杯になった。

「今日は、紅吉《こうきち》⑤も来るかも知れません、それに晩には、西崎さん⑥と、小笠原さん⑦がいらっしゃるはずです。」

「まあそうですか、では随分賑《にぎや》かですね、紅吉さん随分私が以前図書館で会《あっ》ていた時とはお変りになりましたよ、」

そう云って私は、一昨年あたり根岸の叔父の家から上野の図書館に、夏休の間毎日のように通った時何時も一緒になる紅吉と呼ばれている一枝《かずえ》と無言のままに両方とも意地をはって歩きっこをした。その時分あの尨大《ぼうだい》な体をもった紅吉と今日のような親しい交渉が始まろうとは思わなかった。二人は図書館以外でも同じ根岸に住んでいたのでちょいちょい顔を合わせた。けれどももちろん言葉をかわすことがあろうなどとは思いもよらなかった。

「あの方があらい、紫矢絣の単衣《ひとえ》に白地の帯を下の方にお太鼓に結んであの大きな体に申訳のように肩上げを上げていたのを本当に可笑《おか》しいと思って見ていました。それで、その恰好《かっこう》で道を歩きながら、何時でも歌っているのでしょう、随分妙な人だとおもいましたわ。絵を書く方だということは図書館でわかりましたの、何時でもあの方は本は読《よ》まないでよくスケッチブックを拡げていましたもの、あの方の叔父様やお父様が画家として名高い方だということもその頃から分っていました。あの方の今のお住居《すまい》は以前私の叔父の住居だった事もあるのです。」

「そうですか、でも紅吉がお太鼓になんか帯を締《しめ》ていたことがあるのですかねえ」と明子はおかしそうに笑ったが

「じゃそろそろ仕事をはじめましょうね、原稿は大抵そろっていますから頁数をきめましょう、この社の原稿紙三枚で一頁になるのですからそのつもりで数えて下さいね。」

教えられた通りに、私は一枚一枚数えて行った、広い邸内はひっそりして縁側においた籠の中に入れられている小さな白鳩が喉をならす音が和《やわ》らかに四辺《あたり》に散る。後の室にかけられたオランダ時計がカチカチ時をきざむ。静かだ本当に静かだ。明子はうつむいて

原稿紙にペンを走らしている。

二

小刻みな下駄の音が門の前で止まったと思う間もなくくぐり戸があいて、消魂《けたたま》しいベルの音がする。

「哥津ちゃんかしら」

私がそうかしらと考えて数える手を止めて耳をそばだてていると、直《す》ぐ隣り合った内玄関で案内を乞う声がした。

「哥津ちゃんですよ」

と明子はペンをおいてそこの敷蒲団をなおした。

「御免下さい、今日は、」

案内されて上って来るとそこの障子をあけて淀みのない朗かな調子で声をかけながら這入《はい》って来たのはやはり哥津子だった。スラリと長い体をしなやかに折って坐りながら恰好のいい銀杏返しに結った頭をかしげて明子と挨拶をかわしてから、今度は私と初対面の簡単な挨拶を交した。

「もっと早く伺おうと思ったのですけれど他にまわる処があったものですからつい遅

くなりましたの、もうおはじめになってるの、目次やなんかお書きになって？　そう、じゃ私が書くわ、」

明るい軽い調子で話す哥津子が見えてから急に室は賑《にぎ》やかに、のびやかになった。

「野枝さんって、私もっと若い人かと思った、こうやって見ると二十二三には見えるわ、もっとも着物のじみなせいかもしれないけれど。平塚さん、今日Kは来ないの、そう、研究会は誰と誰？　秦《はた》さん、へえ、あの人がそう」

「秦さんは今度モオパッサンを訳してくれるはずなのよ、哥津ちゃんは今度の水曜日には出られる。あなたのも予告だけでなかなか出来ないのね。今度は何か書けて？」

「ええ、だけど随分つまらないものよ。私小説は初めてですもの、何だか駄目よ」

「でもまあ見せて御覧なさいよ」

「ええ」

哥津子は派手な模様のついたメリンスの風呂敷の中から原稿を出して明子の前においた。私は明子と哥津子の隔てのない会話を聞きながらそのまえに、哥津子のかいた「お夏のなげき」という戯曲の一くさりを思い浮べていた。

静かな通りに突然ソプラノで歌う声がした、

「あ、紅吉が来たわ、」

と哥津子は一番に耳をそばだてた。明子は静かに微笑んだ。

三人の笑顔に迎えられて紅吉は這入って来た。

「編輯ですか、手伝《てつだい》ましょうか、だけど私はもう社員じゃないからいけないんですね」

坐ると直ぐ、原稿紙とペンを持ちながらあわててそれを下において三人の顔を見まわすのであった。

「あのね、今月号の批評よみましたか、カットが賞《ほ》めてありました。プリミティヴだって、ね、どれがいいと思います？　あなたの詩に用《つか》ったカットね、野枝さん、あれはね、特別にあなたのあの詩のために私が書いたんですよ、南国情調が出ているでしょう、ねえ、哥津ちゃん本当に、あの詩のために書いたんですね、」

「ありがとう、あんなつまらない詩のために、済みません、平塚さんからも伺いましたの」

「あの平塚さん、話したのですか、だけどまったくいいでしょう、」

「ええ、私の詩には過ぎるくらいです、本当に」

「哥津ちゃんはどう思います」

「いやな紅吉、私あの時ちゃんとほめてあげといたじゃないの、」

「そうそうすみません、」

と本気に可愛らしく頭を下げる紅吉の大きな体を見ながら哥津子と私は心からおかしがるのであった。明子は軽く笑いながら若い三人の対話からはなれて哥津子の原稿をよんで行った。鋭い紅吉は明子の熱心に原稿に目を通しているのを見るとすぐ立ちあがりかけた。

「今日は邪魔になりますからもうかえります。野枝さん、今度私の家に遊びにいらっしゃい。」

「今来たばかりのくせに何だってもうかえるの」

「だって編輯の邪魔になるじゃありませんか、それに私はもう退社したのにここにいるとひょっと他人が来ると誤解されるから」

と真顔に答える紅吉の顔を私は呆《あき》れてながめた。

三

夜になると約束の通りに社員の西崎花世《はなよ》が友達二人を連れてその書斎に這入《はい》って来た。友達の一人は彼女の下宿している家の主婦で一人はやはり社員の一人としてよく小説をかく小笠原という人だ。三人とも非常に丁寧な人だった、西崎、小笠原の二人は揃って背の低い、全体に小さな感のする人達で、ことに小笠原の方は色白な綺麗な顔に念入りにお化粧しているのできれいな可愛い感がするくらいであった。

紅吉は明子と哥津子の間にすわって窮屈らしい体つきをしながら馬鹿に丁寧な挨拶をしながらまじまじと西崎の顔に見入っているのを、向き合った哥津子と私はその少しまえに四人で交した会話をおもい出してそっと目で笑い合うのだった。

それは主に明子が話したことでその他の三人は今訪ねて来た三人を少しも知らないのであった。西崎は四国の生れで粘り気のあるなまりの多い、丁寧な言葉つきの人でまた大変情熱家だという話から、

「西崎さんと話しているとね、だんだんに夢中になって来るとこんな風に膝でこちらにいざり寄って来てしまいにはこちらの膝をつかまえて話すのですもの、何だか少し薄気味の悪いような人よ」

紅吉はその話を大変面白がって聞いていた。それを哥津子と私は思い出したのだ。

七人の間には何だか打ちとけにくいといったような平凡な会話がしばらく続いた。何時か紅吉はイライラしはじめて、すぐ傍に坐っている哥津子の手を引っぱりよせて捻《ねじ》ったり揉んだりいかにもじれているような様子を見せて来た。

「紅吉はどうしたの、何だか大変おちつかないじゃないの」

と明子はたしなめるように紅吉の方を向いた。

「ええもう帰ります。西崎さん、ここをあけますからここにいらっしゃいまし、私はもう帰ります。」

「何だって急にかえるなんて云い出すの、いやな人ね」

哥津子は肥った紅吉の手をグイグイ引《ひっ》ぱりながら可笑しそうに笑った。私も笑わずにはいられなかった。

「さっきからかえろうと思っていたんです。西崎さん本当にここにいらっしゃい、私は本当にかえりますから。」

「それじゃおかえんなさい。さっきから大分かえるかえるが出ているんですからもう帰ってもいいでしょう」

明子にそういう風に少し強く出られるとすぐに当惑してしまうのだった。帰っていいか悪いか、いたいような、かえりたいようなジリジリして来ると、何となくじっとしていられない子供のような紅吉は何時でも傍にいる哥津ちゃんの細《ほ》っそりした肩や背中を大きな肥った手で力まかせに打つのだった。それを見ていてもいたいたしいようだった。

紅吉と明子とは世間にさえ同性恋愛だなどと騒がれていたほど接近していた。明子は本当に、紅吉を可愛がっていた。紅吉は世間からはただ多く変り者として取扱われていたが、彼女は子供らしい無邪気と真剣を多分に持っていた。彼女が並はずれて大きな体をもっていながら何となく人に可愛《かわ》いいという感を起させるのはそれだった。本当に可愛がらずにはいられないような人だった。彼女は何時でも何か新しいものを見つけ出そうとしていた、ちょっとした動作にも、言葉にも、そこに何か驚異を見出したいといったような調子だった。で彼女の気まぐれが時々ひどく迷惑がられることがあった。

明子は何時でも彼女に愛感をもっていた。紅吉もまた夢中になって明子の傍をほとんどはなれることもないように、二人の間は非常に強い愛をもって結ばれていた。はなれているとき、紅吉は一日に二本も三本も手紙をかく事くらいは珍しい事ではなかった。しかし紅吉が病気になって、その夏湘南のある病院に行っていたときそこで――紅吉の言葉を借りて云えば――「ふたりの大事な愛に、ひびがはいった」のだ、「ひびはもう決してなおりっこはない」と紅吉は主張していた。それに病気の時から引《ひき》つづいて非常に神経が鋭くなっていたので、何かの事が紅吉には何時も大げさに見えたり思ったりするのであった。

四

紅吉の大事な愛に「ひび」を入れたその明子の恋愛事件が紅吉の子供らしい嫉妬を強くあおった。紅吉は少しも安んずることがなかった。彼女は明子の周囲を異常な注意深さで見守っていた。明子が少しでも好意を現したり、または明子に好意をよせる人を紅吉は決して見逃しはしなかった。そして明子に向《むか》ってしきりに焦《じ》れた。多少病気の故《せい》とも見て大ように聞こうとする明子の態度は紅吉にとっては何だか冷淡に見えはじめた。そしてだんだんに明子のまえにじっとして坐ってはいられないようにさえなって来た。それにその頃、これもやはり紅吉の気まぐれから明子と他に一人二人を誘って紅吉の叔父がよく知っているという吉原の或る花魁《おいらん》の処に遊びに行ったのが大げさに新聞に報道されて問題になったために、小母《おば》さんと皆が呼んでいる、クリスチャンで、一番道徳家の保持《やすもち》⑧が制裁というほどの強い意志でもなく紅吉に退社をすすめて、紅吉もそれを承諾して雑誌にそれを発表してからすぐだったので、それも紅吉には明子の仕事から周囲から、いくらか遠くなるということが不安なのだった。

紅吉に打たれた哥津子は痛さに肩をすくめながら

「まあ痛い、本当にひどいわ、私は何もしないのに」

またかというように顔をしかめながら冗談らしく紅吉を睨みつけるのだった。

明子はそちらには目もくれずに静かな調子で向《むこ》うの三人に話しかけていた。哥津子は調子をかえるように、

「野枝さん、あなたの頭はずいぶん寂しい頭ね、何だか私有髪の尼僧って気がするわ、

私結って上げましょうか？」

「そう、じゃ結って頂戴」

「ええハイカラな頭に結って上げるわ、私学校にいた時はよくハイカラな頭に結ったのよ」

哥津子は気軽に座をたって自分の懐中から櫛を出して、もう私の頭をときはじめるのだった。前を七三に分けて編みながら根を低く下げた、本当は洋服でもきなければ似合わないような頭になった。

「本当に、ずいぶんハイカラな頭ね」

そこの明子の本箱の上に載っていた鏡を手にとって面変りのしたような自分の顔と頭を私は驚いたようにながめた。

「よく似合いますよ」

明子も話をやめて微笑みながら云った。

「本当によく似合うでしょう、野枝さんこれからこういう風にお結いなさいよ、」

哥津子は得意らしく、それでもまだ何か思うように行かない処があるか、チョイチョイいじりながら鏡を覗き込んだ。皆が私の頭をながめていた。紅吉は一人つまらなさそうにしていたが突然お腹の底からはね出したような声を出した。

「小笠原さん、あなたは油画をおやりになるのでしょう」

「ええ、描くというほどじゃありませんけれど好きで、ただいい加減なことをやっていますの」

小笠原は紅吉の大きな声にびっくりしたような表情をちょっと見せたがすぐにおちついてそう答えた。

「でも、何処かへお稽古にいらっしゃるのでしょう」

「ええ、ですけれどもただたまに見て頂くくらいでお稽古というほどではありませんの、私なんかつまりませんから何をやっても駄目ですの」

西崎はまた何時か話の隙間を見て明子をつかまえてねっつりねっつりはなしている。紅吉はそれを見るとまた不快そうにだまりこくってしまった。そしてまた何かしらじれったそうに膝をむずむずさせ出した。私と哥津子は顔を見合わせては忍び笑いをした。とうとう紅吉はまた頓狂な堪えかねたような声で
「西崎さんここにいらっしゃい、私はそっちへゆきます。何卒《どうぞ》こちらにいらっしゃい、ここは明子さんの傍ですから。いらっしゃいよ。私がそこにゆきますよ」

「いいえ、それには及びません、ここで結構です。何卒おかまいなさらないで」

西崎は丁寧にそう云って紅吉に頭を下げた、他の二人は妙な紅吉の様子を読みたいよ

うな擽《くすぐ》るような目付を見合わした。明子は「仕方がない」といったような顔をしながら煙草の灰を落していた。紅吉はすこしもおちついてはいられなかった。けれどもこの大ぜいの人が自分の帰った後まで明子の傍に居残っているということは堪えられないような気がして思いきって立ち上ることも出来なかった。

五

「いつかは失礼。あの日はあんな調子だったもんだから失礼[9]したんです。きょう研究会がすんだらいらっしゃい。この間の約束の通りに。岩野さんはいらっしゃるらしい。晩の御飯は私の家で召《めし》あがれ。私はあなたの言葉を信じて待っていますよ。」

その次の週の水曜日の研究会に、事務所をおいてある蓬莱町《ほうらいちょう》の寺に行って、内玄関の正面にかかった大きな郵便受を開けた私の手に多くの郵便物が撰り分けられるとき、珍しく私は自分の名を見出した。それは特徴を多く持った紅吉の字であった。

あの夜何かのついでに岩野夫人に会いたいと云った私に紅吉は近々に夫人は自分の処に来るからお知らせする。その時にいらっしゃいと云ってくれた。私は紅吉の心持を親切だと思って是非行こうと思った。

私は事務所ときめられた本堂裏の座敷に這入《はい》ると火種をもらって来て火を起したり

卓子《テーブル》をなおしたりボールドの掃除をしたりした。その日は私の他には明子と哥津子きりだった。講師の阿部氏が見えるまで三人はこの間の晩の話をした。重として紅吉を中心にして。

「随分、今日は寒いわね。」

哥津子は本当に寒そうに肩をすぼめた。広い座敷の空気がしんしんと三人に迫った。日暮前のたよりない寂しさがとかくに皆を黙りがちにさした。

「阿部先生は随分大変ね、大井からですもの、ここまではかなりあるのですものね、それでたった三人くらいじゃお講義して頂くのにお気の毒なようね。」

明子は何時もの静かな調子でそんなことも云った。

「紅吉はこの間は随分昂奮《こうふん》していたらしいのね、西崎さんのことがよほど気になったらしかったわ、ここにいらっしゃいいらっしゃい云うのがおかしくって、私たまらなかったわ」

哥津子はその時の紅吉のそぶりを思い出すように笑いかけるのであった。

「でも野枝さんは随分あの晩は燥《はしゃ》いでいたのね、私あんなに騒ぎ屋だとはおもわなかったわ」

「そう」

私はきまり悪そうに微笑むばかりだった。

「それゃそうですともね、まだ若いんですもの、今に燥げなくなる時がじきに来るわ、今燥いでおかないと。それからね、新年号の執筆をお願いする手紙を書かなければならないからまた来て頂戴ね。また新年号の編輯が忙しくなりますよ」

　明子は若い二人の顔を等分に見ながら調子よく気持よく云い云い時計を見返った。

　物静かな無口な阿部氏はそうした寒い日にもやはり遠い市外から僅《わずか》な人数のために講義をしに来ることを怠るような人ではなかった。叮嚀《ていねい》な、お講義が一わたり済むのは何時でも灯《あかり》がついて一時間以上もたってからであった。先生を送り出すと、室を片づけて三人は外に出た。白山《はくさん》までは一緒だった。哥津子はそこから電車で明子と私は曙町《あけぼのちょう》まで一緒に、それから先《さ》きは染井まで長い長い通りを私は一人で歩いて帰るのだった。

　寒い真向から吹いて来る風に逆らって歩きながら私は紅吉のハガキのことを思っていた。けれどもこの寒い夜にそれからまた根岸までわざわざ出掛けて行く事はよほど考えなければならなかった。電車の便利のいい処ならまだしも、不便な駒込《こまごめ》の奥からでは十時よりもおそくなって、山手線がなくなれば市内電車に乗るより仕方がない。そうなればあの巣鴨橋で降りて後山手線の掘割に沿うた両側の二条の道――一方は、森に沿うた崖縁の細い道で一方は岩崎の長い長い煉瓦《れんが》塀《べい》に沿うた気味の悪い道――が考えものだった。私は寒さを堪えながら出来るだけ急いで歩いた。その郊外の狭い室と暖かい火を恋いながらただ一心に足もとを見つめながら歩いた。染井橋を渡り終ると向《むこ》うから飼犬のジョンが勢いよく馳けて来て飛びつきまつわった。私は軽く犬の頭を叩いてやりながら、ジューと音をたてて青い火花を散らしてレールの上を走ってゆく山手線の電車を見ながら時間を考えていた。ふっと、まだ早かったら一度かえってからまた紅吉の家へ行って見ようかという気になった。歩いた故か、体はもう寒くはなかった。

「あなたの言葉を信じて待《まつ》ていますよ」

という文句を思い浮《うか》べながら家の方へ歩いて行った。風は相変らず強く吹いていた。

六

⑩私が小さい自分達の室に這入《はい》った時、何時《いつ》ものように、そこの机の前に坐っている純一の姿は見えなかった。室は冷たく空っぽであった。正面のスピノザの顔だけが静かに空虚な室を何時もと同じ様に見下ろしていた。

私はがっかりした。何となくたよりない気がしてあの刺すような冷たい風に逆らいながら一心に帰って来た自分の心持のやり場所がないように立ち尽した。けれどもすぐ隣室から純一の母に優しい言葉をかけられてそこに這入って行った。暖かい室に入って火鉢の前に来たときには私はそのまま出ればおそくしか帰らない純一をじっと待っているよりは紅吉の処に行って来ようと決心していた。「寒かろうに」と心配しながら云う母親の言葉を後ろに、私はすぐ暗い、寒い外へ出た。

駒込駅の階段を降りる頃は私は寒さに震えていた。けれども元気のいい張り切れるような、つき出て来るような紅吉の声を思い出しながら、覚えのある根岸のあたりを歩いている頃はよほど暖くなっていた。殊《こと》に根岸には二年いて、その辺の様子に明るかった私は、卒業以来どうしているかも分らないような同窓生の家の前など幾軒も通りながらなつかしく種々《いろいろ》の事を思い出していた。紅吉の家にようやくついた時何となくはっとした。家の内はひっそりとしていてあの賑やかな紅吉のいそうな様子はなかった。まさかにと思いながらも私が案内を乞うと出て来た女中は私の名を聞くと同時に、「それならば夕方お客様と一緒に、神田の三崎町の荒木さん(11)と仰《おっ》しゃる方の処へお出かけになりました。あなた様がお出《いで》になりましたらそちらへいらして下さいますようにと仰しゃってで御座いました」と早口に云ってケロリと私の顔を眺めている。私は当惑したもののそこに立ってもいられないので外へ出た。寒い風は容赦なく吹きつける。私は紅吉の態度を怒らずにはいられなかった。こんな寒い日に、わざわざ人を呼びつけておいて自分は勝手な処に出かけてしまうなんて、神田になんか行くものか、など怒りにまかして考えながら足を返した。けれども、帰っても純一はまだとても帰ってはいまいと思うと何となくまっすぐ帰る気になれなかった。殊にこうした寒空をわざわざ染井の奥から出て来たのだから会えれば紅吉にも会って帰りたかった。とうとう電車に乗って三崎町で降りると尋ねる家は直《す》ぐわかった。

「失敬失敬、あがりたまえ」

取次に出た年増の女中の後から紅吉は、指の間に巻煙草をはさんで何時かの研究会の時のようにセルの袴姿でニコニコしながら出て来て紅吉一流の弾き出るような声で私を引っぱり上げた。紅吉に案内された室には綺麗な格好のいい丸髷姿の岩野夫人とこの家の人の荒木郁子の二人がいた。二人とも私には初対面の人であった。郁子は黒い多い髪の毛を一束に無雑作にグルグル巻きにしていた、大きな黒い目をもった、チャーミングな美しい人だった、如才ない愛嬌のある声のきれいな人だった。岩野夫人は口のきき方のしっかりした、さばけた人らしいけれども郁子の傍に見ると非常に冷静な硬い感のする人であった。紅吉は郁子に向って子供のように甘ったれていた。いろいろな駄々をこねていた。郁子は上手にあしらいながら如才なく皆に話かけた。目白の方に下宿屋の主婦としていた事のある人なのでその頃知り合いになった今、文壇で知名の文士の幾人かをよく知っていた。

「御風《ぎょふう》さんはそれゃ神経質な人よ、何でもいちいち気にするの、奥さんは随分大変でしょう、私なんか行っても帰りには下駄までそろえて下さるような方だけれど、他に悪く云われたり書かれたりすると、一日蒲団を被《かぶ》って寝てしまうのよ、随分気が小さいでしょう。」

「私の家に、あの頃は本間さん兄弟、徳田秋江《しゅうこう》さんなどが揃っていらしたので、徹夜でいろんなお話をしたり何かしていたの、御風さんが毎日のように来ていらしたっけがおしまいにはお家はすぐそこなのに机をもって勉強するんだなんて口実を拵《こしら》えて私の家に来《きた》っきりになすった事なんかがあるのよ。」

七

三人は器用な手つきで煙草を吸いながらよく話をした。私はおとなしく聴き手になっていた。先刻《さっき》から高く円々《まるまる》した膝をゆすったり手でこすったりして郁子の顔と私の顔を見くらべては岩野夫人の顔を見て何か云い出したいように焦《じ》れていた紅吉は、とうとう話の隙を見出すのが面倒くさくなって、まだしきりと話をしている郁子の声を打ち消すような高声を出した。

「御覧なさい岩野さん、荒木さんと野枝さんとよく似ているじゃありませんか、大変似ていますよ、姉妹のようです。本当に似ています。似ていましょう」

「ええ、そう仰しゃれば似てらっしゃるわね」

「そう？ そんなに似ている？ うれしいわね、妹が一人ふえたわ」

郁子はそう云って陽気に笑った。何故か紅吉は渋面をつくってしまった。

「野枝さん、こないだあなたに荒木さんですかって云ったのは誰でしたっけね。」

「西崎さんでしょう、どうだか忘れたわ。」

私はそう答えながら紅吉が何一つ聞洩らさないという風に熱心にしていたあの夜の目付を思い出すと可笑しくなった。

「荒木さん、あなたは九州だって云いましたね、野枝さんも九州、だから似ているのかなあ。」

紅吉はさぐるような目付をした。

「荒木さん、九州ですか、何処です。」

「私は東京で生れたのですけれど父は熊本の者ですよ。」

「私も少しの間熊本にいた事がありますよ。」

「そう、私の処は熊本の田舎なのよ、あなたは？」

「私は福岡の田舎ですけれどもかなり前から国を出ていますから。筑後だの、長崎だの、あちこちとゆきました。」

「筑後には、銀水村《ぎんすいむら》という処に私の叔母がいますよ。」

「おや、銀水村って三池郡《みいけぐん》でしょう、私の叔母もあの近所にいますよ、大牟田《おおむた》の一つ手前の小さな渡瀬《わたぜ》って駅の前に。」

「そう、それじゃ、いよいよ姉妹になりましょうねえホホホホ」

郁子は愛想よく誰とでもそんな調子ではなした。十時少し過ぎると岩野夫人は目黒までだからと云って一番にそこを立った。私もすぐたとうとしたが紅吉はなかなか立たせなかった。一緒にかえるからと云って私をまたしておいて岩野夫人が帰ると大びらに甘ったれた。

「山手線がなくなると困るから私かえりますよ」

幾度か私は云った。私の頭の中ではさっき私がぶつかった通《とおり》の心持に純一がぶつかっていそうに思われた。こんなにも——おそく郊外のあのさびしい道は今頃はもう真夜中と少しもちがわない——私がかえっていないで純一はあの冷たい室にポッツリと待っているのだろうと思うと、じっと坐っている気はなかった。

「本当に泊っていらっしゃいな、お家の方には明日になって、どんなにだって、私おわびして上げますわ、もうおそいし、それに寒いから泊っていらした方がいいわ」

郁子もそう云ってすすめた。私はええと返事はしたものの寒くっても遠くっても帰りたかった。純一は何時までも何時までも寝ずに待っているだろうと思うと待呆気《まちぼうけ》させながら自分だけ寒さをいとって、ここで寝る気にはなれなかった。といって巣鴨橋までは電車で帰るとしてもあれから先はどうしようと思うとふり切って帰る勇気もなかった。巣鴨橋から染井橋をつなぐあの長い長い煉瓦塀とそれに沿うた一本道を考えると本当にこんな夜半にその道をたった一人で歩くことはとても出来なかった。とうとう私は家の方に心を引かれながら泊ることにした。

八

寝る前にお湯に入ろうと云う郁子の後について三人で湯殿に行った。丸々とはり切れるように肥った大きな紅吉の体を私と郁子とはおどろきの目をみはってながめた。紅吉の前には郁子も私も見るからに貧弱な体だった。

「でもあなた方はまだいい、哥津ちゃんはまだ痩せていますよ」

「ああ哥津ちゃんはそうらしいわね、でも私とそんなにちがわないわ、それにあの人は背が高いから余計痩せて見えるのでしょう」

と郁子は本当に好奇な目付をして紅吉の体をさすり出した。

「いやだっ！」

お腹の底から飛び出したような声と一緒に湯槽の中に「どぶーん」と凄《すさま》じい音がした。紅吉も郁子もお腹をかかえて笑いこけた。私もびっしょり飛沫を浴びながら目を丸くして笑い出した。

三人は賑やかにお湯から上ると、郁子はいろいろな化粧品を持ち出した。紅吉は室の隅で何かしきりにやっている、と見ると二人の前にきて

「ね、素的《すてき》でしょう」

と胸をそらしている。紅吉は宿屋をしているここの家のあらい広袖の貸浴衣をきて兵《へ》児帯《こおび》を、腹の上に巻いて、頭を髪の毛の見えないように手拭で包んで胸をそらしてそこにどっかり坐った。

「まあ紅吉のいたずら――」

二人は笑いながらも感心して見るのだった。先刻裸体でいた時には奇麗《きれい》な円々とした女の肉体だったのが、こうして坐るとまるで男になり切っていた。

「まあ、すっかり男になってね、本当に男のようよ。」

「そうでしょう、だってね僕がソフトをかぶってマントの襟をたてて紺足袋に男下駄をはいて煙草をふかしながら妹を連れて歩くとね、いろんなことを云って冷かされるの、

本当の男に見えるんでしょうね」

「それゃそうだわ、その柄ですもの、そんななりをすれば間違えない方がどうかしてるわ」

「茅《ち》ケ《が》崎《さき》で皆で写した写真ね、あれにも紅吉は本当に不良少年って顔をしているわね、」

「ええ、あの時は随分癪《しゃく》に障《さわ》っちゃった、子供がねえ、だから皆うまくとれなかったのね」

郁子はすぐに女中をよんで床をのべるように云いつけた。

「寒いから僕は真中にねますよ、」

云うや否や一番に紅吉は床の中にもぐり込んでしまった。私は壁の方に郁子は窓の方に紅吉を真中にして寝た。紅吉は真中にいながら、少しもじっとしていないので、私は壁におしよせられて身うごきも出来なかった。

九

その後しばらく私は紅吉には遇《あ》わなかった。平塚さんの室には、一日おきくらいには尋ねて行った。その度に大抵哥津ちゃんには会っていた。私はようやく少しずつその人たちの間に交ってもおちつきを見出し得るくらいの余裕を持つことが出来るようになって来た。今までの私の周囲に見出し得なかった、ある自由な束縛のない、はじめは多少の驚異の心持を交えて眺めていたその人たちの生活にだんだん引込まれて行くのが自分でも解るくらいになって来た。

「哥津ちゃんの江戸趣味」と同時に「哥津ちゃんのロマンス」が皆の口に少しずつ上って来た。哥津ちゃんは私には本当に懐かしい人だった。何となく、ただ訳もなく好な処のある人だった。平塚さんと哥津ちゃんにはさまれて坐って話をしている時は私にとって本当に気持のいい時だった。

私は大抵ははじめの内皆《みな》の話を聞いている側だった。私は何を読んでも、皆の仲間にはいってそれを批評し得る力はなかった。皆で自由に読んだものの批評、書いたものの話をするのを私は羨ましい心持で聞いていた。

哥津ちゃんのロマンスもはじめの間は私には何のことか分らなかった。しかしだんだんに私にも分って来た。それはその頃雑誌の用で始終一緒になって話をする東雲堂《しののめどう》の若主人⑫との間に起った事であった。

二人は始終あちらこちらと話をしながら歩きまわっていたのらしい。二人は歩きながら話しながら美しい夢を見ていたのだと後で哥津ちゃんは私に話した。何処かで落ち合っては向島《むこうじま》や、下町の方を何処となく歩きながら主に、二人とも子供の時分の懐かしい思い出を多く浅草辺に持っているという処から、そんな思い出を各自に辿《たど》って話しあったりして喜んでいたのらしい。しかし二人の間は私達の間ではかなりに熱心に見守られていたにもかかわらず、何時放れるとはなしに、二人のなつかしい様々な思い出も大方は語りつくして新しい話題が二人の間に持ち出されなければならなくなった頃には、そして何処か新しい歩き場所を見出さなければならなくなると同時に淡々とした、何の情の閃きをも見ることも出来なくなったのだ。それは二人の悧《り》巧《こう》な用心深い性格に依るのでもあるけれども他に理由のない事もなかった。

私は哥津ちゃんに会うごとに一度一度に哥津ちゃんに対する友情の深くなってゆくのを意識すると同時に、一心に二人の間の成行を見守っていた。平塚さんもはじめはやはり黙って微笑みながら二人を見守っていた。けれども何事も究極までつきつめて考えたり為《し》たりしないでは満足の出来ない平塚さんは、ようやく二人の煮えきらない態度が見ていても焦《じ》れったくなって来たらしかった。実際それは私でさえあんまりいい加減な事の様に見えた。二人の恋は本当に夢のような恋だった。淡い軽いという側の味だけで、他で見ていても二人は真剣なのかそれとも二人とも遊戯なのか分らないくらいだった。

「哥津ちゃんも西村さんも二人とも悧巧であんまり周囲が見え過ぎるから駄目なのね」

平塚さんは仕様がないというような笑顔をして私に云った。

「二人とも石橋を叩いて渡る人だからね、真剣にはなれないわ」

そんなことも云った。「石橋を叩いて渡る人」という言葉はたびたび哥津ちゃんの前でも繰り返された。

「哥津ちゃんはなかなか話さないのね。でもやはり黙っちゃいられないと見えてあちらこちら歩いて来てあとであすこはいいわねっていうような事を云うから、西村さんと行ったのでしょうって云うとええ[13]なんて笑っているのですものね、でも本気なのか何だか私には分らないわ、中野さんにはでも話すのね、中野さんが私の処へ相談に来たのよ」

「そう、中野さんが何を？」

「哥津ちゃんの事をね、もし二人が承知ならお仲人をしようっての」

「まあ」

「中野さんはかなり世話ずきだし、それにそういう風に実際的に頭の働く人だから本気になって私の処に相談に来た訳なの」

「へえ、そしてどうしました」

「東雲堂には娘さんがいるんですってね、それがあの西村さんは養子だから、そのお嫁さんになる人なのじゃないかっていうような心配までして私に聞いているの、私もそれは知らないからどうだかわからないって云ったけれど、中野さんは大真面目で来たのよ」

「そうですかねえ、だけど随分親切な方なんですねえ」

「ええ全くそういう事は真面目になる人よ」

十

哥津ちゃんは実際私たちに明《あき》かに見えるように全くその愛に没頭する事は出来なかった。二人して歩きながら静かに自分達の情緒に浸って話をしている時でも絶えず別の心持が半面で働いていた。同時に西村さんもそうだったのだ。二人とも都会に育った人だけに、自然に、そうした場合にも全く自分や周囲を忘れたり相手の気持にも大ざっぱな向《むこ》う不見《みず》な信用を持つ事は出来なかったのだ。事々に二人はお互《たがい》の細かな気持までも見のがすような事はしなかった。あまり隅々まで見え過ぎて二人は或処までは進みながらそれより先に歩き出すことは出来なかった。

「私には勇気がないのよ、扉の前まで行ってそれに突きあたると、それを自分の手であけて先に先に進み入るだけのね。私には駄目よ」

「だけど、それであなたは満足していられて?」

「いいえ、それゃ私にも、その先《さ》きにどんな世界があるかという事だって分っているし一度はぜひ通らなければならない道だということもわかるの、だけどねやはり臆病なのね、淋しいけれどあきらめるより他に仕方はないわ」

「でもあんまりつまらない、弱い事じゃないの、扉というものも本当にぶつかればひとりでにあくくらいのものだわ。あなたはあんまり考え過ぎるのじゃなくって。もっと真剣におなんなさいな」

「これで私かなり真剣なのよ、あなた達にはずいぶん煮えきらないように見えるでしょうね、自分でもわかるわ、だけどこれが私の性格なんだから、私一生何にぶつかってもあきらめてしまう方かもしれないわ」

「あなたの気持は分らないこともないけど、でも何だか物足らないわねえ」

校正の暇を哥津ちゃんと私と或日静かな築地の本願寺のあたりを歩きながら、しみじみいろいろな話のついでに、そんなことも話したことがあった。二人は前かがみになって爪先を見ながらしんみりとそれからそれへと話して行った。私は哥津ちゃんのそうした何もあきらめたような顔を見ながら何故か涙ぐまれた。

それはもう二人の仲がすっかりはぐれてしまってからだった。

人によっては二人の仲は恋愛とは云えないと云うかもしれないほどそれは他人には淡いものに見えた。全くそれは一時の美しい夢のようなものだった。二人は別れるといっても少しも無理な処のないようになだらかに少しずつ方向をちがえて遠ざかって行った。二人は本当に何処までも悧巧な人達だった。都会人だった。

けれども二人の間がそうした風に果敢《はか》なく終ったのはただそれだけの理由では決してなかった。

哥津ちゃんとの仲が少しも思わしく運んで行かないのがようよう不満に思われ出した西村さんは、その悩ましい気持を何処かに洩《も》らさずにはおけなかったらしい。そして西村さんは人の悪いいたずら好きな平塚さんに或時冷《ひや》かし半分に哥津ちゃんとの事を聞かれて、素直に話したらしい。そうして何時とはなしに幾度も幾度も愚痴をならべているうちに、西村さんは何時かかえって平塚さんに対して或感情をもつようになってだんだんに平塚さんに向って動き出したのだ。うっかり者の私にも何時かそれが感づかれ出した或日、それと確《たし》かに二人にある交渉が始まっているに違いないと思われるを平塚さんの口から聞いた時、私の頭はすっかり混雑して筋道をたててその事を考える事が出来なかった。哥津ちゃん――西村さん、そして西村さんと平塚さん、この関係は種々な人の心持というようなものについて全く無智な私にとっては一つのかなりな驚異であった。殊に敬愛する平塚さんの心持について――。

　私はその当時、その事についてばかり考えた。平塚さんは、私にも哥津ちゃんにも同様に十分な理解と同情をもって接してくれるのであった。そして哥津ちゃんの今度のことについてもかなり熱心に、二人のことを考えているらしかった。哥津ちゃんが何にも云わない家庭の事までも「お母さんがいらっしゃらないから」と真面目に心配して、未だ二人の仲がそれほど進んでもいないのにと、相談に来た中野さんの気早を笑いながら私に話してはいたけれども、そうなることが出来れば自分でそういう風に力を入れて哥津ちゃんのために尽そうというだけの気持は持っていたらしかった。その平塚さんなのだ、私は本当に考えないではいられなかった。

十一

「平塚さんは本気で西村さんを相手にしているのかしら、それとも冗談なのかしら」

　私は毎日のようにそれを考えた。本気だとすればそれは実に致し方のないいきさつであるとしても、西村さんは何という意久地《いくじ》のない人だろう。あの人は哥津ちゃんの感情をまさか玩《もてあそ》ぶ訳ではないだろうに、あまりに真実がなさすぎる。それにまたどうしても平塚さんがあれだけの勝《すぐ》れた理智を持ちながら、とにかく哥津ちゃんと西村さんの仲が本物になるかならぬか、或《あるい》はなっていたか、分らないが、とにかく或交渉を続けている仲にそうした態度を取《と》らなければいられないほどに西村さんに熱心な愛を持っていたとはどうしても思えない。それではやはり平塚さんのいたずらなのか？　それにしては西村さんという人はそのくらいのことの分らない人ではないらしい。私にはこの関係は全く不可解なものであった。ただ私はひとり哥津ちゃんを可愛想だと思った。殊にある日曜町に平塚さんを尋ねた時に哥津ちゃんが西村さんに書いた手紙が平塚さんの手許に廻って来ているということを知った時、さらに私は他事《ひとごと》ながら西村さんの不信を憤らずにはいられなかった。そうして私はその時すべて平塚さんの態度が何処までも単なる人の悪い遊戯的なるものだということがはっきり分った。哥津ちゃんの態度がどうだとかこうだとかいうものの真実西村さんのことを思っているのは何時でも私にはハッキリ分った。私は平塚さんの気まぐれは仕方のない事として考えても西村さんの態度は全く腹立たしいものだった。平塚さんは、二人を見守っているうちに、あまりに煮え切らない二人に多少不満を感ずると同時に、一種の遊戯的衝動に駆られて西村さんをからかい始めたのらしい。聡明な西村さんにそれが分らないはずはないのに、そして哥津ちゃんとの関係が片附いたでもないのに、と思うと本当に腹が立って来るのであった。

クリスマスの日はちょうど新年号の校正の最後の日であった。その帰りに何処かで忘年会をしようということが平塚さんから云い出された。校正室に集まっていたのは、平塚さん、紅吉、哥津ちゃん、私、それにちょうど来合わせた岩野さんと、それに西村さんもお仲間にはいることになった。六人は日暮れ頃に文祥堂を出て八丁堀をぬけて小網《こあみ》町《ちょう》の鴻《こう》の巣《す》へ行く事になった。

西村さんと平塚さんの事は、始終平塚さんの身辺に目をひからせている紅吉が感づかずにはいなかった。紅吉は昼間からそのためにイライラ焦《じ》れていてマントのポケットからウイスキイの瓶を出しては呷《あお》っていた。六人で歩きながらも、青い陰の多い不快な顔をしながら後になったり先になったりしながら歩いた。哥津ちゃんも沈んだ顔をして前屈みに私と一緒に皆よりは後れて歩いた。茅場町《かやばちょう》の辺に来た時は平塚さんは私達を待っていて荒木さんと中野さんに電報を打って招《よ》ぼうと云った。私と哥津ちゃんは早速に鎧《よろい》橋《ばし》を渡るとすぐ鴻の巣に這入《はい》る人達と別れて明るい通りを郵便局をさがしながら歩いた。

「西村さんは何故来たのでしょうね」

哥津ちゃんがふとそんな事を云い出した。私は黙って哥津ちゃんの顔を見た。

「岩野さんが不快に思ってなさるでしょうね、一緒になんか来なきゃいいのに」

哥津ちゃんはまたそうも云った。ちょうどその時泡鳴《ほうめい》氏と東雲堂の間に版権の事か何かで紛紜《ふんうん》のあった際で岩野さんは始終東雲堂の不当な処置について話をしていたので今夜一座してもしやその話が出ては面白くないとは私も先刻から考えないではいられなかった。そこに哥津ちゃんの優しい心遣いを私は肯《うなず》かずにはいられなかった。二人はよう郵便局をさがし出して電報をうって後戻りして小網町の方へ来た。今日は昼間から哥津ちゃんも紅吉と同じ不快に襲われていることは私にも解っていた。神経衰弱の気味だという哥津ちゃんの横顔が何時もより沈んでさびしかった。鎧橋の停留場で哥津ちゃんはこのまま帰ると云い出した。

「今夜は何だかつまらないから私かえるわ、平塚さんにそういって頂戴な、電報だけ打ったからもういいでしょう」

「じゃ私も一緒にかえるわ、そんなにおもしろい事もないから」

「あなたはいらっしゃいよ、皆待っていてよ、」

「じゃあなたもいらっしゃいよ、かえるんなら一度行ってからだっていいじゃありませんか、ね一緒にゆきましょうよ、いらっしゃいよ」私はむりむりに哥津ちゃんの手をひっぱって鴻の巣に這入った。

十二

往来へ向いた方の二階に皆待っていた。哥津ちゃんはどうしても浮かない顔をしていた。

「哥津ちゃん、いやに沈んでるじゃありませんか、どうしたの？」

平塚さんも岩野さんも気にしては聞いた。

「いいえ、何でもないのよ」

哥津ちゃんは申訳ばかり微笑むとまたもとの暗い顔にもどって窓に腰かけてカーテンをいじったりしている。紅吉も哥津ちゃんと向い合わせに、平塚さんと岩野さんに挟まれて何かしら焦気味《じれぎみ》でそこに挨拶に来た主人を捕えて上ずッた調子で埒もない事を饒舌《しゃべ》ったりした。

お料理が運ばれて皆いくらかずつお酒がまわって来ると少しは賑やかになった。一時間あまりすると荒木さんが晴やかな笑顔をかしげて這入《はい》って来た。ようやく少し人並におしゃべりを始めた平塚さんが嬉しそうに笑った。紅吉も荒木さんの顔を見ると元気になった。紅吉はさっきから、青い顔をして神経の尖った眼を落ち付きなく一座に漂《ただよわ》しながら自棄《やけ》に盃を重ねていたが、ウイスキイが飲みたいと、もうポケットのもなくなったか、そこに来合したウエエトレスに命じて荒木さんの傍に座をうつした。

「荒木さん、忘年会だから本当に年忘れをするほどおのみなさいな、私も飲むわ」

平塚さんはもういくらか酔っていたらしくようやくふだんの姿を崩しかけていてそう

荒木さんにすすめる言葉もいつもよりは少し粘り気をもっていた。紅吉は泣き出しそうな顔をして眼にだけは強く力を入れて、ジット平塚さんをみつめていた。私は可愛そうな紅吉のそぶりに思わず立ち上ってすぐ窓の外の物干台に出た。熱《ほて》った頬に冷い冬の夜気があたって何ともいえない好い心持でそこに佇んだ。哥津ちゃんも後を逐《お》うて上って来た。

「好い気持ね」

二人はそう云って星の空を見上げた。

「もう幾時くらいでしょうね」

「さあね」

「私紅吉が可愛そうで仕方がないわ、平塚さんもう少しどうにかしてやってくれるといいのにね」

哥津ちゃんはそう云って室の中を見下して

「私もう帰りたいわ」

としみじみ云った。

「帰りましょうか、二人で」

「ええ」

座敷に這入ると岩野さんは横になっていた。すっかり酔った平塚さんが岩野さんを起そうとしていた。

「お起きなさいよ、岩野さん、どうしたんです」

「どうもしないけれど酔ったんですよ、平塚さん、送って来て下さいよ、私の家まで」

「あなたのお家？　目黒まで？　私のかえりにまた送って来て下さる？」

「だってそんな事をしていれば夜が明けてしまうじゃありませんか。お泊んなさいな、一層私の家にいらっしゃいよ」

「あなたのお家の何処において下さるの」

「私の三畳の室を明け渡すわ」

「そうお、そうすれば岩野、平塚と軒灯を出すんですか」

「えええ、そうですよ」

私は思わず笑った。何日か岩野さんがまだ大久保にいらした時、泡鳴氏に自分をお許《ゆるし》にならなかった頃まで、遠藤、岩野と軒灯にもちゃんと二人の姓を出したというお話をなすった事があったので平塚さんがそれを云ったのだ。

「平塚さん、本当に仲よしになりましょうよ、私の家にいらっしゃいな、お手を出して御覧なさい、大丈夫よ」

岩野さんの指から平塚さんの指に無造作に細い奇麗《きれい》な指輪がうつされた。私はふだんがふだんだけに二人して子供のような無邪気な可愛《かわ》いい対話をするのを不思議な心持で眺めた。

紅吉は頑固に黙ってしまった。荒木さんの軽いお調子にもなかなか乗っては来なかった。しまいにはぐったりして私の膝を枕にして寝てしまった。

哥津ちゃんはとうとう帰り仕度をはじめた。岩野さんも先が遠いからと起きかえって仕度をはじめた。私の膝には紅吉がいたので私は平塚さんと一緒にかえることにして二人は先に座をたった。

十三

西村さんは蒼い顔をいよいよ蒼くして背を壁にもたして荒木さんと話をしていた。とうとう哥津ちゃんとは言葉もろくに交わさなかった。私は先刻の哥津ちゃんのやさしい心遣いをそういってやりたいと思ったけれどもこの人に云った処で何になるものでもないと思ってそのままにした。

しばらく横になっていた平塚さんが間もなく起きて見まわしながら

「岩野さんは？」

「哥津ちゃんと岩野さんはもうお帰りになりましたよ」

「そう」

平塚さんは煙草に火をうつしながら荒木さんの顔を見た。四人はまた話をしはじめた。荒木さんも平塚さんも、西村さんも、まだ酔《よい》はすっかり醒めてはいなかった。荒木さんは歌をうたい出したりした。私は荒木さんの義歯をとった顔の変ったさまに見入りながら時間の事が気になり出した。

「もう遅いから、今夜はこれから私の家に来ておとまりなさいな、皆いらっしゃいよ」

荒木さんはそう云って私の家に電報を打つことをすすめた。私はどうしてもかえりたかったので電車がなくならないうちに帰りたかった。

「じゃ早い方がいいからおかえんなさい、紅吉は私の膝にとりましょう」

正体なく寝込んでいる紅吉の重い頭を持ち上げて荒木さんの膝にうつして私が立上ってしまうかしまわないうちに仰向いたまま紅吉が嘔吐をはじめた。吐きながら紅吉は正体を失ってまるで死人のようだ。斉《ひと》しく皆の頭は今日中に飲んだお酒の量を考えた。荒木さんはすばやく立ち上ると手をたたいて、手拭お湯それから雑巾、いろいろなものを頼んだ。そして立場を失った私に

「帰るのならここにはかまわずと早くおかえりなさい。もう電車ではちと危いから俥《くるま》

の方がいいでしょう」

とそこに立っていた主人に自分で頼んで俥をあつらえさせて一緒に下に降りながら、気をつけて行くように、うちで何か云ったら責任をもってお詫《わび》して上げるからと優しくいたわる調子はもうふだんにかえっていた。

俥が来て私が乗ってしまうまで平塚さんは門口に立っていた。すっぽりほろを被せて門口をはなれる時に「さようなら気をつけて」という言葉が追《お》いかけて来た。

俥は夜更けの町を音もなく走り出した。万世橋《まんせいばし》に出た時にはもう往来する電車もとだえてアーク灯がさびしく光り静かにその光を浴びて軍神の銅像が立っていた。私はその時はじめてあの何時も雑沓する須田町にこんな静寂の時があることを知った。昌平橋《しょうへいばし》を渡って松住町《まつずみちょう》の角を曲る頃に赤電車が一台本郷の方から来た。

俥に揺られながら私は種々なことを考えた。哥津ちゃん紅吉の不快さを思い遣《や》ると同時に私は平塚さんがそういう二人を前に大ぴらに西村さんを自分の傍に引き付《つけ》て他の者に頓着なしに自由に自分を振舞う態度にはどうしても他の普通の女にはちょっと真似の出来ない事ではないだろうか。どうしても平塚さんは自分たちよりはずっと偉《おお》きなものを持っているに違いないと思われるのであった。悧巧な哥津ちゃんはもう体よく西村さんとの関係は打ち切ってしまうに相異はないが可愛想な紅吉のことを考えると何とも云えない気がした。

紅吉は先月から新年号の表紙を立派なものを書いて自分で木版を彫るのだなど騒いではやくから道具立はしていたが、なかなか表紙は出来なかった。その催促に三四日前に私が紅吉の家まで出かけて行った。

紅吉は二階に臥《ふせ》っていた。中耳炎で氷嚢を当てて冷やしているという騒ぎだった。それでも紅吉は私を通して、すばらしい表紙の事について話してから疲れたような顔をした。

私はすぐに帰ろうとすると紅吉はあわてて今日は何時までもいてくれるようにとかなりセンティメンタルな調子で頼むので私もそのままそこに坐った。

十四

「私は寂しくって仕方がない。ひとりで、とてもこうしてはいれないわ、本当に今日はいて下さいね、何でも御馳走するから、そして、私の話をきいてくれる？」

「ええ伺いましょうとも何の話？」

「茅ケ崎の事知っている？　そうお、あの事よ、私がこうして落ち付いていられないのはあれからなの、私の大切な大切な愛にひびがはいったのですもの」

「だけど、今日はその話はお止《よ》しなさいね、また今度伺うわ」

「いやだ、今日聞いてくれなくっちゃ、私は話たいんだから、ね、聞いてくれるでしょう、きっと、私は本当に可愛想だ、聞いてくれる?」

「じゃお話なさいな、少しは平塚さんからだって聞いて知っているわ」

「嘘! 嘘! ああ、あの人の云う事なんか信用しちゃ駄目だ。あの人は自分のいいようにしか云やしない。あなたはそれを信用しているの、駄目だ駄目だ」

「だって私は知らないんですもの仕方がないわ、まさか平塚さんがそんなに御自分に都合のいい事ばっかり仰有《おっしゃ》りはしないでしょう」

「いいえ、あなたは知らないんです! きっとあの人は嘘を吐《つ》いたにちがいない。あの人は大人ですよ、私たちのように子供じゃないんだから、あなたはだまされた。あなたのきいた事はきっと嘘だ」

「そうも極《きま》らないわ、だけど話して御覧なさいな」

「あなたは平塚さんという人を信用しているから駄目です。ええ本当に、平塚さんは立派な人です。いい人です。本当に親切な、だけどね、だけど、やはり嘘も云います。云いますとも、誰だって自分のためにはね、平塚さんは本当に偉い人です。私も本当に好きなんです。でも嘘をつくんです。あなたは信じていらっしゃい。今に馬鹿を見るから、ええきっと、今は可愛がられているからいいんです。それでいいんです。」

紅吉は激して目に一杯涙をためてめちゃくちゃに泣き声をたてた。私は驚いて

「私可愛がられてなんかいないわ、平塚さんはあんなにもあなたを可愛がっていらっしゃるわ、私にだって解るんですもの」

「ええ可愛がってくれるかもしれません。けれどもねえ、もう一度ひびがはいったものが直るきづかいはないでしょう、あの人は私に幾人を同時に愛しても愛にかわりはないと云うんですもの。ね、どうです。それでいいと思いますか？」

「そうね、まあ考えものね、私なんかにはちょっと肯けないけれど平塚さんは偉《おお》きい処があるから、そういう事が考えられるかもしれないわね」

「あなたは平塚さんを弁護してばかりいるけれど――」

「弁護じゃないわ、私の思ったとおりを云うのよ、私は」

「怒っちゃいけない、だけどあなたの考えがもう平塚さんに囚われているから駄目ですよ、愛があると誰でもそういう風になるものなんですけれどもね」

十五

私は紅吉の言葉があんまりひとりぎめで傲慢なので腹を立てて黙ってしまった。紅吉

は私が機嫌を損じたのを見てとるとあわてて

「だけど私は一体わがままなのかもしれない、何時か話したでしょう、今或お邸に奉公している月岡という女の事をね、私がね、他の人をどんなに愛してあの人をかえり見なくってもあの人は何時でも私を愛していてくれるの、私はそんなのが本当の愛だと思う、平塚さんはそうじゃないのだもの」

「そんなら平塚さんが幾人を愛してもあなたが平塚さんを愛していればそれでいいじゃありませんか」

「だって平塚さんは私を愛してくれないんですもの」

「そんな馬鹿な事があるものですか。愛していますよ、たしかに、あなたが僻《ひが》んでいるんですよ」

「あなたは知らないから」

「何を？」

「何でも皆、だから解りゃしませんよ」

「そう」

私は紅吉の云う事に少しも条理を見出せないので面倒くさくなって黙った。紅吉も黙って一杯涙をためて枕元にジット坐っている私の顔をながめた。私も紅吉のその顔を見ているとだんだんに可愛そうになって来て紅吉の話したがっている事を素直に聞いてやろうと思った。

十六

「奥村さん⑭とはどうしておちかづきになったの」

「それはね、西村さんが青鞜の用事で茅ケ崎に平塚さんを尋ねて来た時に茅ケ崎の停車場から一緒に来たんです。そして私の室で西村、奥村、平塚、保持の四人に、私と五人で話をしたの、私はすぐにその時からもう平塚さんが奥村さんが気に入ったということを直感してしまったんです。だから不安でその晩は眠れなかったくらいです。私はもう来なきゃいいと思ったのに、二三日たつとまた早速に来たの、あの人の家は藤沢ですからね、近いんですもの。」

「藤沢の人ですって?」

「そうよ、でね小母さんと大変仲よしになったの、けれど私は平塚さんが熱心な興味をその男に向けていると思うと、本当に世界が暗くなって来てしまったんです。だけど私がそんな心配をしている事を平塚さんに云えば、一と口に笑われなければならないから我慢していたのです。三度目(多分そうかと思った、これは私の記憶が不確なためによくわからない）平塚さんはちょうどちょっと帰京するはずになっていたのにそれをよして、私の室で、また、遅くまで話をして結局あの人が泊る事になったんです。それで小母さんの室に床を敷いてそこに寝る事になって皆私の室を出たんです。私はそれから眠ろうと思っても、その日も私の目にいろいろな事を考え合わされるような平塚さんの奥村さんに対する態度を思い出すと、寝てなんかいられないの、そのうち私は大変な事を想像したのです。そうするとそれがだんだんに本当の事のような気がし出しちゃってじっとしていられないので、そっと室をぬけ出して小母さんの室の方に歩いて行ったんです。そしてそっと室の前で内のようすを考えて見たんです。何だか人の気のない感がしきりにするもんですからね思いきって開けて見たのするとね」

紅吉の顔は見る見る真青になって、目に一杯涙をためて今にも泣き出しそうな表情をした。私は何となく可愛そうな気になって黙《だ》まって頷くだけであった。

「すると、本当に、誰もねてはいなかったの、蒲団がキチンと敷かれて人が寝たような気色はなかったんです、手でさわってみても冷たくて人肌の温みなどはないのです。周囲を見まわしても何にもあの男のものは見えないんです。私はそこでもう昏倒しそうになった。きっと平塚さんが一緒に連れて行ったに違いないと思いますとじっと自分の室にかえって寝ることも坐ることも出来ないのです。それでも真夜中の事だから仕方なしに、夜の明けるのを待ったんです。その間の私の気持をどんなだと思います？　野枝さん、本当にそれゃ、とても貴女なんかに分りっこなしです、知るもんですか私っきりに分りはしないんだ、私はその一晩で神経衰弱になりそうに煩悶したんですよ。もしか奥村さんが平塚さんの処に泊って御覧なさい、大変ですもの、本当に私と平塚さんの仲はめちゃめちゃに毀《こわ》されてしまうんですもの、大事な大事な持物に疵《きず》をつけたよりはまだ悲しいことです。その悲しみが分りますか、あなたに、私は誰もそんなに深くは解ってくれないんだと思う。」

「そんな事があるものですか、解りますよ、本当に解りますとも、私にだって貴女のその心持をお察しする事くらいは出来ますよ」

「ね、察する程度でしょう、察するってやはり他人の事として考えるのでしょう、とても他人には深刻な苦痛は分らない。どうしても自分でなくっちゃ」

「それはそうですとも他人の実感を、いくらどう考えたってその通りの実感が自分に来るというような事が出来るものですか、またそこが、本当に、ひとりひとりに違った微妙な処が貴い処だと思うわ、それが誰にでもその通りに実感が解るようになればそれが何でもなくなってしまうじゃないの」

「あなたは理屈やね、そんな理屈はどうだっていいわ」

「だってあなたが先《さ》きに云い出すからだわ」

「失敬失敬御免なさい」

高声に私の真顔を笑うように、私の返しの言葉をおっ被せるようにそう云った時紅吉の顔に初めて生々した笑いが上った。と思う次の瞬間には全く笑いの影は消えて元のような影の多い、陰気な顔に戻った。そして痛い耳を押えながら下を向いてボロボロ涙を零《こぼ》した。私はそれを見守りながら何と云っていいか分らないので、何とか云いたいと思いながらやはり、なまじっかな事を云うよりは黙っていた方がいいと思って膝に手をおいて黙っていた。

十七

「もう止めましょう、何にも知らない人にこんな話をするのはよくないから」

「何故、いいじゃありませんか、中途で止めるなんて変じゃありませんか、何故やめるの」

「聞いてくれる？　何だか貴女が嫌じゃないかと思うんです」

「ちっともいやな事はないわ、独《ひとり》でばかり考えているもんじゃないわ、是非お話《はなし》なさいな、ね私お終いまで伺うわ」

「ええだけどね、貴女はもう少しも私が平塚さんに愛がないと思っていますか？」

「そんな事はないわ」

「じゃまだあると思っているのね、そんならいいわ、平塚さんはもう私の事なんか、何とも思ってやしないけれど、私は平塚さんが私を愛しなくっても、平塚さんにはやはり愛をもっているの、だからね、私は決して出鱈目《でたらめ》を云やしないからそのつもりで聞いて頂戴、私が平塚さんに悪意をもっていながら、話すのとそうでないのとは大変に取り方によって違うから」

「それはそうね、だけどまあそんな種々な心配をしないで、安心してお話なさいよ、私は決して そんな曲った判断なんかしないから。大丈夫よ本当に。」

「でね、五時頃になると急いで平塚さんのいる家の方に馳けて行ったの、まだ戸が締っているのです。お内儀《かみ》さんが一人起きていました。お内儀さんは私の顔を見るとはなはだしく慌てて家の中に這入《はい》って行ったんです。私は胸がドキドキして頭がボーッとしてしまって、とうとう平塚さんのいる室をあけました。中には平塚さんの影は見えなかったけれど、蚊帳《かや》の中にはちゃんと床が二つ並べて敷いてあるんです。それから見覚えのある奥村さんのスケッチ箱や三脚がチャンと置いてあるじゃありませんか？　すぐにお内儀さんを呼んで、二人が何処に出かけたかたずねてみたんです。「浜へお出でになったんでしょう」とお内儀さんは工合悪そうに答えながら、しげしげ私の顔を見ながらあちらへ行くので、私もすぐ出て浜の方へ歩いてゆきますと、向うから二人で毛布にくるまりながら歩いて来るんでしょう。私はもうカッとしたけれどすぐ落ちついて二人を迎えました。そして三人でしばらく浜で遊んだのだけれど、私は不快で不快で面白くも何ともなかった。すっかり話をしました。小母さんは同情してくれました。」

紅吉はまざまざとその時を思い出すらしく、そッと下をむいて考え考え話し続けた。だんだんに昂奮して来て、こんどはもう夢中で語り続ける。その日も一日奥村さんは平塚さんと一緒に茅ケ崎で遊びくらした。夜になってから奥村さんは藤沢へ帰ると云って病院を出た。けれども紅吉にはやはり藤沢に帰ったものとはどうしても思えなかった。平塚さんはまた留めたに違いないと思ってとうとうその晩も眠らずに、それでもその次の朝はよほど平塚さんが尋ねて来てくれるかと待ったけれども、来て貰えないので出かけて行った。裏から這入ってゆくと、平塚さんの室の戸はやはり昨日のように閉じてあった。

「そうして麗々と二人の下駄を沓脱《くつぬぎ》の上に揃えておいてあるのです。ね、野枝さん、そういう意地の悪い事をあの人はするんです。私はハッとしてもうそこに立ち竦《すく》んでしまいました。とても、もう駄目だと思いました。そこに真紅な鶏頭《けいとう》が咲いていました。

私はそこに佇んでしばらくは泣いていました。もう本当に平塚さんは私を愛していやしないんだと思うと悲しくって！　それから私は立ち上ってかえりかけました、

『平塚さん、さようなら！』

私は力一杯の声を張り上げて怒鳴って馳け出して病院に帰って来ました。けれども考えれば考えるほど悲しいんです口惜しいんです。私は本当に、死んでしまおうと思いました。えい、本当に死ぬつもりでした。貴女はそんな場合に、私がそういう考えを持つことを変だと思いますか、偽りだと思いますか、嘘じゃありません。本当に、本当に、私は死ぬ気でしたよ、私の大切な大切な愛にヒビが入ったんですもの、もうどうしたって直りっこはないんです。貴女だって、ひょっとしてそんな目に合わないとも限りませんよ、その時に私の心持が分ります。」

見ていても暗い、悲しい顔付をして紅吉はボロボロ涙をこぼした、私も引き入れられるように何だか胸が迫って来るのであった。

十八

ずっと後に、その頃のことを、まだ南湖院《なんこいん》に働いていて、始終、紅吉と一緒にいて、すべてを知っている保持さんやそれから平塚さん自身の口から聞いた事を考えてもよほ

ど紅吉はそのために激動したらしい。紅吉は、本当に死ぬ気になったとか、奥村さんを殺す気になったとか云ったけれど、私はその時の単なる昂奮から来た一種の感情の誇張と、軽く見ていたがそれは後で、本当に、そういう気になったらしいという事を聞いて少からず驚かされた。

奥村さんの出現によって平塚さんに新なる愛の対象者が出来たということは想像以上に紅吉の嫉妬を煽った。そうでなくても、調子に乗ると、往々、常軌を逸するかと思われる行動の多い処に、病気で、神経過敏になっている処に、この痛事は、極端に、紅吉を狂わした。彼女はもう目の色を変えて騒ぎたてた。平塚さんを傍に置いても焦《じ》り焦りした。平塚さんが傍を離るれば不安に襲われて、立ってもいてもいられない。彼女は一刻もじっとしてはいられなかった。そして平塚さんを忘れる事が出来ないと同時に、奥村さんを許すまじき憤怒の眼で見た。物優しい、奥村さんの素直な、何処か女性的な態度が、いちいち彼女の癇《かん》に障った。奥村さんの一挙一動を反発的にその裏をかいた。大勢の前でも構わず、奥村さんを一人仲間外れにしたり、殊更《ことさら》に、他人が見ても滑稽に思われるような苛《いじ》め方をした。平塚さんはよく何かの折に、その頃の紅吉の動作を笑いながら話した。多勢いる時には、それでもまだそのくらいですんだが、紅吉一人になると、物狂わしいほど苦しんだ。奥村さんに脅迫の手紙を書いたり、平塚さんに恨みの手紙を書いたり、保持さんに泣き付いたり、すっかり平静を失った。

「………そんな風にしている最中にね、或朝小野さんに、(15)剃刀《かみそり》を貸してくれって云って来たんですって、顔を当るのだからって、小野さんは何にも知らないもので、ええってすぐ貸してやったのを、後で私が分ったもんだから吃驚《びっくり》してすぐ紅吉の室に飛んで行ったの、紅吉は本当にそれで死ぬ気だったのですよ。平塚さんなんかに聞かせると馬鹿馬鹿しいって笑ってしまうかもしれないけれどその時の紅吉は全く常識を失くしていたのだからどんな事するか本当に、たまったもんじゃないのよ全く、あの時の平塚さんは本当にひどかったわ、私本当に紅吉が可愛想でたまらなかったわ。」

保持さんはそんな事も私に話《はなし》て聞かせた。平塚さんは、神経過敏な紅吉が針ほどの事も大騒ぎをするのに、それに一緒になって騒いだ人たちの心なさがあんなに大げさな昂奮を紅吉に齎《もたら》したのだと云って非難した。しかし要するにこれは私の未知の物語である。果してどれがどうなのか分らない。私は聞いたままを自分の記憶によってここに書くのである。或《あるい》は私の記憶にもまた多少の相異点があるかも知れない。

私は夜更けた町を、俥の上で何時までも平塚さん―紅吉―西村さん―哥津ちゃん―と続いた関係を何処までも考えていた。哥津ちゃんは、しかし、さらりとすべてを何時でも捨ててしまえるに違いはなかった。だんだんに進んで行く西村さんと、平塚さんの関係を紅吉が、どう見過すかということが私にはしきりに考えられた。

奥村さんは紅吉の激しい見幕に、ひとまず身を退いた。平塚さんと紅吉の関係はそのために決して元のようにはならなかった。平塚さんの調子に決して変りはなかった。けれども紅吉の心には平塚さんに対する愛を裏切る他の心持が常に他に動いていた、平塚さんはことごとくそれを理解していた。紅吉はただ焦れた。静かな調子で笑いを含んで応揚に、紅吉のいかなる処もひっ括《くる》めて抱こうとする平塚さんの態度が紅吉には自分の身の落付き場所もないような焦慮にくらべてあまりに冷静すぎるように思われた、「冷淡なのだ！」、紅吉はただそう思った。自分の気持にぴったり来るものがないのが不平であった。その不平と、また反対に、またしっかり平塚さんに捉まっていたいという欲望が何時でも争った。そしてどちらにも失望しながら、平塚さんに対するその愛を放棄する勇気はやはりなかったのだ。

乞食の名誉

大杉栄・伊藤野枝共著
『乞食の名誉』聚英閣、
一九二〇年五月二八日（初収録）

一

深い悩みが、その夜も、とし子を強く捉えていた。予定のレッスンに入ってからも、Y氏(1)の読みにつれて、眼は行を逐《お》うては行くけれど、頭の中の黒い影が、行と行の間を、字句の間を覆うて、まるで頭には入って来なかった。払い退けようと努めるほどいろいろ不快なシインやイメエジが、頭の中一杯に広がる。思い出したくない言葉の数々が後から後からと意識のおもてに、滲み出して来る。そこに注意を集めようとしているにもかかわらず、Y氏が丁寧につけてくれる訳も、とかく字句の上っ面を辷《すべ》ってゆくにすぎなかった。

レッスンが済むと、何時《いつ》ものように熱いお茶が机の上に運ばれた。子供はとし子の膝の上に他愛なく眠っていた。快活なY氏夫妻の笑顔もその夜のとし子には、何の明るさも感じさせなかった。小さなストーヴにチラチラ燃えている石炭の焰《ほのお》をみつめながら、かたばかりの微笑を続けている彼女は、そのとき惨めな自分に対する深い憐憫の心が、熱い涙となって、今にも溢れ出そうなのをじっと押えていたのだった。

外は何時か雪になっていた。通りの家々はもう何処も戸を閉めて何処からも家の中の灯《ひ》は洩れて来なかった。街灯だけがボンヤリと、降りしきる雪の中に夜更けらしい静かな光りを投げていた。無理無理に停留所まで送ってくれたY氏と、言葉少なに話しながら電車を待っている間も、とし子の眼には涙が一杯たまっていた。やはりあの家に帰ってゆかなければならないと思うと情なかった。もうこのままに帰るまいかとさえ思って来た家に、どうしてもトボトボこの夜更けに帰ってゆかなければならない。

「こんな時に、親の家でも近かったら――」親の家――それもとし子には思い出せば苦しい事ばっかりだった。三百里も西の方にいる親達とは、もう永い間音沙汰なしに過して来た。それも彼女自らが叛《そむ》いて、離れて来たのであった。まっすぐに、自分を立て通したいばかりに、親達の困惑も怒りも歎きも、すべてを知りつくしていながら、強情にそれを押し退けて再度の家出をして後は、お互いに一片の書信も交わさなかった。そして全くの他人の中での生活に、とし子は迫害され艱難《かんなん》に取りまかれた。けれど、すべては最初から覚悟していた事であった。彼女は本当に血が滲むほど唇を噛みしめても、その艱難には耐えなければならないと思った。その苦しい生活がもう二年続いた。そして、この頃とし子は自分の生活を省みるたびに、そこに余りに多くの不覚な違算を発見しなければならなかった。その上になお思いがけない他人の、何の容赦もない利己心の餌である事を忍ばねばならぬ奇怪な、種々な他人との「関係」が、この頃よく肉親という無遠慮な「関係」の人々を思い起さすのであった。けれども、そうした境界におしつけられて思い出すことも、とし子には辛《つら》い事の一つであった。それでも、今こうして、本当に嫌《い》やでたまらないあの他人の冷たい家の中に、頑《かたくな》な心冷たい気持で帰って行かねばならぬ情なさに迫まらるれば、やはり深夜であろうと何であろうと遠慮なく叩き起せる家の一軒くらいは欲しかった。

ようやくに深夜の静かな眠りを脅かすほどの音をたてて、まっしぐらに電車が走って来た。運転手の黒い外套にも頭巾にも、電車の車体にも一様に、真向から雪が吹きつけて、真白になっていた。電車の内は隙《す》いていた。皆んなそこに腰掛けているのは疲れたような顔をしている男ばかりであった。なかにはいびきをかきながら眠っている者もあった。とし子はその片隅に、そっと腰を下ろした。電車はすぐ急な速度で、僅かばかりな乗客を弾ねとばしてもしまいそうな勢で馳け出した。とし子は思わず自分の背中の方に首をねじむけた。背中ではねんねこやショオルや帽子の奥の方から子供の温かそうな、規則正しい寝息がハッキリ聞きとれた。とし子は安心してまた向き直った。そして気附かずに持っていた傘の畳み目に、未だ雪が一杯たまっていたのを払いおとして、顔を上げた時にはもう四ツ谷見附《みつけ》に近く来ていた。

四ツ谷見附で乗りかえると、とし子は再び不快な考えから遠ざかろうとして、手提げの中から読みさしの書物を取り出した。けれど水道橋まで来て、そこで一層はげしくなった吹雪の中に立っている間に、また取りとめもなく拡がってゆく考えの中に引きずり込まれていた。刺すような風と一緒に、前からも横からも雪は容赦なく吹きつける。足元には、音もなく、後から後からと見る間に降り積んで行く。

「何処かへこのまま行ってしまいたい！」

白い柔かな地面に射すうっすらとした光りをじっと見つめながら、焦《じ》れているのか、落ちついているのか、自分ながら解らない気持で考えているのだった。

「何処へでも、何処でもいい。」

ここにこうして夜中たっていても、今夜出がけに苦しめられたような家には、帰って行きたくない。腹の底からとし子はそう思うのだった。けれど、背中に何も知らずに眠っている子供を思い出すと、とし子の眼にはひとりでに、熱い涙が滲んで来た。

「自分だけなら、他人の軒の下に震えたっていい。けれど――」

何にも知らない子供には、ただ温かい寝床がなくてはならない。窮屈な背中からおろして、早くのびのびと温かな床にねかしてやりたい。そして可愛想な母親が子供に与えるたった一つの寝床は、やはりあの家の中にしかない。とし子の眼からは熱い涙が溢れ出した。

ようやくに待っていた電車が来た。ふりしきる雪の中を、傘を畳んで悄々《しおしお》と足駄の雪をおとして電車の中にはいった。涙ぐんだ面《かお》をふせて、はいって来たただ一人の、子を背負ったとし子の姿に皆の眼が一時にそそがれた。けれど座席は半ば以上すいていて、やはり深夜の電車らしくひっそりしていた。

春日町《かすがちょう》でまた吹雪の中に取り残された。長い砲兵工廠の塀の一角にそうておよそ二十分も立っている間には、体のしんそこから冷えてしまった。

二

因習的な家庭の主婦たるべく強いられる多くの試練に対する辛らい忍耐、一人の子供に強奪される終日の勤労、それはとし子にとっては全く思いがけない違算であった。

ただひたすらに、忠実な自己捧持者でのみあるべき彼女は何時の間にか、不用意のうちに、他人の家に深く閉じ込められてしまっていた。その家のあらゆる習慣と、情実を、肯定しなければならなかった。そうしてまたその上に不用意な愛によって子供という重荷を負わねばならなかった。若い、無智な、これから延びてゆかなければならない、とし子にとって、この二つの重荷は、彼女の持つ、凡《すべ》ての個性の芽を、圧《お》しつぶしてしまう性質のものであった。彼女自身もそれはかなりはっきり意識していた。けれど、もし彼女が本当に強くその意識を何時も把持し、それに悩まされていれば、彼女はどうしても、その重荷から逃れなければならなかった。しかし、彼女はその意識と共に、また、その重荷から逃がれる事は出来ないものだという、あきらめをも持っていた。その重荷から逃げる事は、卑怯な一つの罪悪だとさえ思っていた。「あきらめ」という事は忠実な自己捧持者にとっては一つの罪悪だとふだん主張しているとし子も、自分の実生活の上に来た矛盾の前には「あきらめ」で片附けるより他はなかった。すべてを、「運命」という最高意志にまかせるより他はなかった。

しかし、とし子は自分のその「あきらめ」を決して「あきらめ」だとは思っていなかった。それには、彼女自身では、それ相応な理屈をつけていた。彼女は、どんな難儀な重荷を負わされようとも、そのために決して自己を粗末に扱うというような事はしないという自信、それから、その重荷も決して、他から強いられた重荷ではなく、どうしても自分の意志からいっても背負わなければならないものであるということがその理由であった。殊に、子供に対する重荷はほとんど重荷とは感じないほどだった。

ただわずかに呼吸をし、食物を要求する事等の生きているというのみの状態から、人間らしい智能がだんだんに目覚めてくるのや、一日一日とめざましく育ってゆく体を注意していると、何ともいえない無限な愛が湧き上って来るのであった。この小さい者のためには何物も惜しまないという感激が不断に繰り返されるのであった。彼女の子供に対して与えるものは無制限に拡げられて行った。

しかし、それでもなお、彼女は決して彼女自身の生活を忘れはしなかった。彼女はどんな重荷を背負わされても、自己を忘却したり、見棄てたりするような事はしなかった。それはまた、彼女自身を省みる都度《つど》、その云い訳けに役立つ所の、唯一のプライドでもあった。

他人に強いられる重荷を背負って他人の満足を買い、そして忠実な自己捧持者たろうとする欲ばった考えが、もし他人の事であったら、とし子は真っ先に立ってでも、嘲笑しかねなかった。しかし、今は彼女自身がその欲ばった考えに夢中だった。

彼女の第一の重荷は、男の家族への奉仕であった。その母親、弟妹、その連れ合い、そういう人との毎日の交渉に、身も心も細って行った。それに彼女は普通の場合よりさらにその人達に対して引け目を感ずるいろいろな事情を持っていた。

とし子は、家族の人達の考えによれば、かれ等の生活の支持者である男を失職せしめた。そうして彼等から生活の安定を奪った。かれ等は、口に出して責めるような事は、為《し》なかったけれど、それだけにとし子は、もっと意地の悪い、いやみのあてこすりでいじめられた。

実際に、男の失職は、とし子の事がもとになっていないではなかった。しかし、そんな事よりも彼はもうとうから、その仕事に倦《あ》きていたのだった。彼は機会を見て、教職などは退いて、他の仕事に転じたかったのであった。それは家族のものたちも知っていた。しかし、思ったほど、仕事はすぐに見附からなかった。そして必然に窮迫が襲った。とし子にとっては辛らい事の数々が日々にせまって来た。

若い時から家族のために働きつづけて来た男は、体の自由だけでも、どんなにか呑気《のんき》だった。少々の窮迫くらいは何んでもなかった。彼は一切の事を、何とかしなくては済まぬ位置におかれたとし子にまかして、いい加減に怠惰な日を送っていた。家族の者にとっては、それは大変な損失だったことは云うまでもない。彼等はしきりに彼に就職を迫った。とし子はそうした場合何時でも辛らい板ばさみになった。彼女は男をかばう代りに、家族のものに対しては、彼の代りになって重荷を負わねばならなかった。

一つの遠慮が、とし子のすべての考えを内輪に内輪にと押えた。家の中の情実や習慣を何処までも通そうとする母親、気の強い妹、それ等の人達と、出来るだけ不快ないさかいをせずにすまそうとするとし子の努力は、大抵なものではなかった。母親は、年老《としと》った人としては、まだ物わかりのいい穏やかな人であった。しかしそれでも家の中の情実に対しては多くの無駄を固持していた。窮迫がはげしくなるといろいろな愚痴がとし子の前に、一つ一つならべられた。妹は本当に勝気な無遠慮な女であった。彼女に会ってはとし子は、とても勝身はなかった。理屈などはまるで通らなかった。どうかすると、母親さえも彼女には極《き》めつけられて困ることがあった。とし子はそれ等の人々の機嫌を気にしながら、どんな侮辱をも無理な皮肉をも黙って忍ぶように、何時の間にか馴らされかけて来た。

　しかし、彼女は決して自身から他へ目をそらすような事はなかった。彼女はその自身の忍従に対してしみじみとひとりで涙ぐみながら、その気持をいとおしんでいることもあり、また或る時は、自分のその意久地《いくじ》なしに焦《じ》れていることもあった。しかし、大抵の場合は、反抗心にみちみちた、我意の強い自分が、そうした家族人達の中にあって、よく忍んでいる事に対して、淡い誇りを持っていた。それにはまた彼女が家の外の仕事としてやっている雑誌の同人を中心として集まる女達に対する世間の批難がその頃随分激しかった。そして、その批難の大部分は下らない、外部に現れた行為による事が多かった。しかもその批難の的となる、多くの突飛な行為は、大抵彼女等の与《あずか》り知らぬ事のみであった。とし子は、それ等の種々な批難を聞くたびに、傍の人達に笑われるほど、むきになって憤慨した。そしてそういう世間に対する憤慨が、ここにも及ぼして、彼女は強いられた忍従を、自ら進んで努めるのだと考えて、それに誇りをもっていた。

けれど、それを折にふれては馬鹿らしく、くだらない事に考える事が、度々あった。殊に、一歩後へ引けばその一歩がすぐに、対手《あいて》のつけ目になって、ずんずん無遠慮にふみ込んで来られるのには、どうにも我慢のならない事があった。そういう時に、彼女の苦痛を知らないではない男の、何とか一言の口出しで、どうにか喰いとめる事が出来るものを、彼はあくまでそういう事には素知らぬ顔をしつづけた。とし子には、彼の気持はわかっていた。どっちに口添えをしても煩《うるさ》い、黙ってなるままにまかすがいいという風に、彼は何時でも考えているらしかった。けれど、それにしても、これから、ただ一生懸命に勉強して、自分の持っているものの芽をのばそうと心がけているとし子に理解を持っている彼なら、とし子のすべてをうち砕いてもしまいそうな、重荷の上に、さらに多くの譲歩を強いられる場合、もう少しくらいは、かばってもくれそうなものという不平は、よくとし子の心に起った。でも彼女はすぐとその気持を引っこめた。彼女はたった一度だけ、その不平を彼の前に出した事があった。そのとき、彼は一言のもとにはねつけた。「自分の事は自分で何とでも始末するがいい。」そして、とし子には、それで充分だった。そうだ、どんな事があっても、他人をたよりにするものじゃない。自分で困る事は自分で始末するより他はない。とし子は、反射的にそう思い、またそれが何処までも真実な事だと信じた。それでも、一方ではまた、そういう理屈を楯に、やはり煩さい事からなるべく遠ざかろうとする、男の利己的な心が何かしら不快な影を、とし子の心に投げるのであった。とし子にはその影が何であるかは、ハッキリとは解らなかった。しかし、彼女は他人を頼ってはならぬという男の言葉が本当だと思いながら、真に快よくそれを受け容れる事は出来なかった。何処かにそれをそのまま受け容れることを渋る気持があった。そしてその気持を納得させる努力が、彼女に何となく、淡いたよりない悲しみを抱かせた。そしてその気持の下から二度と再び彼にそんな事は云うまいという反抗心が起った。

三

「こんな生活を何時までもしているのは馬鹿馬鹿しい。」

彼女はだんだんそう思う日が多くなった。重り合って迫って来るいろんな家庭内の迫害を、甘受している事の恐ろしい不利益を考えては、どうかして立ち直って、自分を救い出したいと思って努力した。けれど、それが、どうしても、少々の努力では追い付くことが出来ないと気がついてからは、彼女はもうその家庭から逃げ出すより他はないと思った。

けれど、そんな気持が根ざしかけた頃には、彼女は母親になった。一人の子供の出生によってそこに小康が保たれた。子供は母親の限りない愛の対象となった。そしてまた、とし子の愛の対象でもあった。暗い家の中はその小さいものの出現によって、急に賑やかに、明るくなった。皆んなが、その一人の子供にのみ注意と興味を持って行った。不快な雲がひとまず晴れた。

みんなは歓びのうちに日を暮らした。殊にとし子は、この小さな者によって家の中が明るくなった事に、どのくらい感謝をしたかしれなかった。けれど、それはとし子をさらに大きな苦悶に導く前提だとは彼女自身すら、まるで気がつかなかった。子供は、とし子と男との関係を束縛した上に、他の家族の人達との間を一層面倒にした。

日を経るままに子供は育って行った。そして子供についてまるで無経験なとし子は、すべてを母親の指図どおりにするより他はなかった。たまに、いくらか彼女が、多少育児に関して知っていることを持ち出しても、「経験」を楯《た》てに、いちいちおし退けられてしまった。多くの無駄や不自由を少しでも除こうとして、母親の流義とは違ったことをしようものなら、母親はむきになって怒った。母親は、とし子が、子供のためにかける手数や時間の無駄を、少しでも除こうとするのを、子供に対する不親切な面倒くさがりだと解釈した。そうして、反抗的に、子供を大切にかけてかばいたてた。その結果は、みんな容易ならぬとし子の骨折りになるのだった。子供は終日、大人達の手から手、膝から膝と渡された。家中の者が子供にかかり切りになっていなければならなかった。殊にとし子は、一時間も子供を離れている訳にはゆかなかった。

さらにまた、その上のとし子の苦しみは、子供が育つに連れて、その一枚のきものにも、出来るだけの派手を見せたい母親の止みがたい見栄から、一層経済上の窮迫に対する不平が昂じて来た事であった。しかも男はもうこの頃は、自ら職業に就こうとする意志は、まるでないのだとしか、とし子は思えなかった。

「何んとか、せめて自分だけでも積極的に働く方法を講じなければならない。」

とし子はそう思っては、あれか、これかと働けそうな仕事を物色した。けれど、母親は子供を抱えたものが、外で仕事をする事には一切不賛成であった。とし子がそうした覚悟を見せるほど母親は息子を責めたてた。そして子供の世話については、やかましく指図するだけで、手を貸すのはほんの、お守りの役に過ぎなかった。とし子がやむをえない用事ででも、外へ出たときの半日の留守は、母親にとっては大変な重荷であった。

だんだんに、とし子は、子供のために、自分を束縛されて来たのに気がついて来た。子供は可愛くて堪《たま》らなかった。けれど、一日中、また一晩中、子供にばかり煩わされて、時間の余裕というものが少しもないのには、苦痛を感じない訳にゆかなかった。どうかして、せめて読書の時間だけでも出したいと焦った。このままにゆけば、やがて子供を一人育てるために、自分というものを、殺しつくしてしまわなければならないようなめになるかもしれない。そんな事があっては大変だ。すべての苦しみが、みんな自分を活かしたいためなのだもの、それを殺してどうなろう。そう思っては彼女は、しきりにはじめから志した読書や、語学の素養を心がけた。けれど彼女が子供を寝かしつける間や、授乳の間を見ては、また折々は台所で煮物の片手間にまで、書物を開いているのを見ると、母親はきまって、彼女が何か道楽なまねでもしているように苦い顔をした。

「私なんか子供を育てる時分には、御飯をたべる間だって落ちついていたことはない。」

などと口ぐせのように云った。母親は、彼女がただ間断なく、子供のために働き、家の事で働いて、疲れれば機嫌がよかった。実際また、読書をするひまに、他の仕事をする気があれば、する事は、母親の云うとおりに山ほどあった。

けれど、とし子には家の中の事を調えて子供の世話でもしていれば、それで女の役目は済むという母親達とは、違った外の世界を持っていた。その役目を果すことを決して厭《い》やだとは思わなかったけれど、そしてまたそれにも相応の興味をもって果すことは出来たけれど、そればかりでおしまいにしてしまう事は出来なかった。

一歩家の外に踏み出すと、彼女は、自分のみすぼらしさ、意久地なさを心から痛感した。うかうかしてはいられないという気がしきりにするのであった。友達のHもNもSもそれからYも、皆んなが熱心に勉強している。そして、一番若い、一番無智無能な自分が何にも出来ずに家の中でぐずぐずしているのだ、と思うと、何とも云えない情なさ腑甲斐《ふがい》なさを感ずるのであった。何の煩いもなく自由に勉強している人の上が羨ましかった。束縛の多い自分の生活が呪わしかった。といって、今更逃れる事も出来ないのをどうすればいいか？　彼女は本当に、それを考えると、たまらなかった。

けれど、とにかく彼女は、家族の人達からは批難されようと、少々くらいな厭《い》や味《み》を聞かされようと、自分の勉強だけは止めまいと決心した。たとえ、まとまった勉強らしい勉強は出来なくとも、せめて、普通の文章くらいは読みこなせるだけの語学の力だけでも養っておきたいと思った。

四

その頃とし子は、友達のHから雑誌の仕事を全部ひきついでいた。彼女がその雑誌を引きつぐ事になったのも、Hからその仕事を持っていては勉強が出来ないから止めるという決心を話されて、折角持ち続けて来たものを止めるという事が惜しいのと、他の一方にはこの仕事を利用して、自分の勉強の時間を、仕事の時間から出そうという魂胆もひそんでいた。そして、その雑誌の同人の一人であるY夫人の処を訪ねたとき、そこでY氏が夫人のために、いま大きな社会学の書物を読む計画があるから勉強する気ならと誘われて、毎週二回くらいずつそこに通う事になったのであった。Y氏は、その書物を手に入れる事がむずかしいために、毎週読むはずの幾ページかの部分をわざわざタイプライタアで写さして送って寄こした。とし子は、その親切を、本当に、心から感謝しながら、少しでも、そうした勉強の機会を外《はず》さないように心懸けていた。

けれど、とし子が家の外に仕事を持つことになったのは、家族の人には、大変な迷惑でも振りかかったように感ぜられた。この頃になって、子供は前より手がかかるくらいであったけれど、それには、W夫婦という人達が親切に大抵毎日来ては面倒を見てくれた。汚れたものの洗濯、掃除、そういうことにまで働いてくれた。妹などには別に何一つ重い負担がふえる訳でもなかった。それでも此度は、そういう人達に、よけいな手伝いをさせて、毎日のように出入させる事に対して、いろいろな批難がやはり、とし子の仕事の上に降りかかって来た。ことに書物をよみに他所《よそ》まで出かけてゆくなどと、家持ち子持ちのする事ではないという激しい反感が切《しき》りに起された。とし子はもう、そんな事に対しては一切無関心な態度でいるより他に仕方はないと思った。

その夜のとし子の悩みは、やはりそれに関連したことだった。母親は例のとおりに、子供を持った女が、始終出歩くことの不可をしきりに云った。そしてだんだんに、家の中のきまりのつかないことをならべたてているうちに、とうとう総てが男の怠惰が原因だという処まで押して行った。母親に、露骨に云わせれば、彼が遊んでいるために、主人としての男の権威が踏みつけにされるのだというのであった。そして、男が踏みつけられているために、自分までが、とし子自身がそうした我ままをしたいために、総ての家の外の事までを自分で背負っているのだという事にもなった。ふたりはその夜さんざんに母親のために愚痴を云われ、口ぎたなく罵られた。そして母親の云う処は、せんじつめれば、彼女を家庭の内にとじ込めて、彼女の仕事をうちの中だけの事にして、自分の手ごろに合うような嫁にするように、それは早く何かの職業につくようにという息子への注文であった。けれども、ふだん思っていること、不平に耐えないことを、何も彼も、順序なしに、一度に出してしまおうとするので、滅茶滅茶なものになってしまった。

とし子はそれを黙って聞いていた。彼女は母親の気持には理解も同情も出来た。いかに口汚く罵られても、いやみを云われても、別に腹立たしい気は起らなかった。しかし、どうしてもこの家族の人達と一緒に生活することは我慢がならないという事だけはふだんよりも一層強く感じられた。例え男に何かの収入の道がついたとしても、彼女は決して母親の希《ねが》うような、嫁になりおおせる事が出来ない事を思うほど、そうして、母親が必然に自分の思う通りになるものと極《き》めている気持を考えれば考えるほど、これから先きの長い双方の暗闇が、とし子の心を暗くするのであった。

とし子は坐っていればいるで、何時までも、一つ事を繰り返されるのがいやなのと、ちょうどY氏の処にゆく晩なので、子供のことを頼むのも面倒と思って、子供を背負うて家を出たのであった。途に母親の言葉を思い出すと今度はその無反省な、虫のいい、または悪感にみちた母親の云い分に対して、先刻その前でしたような冷静な気持での同情などは出来なかった。ふだん忍んでいる多くの不快が、一時に雲のように簇々《むらむら》と頭をもたげ出して、その一つが、彼女のそれに対する憎悪をそそるように、明瞭に思い出させるのであった。そして、自制を失った感情は一斉にその記憶によびさまされて躍り上って来るのであった。そうなると、とし子はもう家族の人々に対して、何とも云えない憎悪を感ずるのであった。どうしていいか分らないような、ふだん抑えているすべての感情のために、一時に苛《さいな》まれた。

しかし、やがて、その感情が引いてしまうと、後はどうする事も出来ない事実に対する深い悩みと、それに対する底しれぬ哀しみが残るだけであった。

男と別れさえすれば、それ等との関係は片づいてしまう。本当に、何の雑作もなく片づいてしまう。それは分り切っている。けれど今、あの男と別れる事が出来ようか？あの男に対しては愛もある、尊敬も持っている。そして、今あの家を自分が出れば困るのは男ばかりだ。自分が、少々不実な女と見られるくらいは仕方がない。けれど、あの男を、自分のようなものにだまされる、馬鹿な、ウスノロな男だとあの母親の口から罵らせる事は辛らい。けれど、それもまんざら忍べない事はない。前にはそう決心した事もあった。けれど今は子供がいる。子供がいる。これをどうすればいいのだろう？あ、やはり、子供のために出来るだけの事は忍ばなければならないのだろうか？前には、意久地のない事だと思いもし、云いもした、その子供のためという口実を、自分も口にせねばならないのだろうか？仕方がない、仕方がない。とし子は一生懸命に目を瞑《つむ》ろうとした。その下からすぐ、深い悔恨が湧き上る。不用意に、こうした家庭生活に引きずり込まれた自分の不覚が恨まれる。思うまいとしても、自分の若さが惜しまれる。自由な自分ひとりの意志で自分を活かしたいばかりに、何時も争いを続けながら、すぐまた次のものに囚われる自分の腑甲斐なさがはがゆい。どうすればいい自分なのだろう？　ああ！　本当に、何物も顧慮せずに活きたい。ただそれだけの望みが何故に果せないのだろう？

多くの気まずさと、冷たい反目が待っている家！　もう帰るまいか、逃げてしまおうかと思った家！　そこに向ってかえりながら、とし子は、じっと思いふけっていたのであった。

五

頭の上には、真青な木の葉が茂り合って、真夏の焼けるような太陽の光りを遮《さえ》ぎっていた。三四間前の草原には、丈の低い樫の若木や栗の木が生えているばかりで、日蔭《ひか》げをつくるほどの木さえなく、他よりずっと高くのびた草の、深々とした真青な茂みの上を遠慮なく熱い陽が照って、草の葉がそよぐたびによく光る。とし子は、森の奥から吹いて来る冷たい風を後ろに受けながら、坐って、草の葉の照りをうつむいた額ぎわに受けながら、じっと書物の上に目を伏せていた。それは、

「伝道は、或る人の想像するように、『商売』ではない。何故なら、何人でも奴隷の勤勉を以て働らき、乞食の名誉を以て死ぬかも知れないような『商売』には従事しないだろう。かくの如き職業に従事する人々の動機は、ありふれた商売とは違っていなければならない。誇示よりは深く――利害よりは強く――。」

という言葉を冒頭においた、エンマ・ゴルドマン②の伝記であった。とし子は、その筆者の調子のいいしかし熱情のこもった文章にひかれて熱心によみ進んでゆく。それは主に、一女工として移住して来た若いエンマ・ゴルドマンが、知名な無政府主義者としてアメリカの公生活中に異彩を放つようになった今日までの、多くの障礙《しょうがい》と困難に戦った目ざましい彼女の半生が描いてあった。

そこには、あらゆる権力の不正な圧迫がいかに彼女を殺そうとしたかが、また、理解を遮ぎられた彼女の仲間でさえもがいかに彼女の霊魂をかきむしったかが明白に描かれてあった。そして、彼女はそれ等のすべてに打ち克ち、知名の伝道者として、何処までもその不屈の精神と絶倫の精力と多くの人の持つことの出来ない勇気をもって、絶えず困難な彼女の仕事を続けているのだ。とし子は、その彼女のいかなる困難に出遇っても屈する事を知らぬ強い精神に、その困難に出遇うほど燃えさかる真実に対する愛の情熱に心を引かれるのであった。同時にまた、彼女を迫害する諸権力の陋劣《ろうれつ》な手段も悪《にく》まずにはいられなかった。さらに、深い理解と友情の必要な場合ほど、俗衆と同じ見地にまで成り下る暗愚な仲間に対する侮蔑を禁ずる事が出来なかった。

「革命思想の代表者は二つの火の間に立つ。一方において社会状態から生ずるあらゆる行動に対して彼に責を負わす現在権力の迫害。他方においては、狭い見地からしばしば彼のあらゆる活動を判断する、彼自身のもとにある同主義者の理解の欠乏。かくして主動者は、しばしば彼を囲繞する群集の中に、まったく孤立する。彼の最も親しい友人すら、いかに彼が孤独寂寞を感じているかを理解するものは稀れだ。それが公衆の眼に顕著な人の悲劇である。」

筆者も彼女の、半生の苦悩を描く前にまずそう書いている。とし子は、そうした一句一句にも強い同感を強いられるのであった。

彼女は一八六九年にロシアのコブノ地方で生れ、七歳までカランドのある土地で育った。両親とも猶太人《ユダヤじん》で、父はそこで官吏をつとめていた。七歳から十三歳までは東プロシアのケニヒスベルグの祖母のもとで育った。その当時の小さなエンマはまったくドイツの雰囲気になずんでいた。彼女の好んで読んだものはマルリットのセンティメンタルロオマンスであった。また彼《か》のルイ女王の非常な称讃者であった。しかしやがて、彼女の重要な最初の一転機が来た。一八八二年に、彼女の両親は彼女を伴うて、セント・ペテルスブルグに移った。そこでエンマは全く違った世界を発見した。

当時のロシアは、国中に大きなあらしが吹きまくっていた。専制政治と智識階級の間の死物狂いの闘争が国中に漲っていた。一八八一年にはアレキサンダア二世が斃《たお》された。そうして、彼女がペテルスブルグに到着した八二年には、その暴君の死刑を執行したソフィア・ペロヴスカヤ、③ゼリアボフ、グリネヴィツキイ、リサコフ、ミカイロフ、その他の勇敢な人々は既に不死のワルハラに、はいっていた。世界はかつてまだこのような、自由のための戦いを見たことはなかった。虚無党殉教者の名が万人の唇に上った。そして、幾千の若い追随者がその戦いの中に飛び込んで行った。革命的感情が、全露西亜《ロシア》のあらゆる階級に滲透した。露西亜語の研究につれて、若いエンマもまた革命思想の伝道者とその新思想に接近した。マルリットの位置はたちまちにネクラソフ④やチェルニシェフスキイ⑤によって奪われた。そして彼女は自由のための戦いに一生を捧げようと決心するほどの、炎《も》ゆるような熱心家になった。

しかし保守的な両親には、この新思想は理解する事が出来なかった。魂をかきむしるような家庭内の争いが続けられた。そして彼女はとうとう彼女自身で生活の途を立てようと決心した。そうして他の多くの人々が、「人民の中に」這入《はい》った例にならって、彼女も或るコルセット製造の工場の女工として這入った。もしも彼女が、そのままそうしてロシアに止まっていたら、他の人々と同じく早晩、シベリアの雪中にうずめられてしまうのであったかもしれない。しかし彼女のために、さらに、新しい局面が展《ひら》かれた。彼女が十七歳になったとき、姉のヘレンと共に、大きな、自由の国、新らしい光明の世界の、アメリカを慕ってロシアを後ろにした。

しかし、アメリカに対する理想的概念は、すぐに破られた。ザアもいずコサックもいず、チノヴニクもいない、共和国、自由平等の国では、一人のザアの代りにその数人を発見した。コサックは重い棍棒を持った巡査に代り、チノヴニクの代りにもっと苛酷な工場奴隷使役者がいた。そうして、彼女はロシアのそれよりもずっと、組織立った、不自由な、いささかの慰藉もない苛酷な工場に仕事を見つけた。彼女はまるで、牢獄に等しいその工場生活に、その暗い冷たい雰囲気に窒息しそうになった。しかし、彼女のためにさらに重要な場面が、それからそれへと展けてゆく。

若いエンマの前に展かれる、彼女を一層正しい処に導いてゆく多くの社会的事実が、さらに深くとし子の心を捉えた。一八八〇年代のロシア、その頃の革命運動についてはーエピソオドでも、のがさずに知りたいとおもうほど、とし子はそれ等の話にふれると興味をそそられるのであった。エンマは、その運動を目撃し、そして直接にその洗礼を受けた。その上に、さらに彼女を自覚した伝道者につくり上げる多くの都合のいい局面が彼女の前に展開されるのだ。とし子はその若いゴルドマンと、彼女をとりまく周囲に、その周囲の生きた事実に導かれるゴルドマンが、心から羨ましいような気持で、読み進んで行った。すべての事実が、それを読むだけのとし子を興奮さすほどにも、ゴルドマンにとっては、都合のいい、試錬であった。

六

エンマ・ゴルドマンが、セント・ペテルスブルグで洗礼を受けた一八八〇年代の革命運動に従事した人々は、その当時、西欧羅巴《ヨーロッパ》やアメリカに起りつつあった社会的観念に対する知識は、ほとんどなかった。その人達の最終目的は、専制政治の破壊で、その手段は人民の教育であった。その人達には社会主義や無政府主義の名さえも知られてはいなかった。

ゴルドマンがアメリカについた時には、ちょうど、彼女がペテルスブルグに着いた時とおなじような社会的政治攪乱の時代であった。労働者はその労働状態に反抗した。同盟罷業者と巡査の間の闘争の轟《とどろ》きが国中に反響した。そして、その闘争の極点が、シカゴのハアヴスタア会社に対する大同盟罷業となり、罷業者の虐殺となり、労働者の首領等の死刑執行となった。しかし、何人も此等の事件の真相を知ろうとはしなかった。

「アメリカの大抵の労働者のように、エンマ・ゴルドマンも非常な興奮と心配をもってシカゴ事件を注目した。彼女もまた、平民の首領等が殺されようとは信ずる事が出来なかった。一八八七年十一月十一日は彼女に全く違った事を教えた。彼女は、権力階級からは何等の慈悲をも期待する事が出来ず、ロシアのザリズムとアメリカの資本家政治との間には名義以外に何等の差違もない事を是認した。彼女の全身はその罪悪に激昂した。そして彼女は、彼身に厳粛な誓をたてて、革命的平民階級に結びつき、賃銀奴隷状態から彼れ等を解放するために、全身全霊を捧げようと決心した。」

彼女は非常な熱心をもって、社会主義無政府主義の文学に親しみはじめ、同じ主義の傾向をもった労働者と懇意になった。そしてやがて、ジョン・モスト⑹の『自由《フライハイト》』によって、無政府主義者としての自覚を得、さらにアメリカの最上知力者によって、無政府主義の思想を学びはじめた。

それから、彼女が無政府主義者の集会の演壇に立つようになり、演説者としての伎倆《ぎりょう》を認められるようになったのはすぐであった。病気で一たん、ロチェスタアの姉の処に帰ったエンマがニュウヨオクに出たのは、彼女が二十歳の時であった。そしてさほどの困難なしに、ジョン・モストと親しくなった。さらに彼女にとって一層重要な役割をもったアレキサンダア・ベルクマン(7)との親交もこの時にはじまった。そうして、それ等の人々と一緒に彼女はその火のような熱誠と雄弁をもって、一方に絶えず労働しながら煽動者として活躍した。また一方にはロシア革命の亡命家等と親しくなり、その人々が彼女に与えた霊感も小さいものではなかった。ロバアト・ライツエルに会ったのもこの時分で、彼によってエンマは近代文学の第一流の著者に親しんだ。

彼女の全身全霊を挙げての火のような主義に対する熱誠は、休息という事を知らなかった。幾許《いくばく》もなく、知名な無政府主義者として目ざましい活動を始めた彼女の上には、いろいろな迫害が来た。彼女は勇敢に大胆に戦った。彼女の熱心と勇気と精力とは何物をも恐れなかった。しかし、やがて恐るべき試練の時が来た。

一八九二年に、大同盟罷業がピッツパアグに勃発した。ホームステッドの闘争、ピンカアトンの敗北、そして国民軍の出動によって散々に蹂《ふ》み躙《にじ》られた労働者の様子に心の底まで動かされたアレキサンダア・ベルクマンは彼れの生命を賭して、実行的無政府主義者が労働者といかに密接な行動をとっているかという実物教示を、(8)アメリカの賃銀奴隷に見せようと決心した。彼はピッツパアグの労働者の敵たるフリックを斃そうとした。が、それは失敗に終って、二十二歳の彼れは二十二年の処刑を申渡された。

エンマ・ゴルドマンがこの事件によって受けた迫害は非常なものであった。九年後にレオン・ツオルゴオズ⑨が大統領マッキンレイを暗殺した時に受けた迫害と共に、それは彼女の霊魂を引っかきむしった。資本家の新聞雑誌の陋劣な讒誣《ざんぶ》虚報や、警察官等の法外な迫害はさほど彼女を傷めはしなかった。しかし、自分達の仲間からの攻撃は彼女にとって堪えがたいものであった。誰れも、ほとんどベルクマンの行為に理解を持たなかった。その理解を妨げるほど同主義者に対する迫害が、ひどかったのだ。そして同志の、公私の集会でひどい責罪と攻撃が続いた。彼女はベルクマンと彼の行為を弁護し、革命的の行動をとったというのであらゆる方面から迫害された。彼女は寝る場所さえも失くして公園で夜をあかすことをさえ忍ばねばならなかった。彼女やベルクマンと一緒にいた青年は、この状態に堪え得ず自殺を企てたほどであった。

マッキンレイ暗殺事件から受けた迫害も同一のものであった。それはベルクマン事件よりはさらに苛酷なものであった。その事件に対する彼女の説明は一層迫害の度を増さしめたのみであった。彼女は実際野獣のように到る処で遂《お》われた。そうした社会の迫害と同志の無理解は彼女の伝道を妨げたほどであった。

しかしそれ等の迫害に打ち克って、彼女は間断なく運動を続けて来た。どんな迫害も彼女の進む道を防ぎ止める事は出来なかった。むしろ困難に出遇うほど、彼女の情熱は炎え上る。よしベルクマン事件ツオルゴオズ事件の後のように一時隠退を余儀なくされるような場合があっても、彼女は決してそれ等の時間を無為には過さない。それ等の時は彼女の貴い知的修養の時間であり、再び闘場に帰るべき準備の時である。

こうして彼女は二十数年以上も主義のために戦い続けている。今では彼女はアメリカの社会的、政治的生活の強力な要素となっている。そしてあらゆる不法な迫害を受けた彼女の真実が知識階級から一般人へと、だんだんに認められて来た。

七

多くの人間の利己的な心から、全く見棄てられた大事な「ジャスティス」を拾い上げる事が現在の社会制度に対してどれほどの反逆を意味するかという事はとし子も前から、いくらか理解はしていた。けれど、そういう社会的事実に対しては殊にうといとし子には、一人の煽動者に対して、大共和国の政府がとったあらゆる無恥な卑劣な迫害手段は不思議なほどであった。はじめて知り得たそれ等の事実に対して、とし子は彼の数多《あまた》の人々をシベリアの雪に埋めた旧ロシアの専制政治に対してよりも、もっと違った、心からの憎悪を感じないではいられなかった。

しかし、それよりもさらに一層強くとし子の心を引きつけたものは、何よりもゴルドマンその人の勇気であった。燃ゆる情熱であった。何物にも顧慮せずに自己の所信に向って進む彼女の自由な態度であった。読み進んでゆく一頁ごとに、彼女の立派な態度は、敵の陋劣な手段と対して、どんなに、とし子の眼には輝やかしく映ったろう？　とし子は静かに自分達の周囲をふり返って見た。

ここでも、すべての「ジャスティス」は見返りもされなくなっていた。すべての者は数百年も、もっと前からもの伝習と迷信に泥《なず》んだ虚偽の生活の中に深く眠っていた。偶々《たまたま》少数の社会主義者達が運動に従事しようとしても、芽ばえに等しい勢力ではどうする事も出来ない。束縛のむすび目の僅かなゆるみをねらって婦人の自覚を主張し出した自分達にしても、何一つ満足な事は出来ない。そして必ず現われなければならない新旧思想の衝突が本当に著しい社会的事実となって現われる事すら、まだよほどの時をおかなくてはならないのではあるまいか、とさえ考えさされるのであった。

とし子はそんな事を考えながらも、すばらしいゴルドマンの生活に対して、自分達の生活の見すぼらしさをおもわずにはいられなかった。

「生き甲斐のある生き方」は、とし子が自分の「生」に対する一番大事な願望だった。何物にも煩わされず、偉《おお》きく、強く生きたいという事は、常に彼女の頭を去らぬ唯一の願いであった。その理想の生活が、ゴルドマンによってどんなに強くはっきりと示された事であろう？

本当に、それほどの「生き甲斐」を得るためになら、「乞食の名誉」もどんなに尊いものだか知れない。その「名誉」のためなら、奴隷の勤勉も何んで惜しもう？

だが一体、何時になったら日本にもそういう時が見舞ってくれるのだろう？　そう考えると、とし子は急につまらない気がした。そうしてしみじみと、人間の個々の生活の間に横《よこた》わる懸隔を思わずにはいられなかった。

とし子達が、その機関誌『S』を中心としてつくっている一つのサアクルは、在来の日本婦人の美しい伝習を破るものとして、世間からは批難攻撃の的になっていた。みんなはムキになってその批難と争った。けれどそれがどれほどのものであったろう？　ただみんなその『S』誌上に僅かな主張を部分的に発表するのが仕事の全部であった。集って話すことも、自分達の小さな生活の小さな出来事に限られていた。そして、みんなが与えられたものを着、与えられた物を食べ、与えられた室《へや》に住んで、小さな自己完成を計っていた。実際に社会的生活にふれているものはほとんどなかった。『S』誌に向っての攻撃の一つは、物好きなお嬢様の道楽だというのであった。実際そう見られても仕方のないほど、みんなの生活は小さかった。皆んなが自分達の生活の弱点に気がねをしながら婦人の自覚を説いた。けれどそれは決して道楽ではなかった。皆んな一生懸命だった。けれど、まだ自分達の力をあやぶんでいる皆は、本当に向う見ずに種々な社会的事実にブツかるのが恐いのだった。しかし彼女等の極力排している因習のどの一つでも、現在の社会制度を無視して残りなく根こそぎにする事が出来るであろうかという事になれば、どうしても「否」と答えるより他はなかった。けれど、その点には出来るだけ触れたくもないし、触れずにいればそれで済ましてもいられるのが、皆んなの実際であった。

けれど、とし子だけは、そのサアクルの中でも、ちがった境遇にいた。彼女は一たんは自分から進んで因習的な束縛を破って出たけれど、何時か再び自ら他人の家庭にはいって、因習の中に生活しなければならぬようになっていた。彼女はその最初の束縛から逃がれた時の苦痛を思い出すほど、その苦痛を忍んでもまだ自分の生活の隅々までも自分のものにする事の出来ないのが情なかった。彼女はただそれを、自身の中に深くひそんでいる同じ伝習の力のせいだとおもっていた。そうして彼女はそれを理知的な修養の力によって除くより他はないとおもっていた。しかし、彼女の生活は、他の友達よりは、他人との交渉がずっと複雑にされなければならなかった。そしてその他人の意志や感情の陰には、とうてい、彼女の小さな自覚のみでは立ち向うことの出来ない、社会という大きな背景が厳然と控えていた。彼女は、それを思うと、どうする事も出来ないような絶望に襲われるのであった。自分ひとりが少々反抗して見たところで、あの大きな社会というものがどうなろう？　と思った。けれど、といって、自分の握っている「ジャスティス」を捨てる訳にはゆかない。「要するに、皆んなが自覚しなければ駄目なのだ」そう思いながら熱心に、やはり自己完成を念じていた。けれど、いつかは一度は立ち直って、その大きな力にぶつかる時があるにちがいないとはその度《た》びにひそかに考えていた。

けれども今、とし子に示されたゴルドマンの態度はまるで違っていた。彼女は社会の組織的罪悪を、その虚偽を、見のがす事が出来なかった。彼女はその人間の心をたわめ、冷くする社会組織に対して激昂した。そしてその虚偽や罪悪に対する憎しみの心を、そのままそれにぶつかって行った。本当に何物も顧慮する隙を持たなかった。ただ、正しい自己の心を活かすために、多くの虐げられたもののために、全身全霊を挙げてその虚偽に、罪悪に、ぶつかって行った。そこに彼女の全生命が火となって、何物をも焼きつくさねばおかぬ熱をもって炎え上っているのだ。とし子の頭はそれを思うとクラクラした。今にも何か自分もそうした緊張した生活の中にすべてを投げ棄てて飛び込んで行きたいような気持に逐われて、じっとしてはいられないような気がするのだった。

彼女が、そんな回顧に耽りながら、沈み切った顔をうつむけて家に帰りついた時には、雪はもう真白にすべてのものを包んでしまっていた。

子供を床の中に入れると、そのまま自分も枕についたが、眼は、どうしても慰さめ切れぬ心の悩みと共に、何時までも悲しく見開いていた。電灯の灯のひそやかな色を見つめながら果てしもなく、一年前にゴルドマンの伝を読んで受けた時の感激を、まざまざと思い浮べて考えつづけていた。

それは、最近に彼女の心の悩みが濃くなってからは、殊にしばしば頭をもたげて彼女を憂鬱にするのであった。そして、一年前よりは一層複雑になった現在の境遇に省みて、諦めようと努めるほど、だんだんにその感激に対する憧憬が深くなってゆくのが、自分にもハッキリと意識されるのであった。

（初出推定、『文明批評』第一巻第三号、一九一八年四月号）

白痴の母

『民衆の芸術』第一巻第四号、
一九一八年一〇月号

一

裏の松原でサラッサラッと砂の上の落松葉を掻きよせる音が高く晴れ渡った大空に、いかにも気持のよいリズムをもって響き渡っています。私は久しぶりで騒々しい都会の轢音《れきおん》から逃れて神経にふれるような何の物音もない穏やかな田舎の静寂を歓びながら長々と椽側《えんがわ》近くに体をのばして、甘ったるい洋紙の匂や、粗いその手ざわりさえ久しぶりなしみじみした心持で新刊書によみ耽っていました。

ふと頁を切るひまの僅かな心のすきに、いかにも爽快なリズムをもったサラッサラッと松原の硬い砂地をかすめる松葉掻きの竹の箒《ほうき》の音が、遠い遠い子供の時分に聞きなれた子守歌を歌われる時のような、何となく涙ぐまれるようなファミリアルな調子で迫って来ました。私は何時か頁を切る事も忘れてそのままボンヤリ庭のおもてに目をやりながらその音に聞き惚れていました。先刻《さっき》から書物の上を強く照らして、何んとなく目まいを覚えさせた日の光りは、秋にしては少し強すぎるくらいの同じ日ざしを、庭の白い砂の上にもまぶしく投げていました。おっとりと高くすんだ空には少しふつり合いなくらいに、その細かに真白な砂はギラギラとまぶしく輝いていました。私は何時までも何時までもぼんやりそこに眼をすえて遠くの方から聞えて来るその松葉掻きの音に聞き入っていました。

ちょうど寝おきの時の気持に似たそれよりは少し快い物倦さを覚えるボーッとしたその時の私の頭の中に、ふと祖母と弟の話声がはいって来ました。

「あたいはどうもしやしないよ」

「本当にかまわなかったかい?」

「かまやしないったら! あたいは見ていただけだってば」

「そんならいいけれど、これからだってお祖母《ばあ》さんが何時も云って聞かすように、芳公に悪い事をするんじゃありませんよ。芳公だって人間だからね、決して竹の先でついたりいたずらをするんじゃないよ。他の人がどんな事をしてもだまって見ているんだよ、決して仲間になって、悪い事をするんじゃないよ」

「ああ、大丈夫だよ、しやしないよ、何時だって見ているきりだよ」

弟は面倒臭そうに話をすると駈け出して来て椽側で独楽《こま》をまわし始めました。

「これ！　またそんな処で。椽側でこまをまわすんじゃないと云っとくじゃないか」

祖母はすぐ後から歩みよって叱りつけました。弟はニヤリと笑って、そのはずんでいるのを掌にとったがたちまちまわり止んだので仕方がなさそうにまたその長い緒を巻きはじめました。

「また誰か芳公をいじめたの？」

私はからかうように弟に聞きました。

「いじめやしないよウ、あんな奴いじめたってつまらないや」

弟は口を尖《とが》らして、さも不服らしく私の顔を見上げました。

「どうしてつまらないのさ」

私はその小さなふくれっ面を面白がってまた聞きました。

「だって、何したって黙って行っちゃうんだもの、つまらないよ」

「偶《たま》には追っかけてくらい来るでしょう？」

「来ないよ」

「一度もかい？」

「ああ」

芳公という白痴の男は、私の家とは低い垣根を一重隔てた隣の屋敷の隅にある小屋の中にその母親の老婆と二人で、私がまだ幼い時分から住んでいました。芳公は首をまっすぐにした事のない男でした。何時でも下を向いて大きな背を丸くして人の顔を上目で見てはニヤニヤ笑っている男でした。彼は滅多に口をきいた事はありませんし、偶にきいても細い細い声で一と言二た言云うとそれから先《さ》きは何んと云っても聞きとれるような声では云いませんでした。彼は私がまだ五つか六つくらいの時にもう七十に手が届くと云われたその母親に養われていたのですが、力だけは驚くほど持っていますので、よく米搗《こめつき》や山から薪を運ぶ仕事などに使われていました。私もまた幼い時から弟が今祖母に云われたのと同じ事を云われながらよくからかったものでした。けれどその頃は少し私共がうるさくつきまとうと、彼は怒って追っかけて来たり、手あたり次第に石を投げつけたりしました。彼はその時分私達が――というよりは私達を率いる子守共がよってたかってからかいながら年を聞きますと、きまって「十九」と細い声でさも恥かしそうな身振りでやっと答えました。けれどその時分既に大人達はもうどうしても彼の年を四十以上だと勘定していました。それからもう十七八年の年月が移っています。いくら年を取らない馬鹿だといっても、やはりもう十五六年前の気力を失ったのだろうと私は思いました。

「芳公は一体もういくつくらいなのでしょうね。どうしても五十以上にはなっていますね」

「もうそんなもんだろうねえ」

何時の間にか私の前の方で小ぎれいななりをしていた祖母は私の問いに格別考える様子もなく顔をうつむけたままどうでもいいような返事をしました。

「十九だよ、芳公の年なら――」

自分の年でも云うような顔をして弟が傍から口を出しました。

「それゃ芳公が云うんでしょう?」

「ああ」

「そんなら姉さんがお前よりももっと幼い時から十九だって云ってるよ。本当はうちのお父さんよりまだ年よりだよ」

「嘘！　嘘だい、ねえお祖母さん！」

「本当ですよ、ねえお祖母さん?　芳公はお馬鹿さんだから年をとらないだけなんですよ」

「ふうん」

弟は腑《ふ》におちないような顔をしてじっと私の顔を見ていました。私は弟とそんな話をしているのもつまらなくなったので再び紙切ナイフを取り上げました。弟もつまらない顔をして遊びに出かけそうにしましたがたちまち頓狂な声をひそめて振り返りました。

「姉さん、芳公がまた打たれてるよ、ほらあそこで――」

私の座っている処から斜めに見える隣りの境目の垣根に近い井戸端に、例のように背中をまるくして下を向いて立っている芳公の姿が見えます。その前に見るも汚らしい老婆が立って、何か云っては芳公がだらりと下げた大きな手の甲をピシャピシャなぐっています。芳公はいくらなぐられても何んの感もないように打たれる手をひっこめもせずにぬっと突っ立っているのです。私は穏やかな明るすぎるほどの秋の日ざしの中での奇怪な姿をした親子の立ち姿を、不思議なほど平らな無関心な気持でだまって眺めていました。

「あっちの方がよく見えるよ」

垣根の方にすばやく走って行く弟を叱っておいて祖母は立ち上りました。

「また婆さんはあんなものを叱るのだね、叱ったって打ったって解るものかね、いい加減にやめておけばいいものを――」

独り言のようにそう云いながらそろそろ体を起して椽側を降りると庭の囲いの外に出て行きました。

二

二三日前――ここに帰りついた次の朝早く――松原の中で、私はそのお化けのように影のうすい異様な姿をした、汚らしい芳公の母親に遇ったのでした。

その朝は、特にうすら寒くて、セルに袷羽織を重ねてもまだ膚《はだ》寒いほどでした。私はまだ日の上らない前に珍らしく床をぬけ出して、海辺に出ました。海はいささかの微動もないくらいによく和《な》いでいました。何時もはすぐ目の前に見える島も岬も立ちこめたもやの中に、ぼんやりと遠く見えて、海も松原も一面にしっとりとした水気を含んだ朝の空気につつまれて静まり返っていました。私は足の下でかすかに音をたてている砂の音を聞くともなく聞きながら松原を出て渚に降りて行きました。小舟は静かに浮いて居ました。そして汀《みぎわ》の水は申訳ばかりにピチャピチャとあるかないか分らないほどの音をたてています。私は出来るだけゆっくりその汀を歩いて東の方のはずれの砂浜がずっと広くなった河尻まで行きました。私が引き返しはじめた頃には長い長いその渚の彼方此方《あちこち》に黒い小さく見える人影がありました。私は本当に久しぶりで朝の海辺のすがすがしい気持を貪りながら高い砂浜を上ったり降りたりして家の方に帰って来ました。

私がちょうど家のすぐ下の渚から松原へ上ろうとした時に、ふとそこの松の木に背をもたせるようにして立った一人の老婆を見出しました。もじゃもじゃと頭を覆うた白髪、生きた色つやを失った黄色く濁ったその皺深い顔の皮膚、放心したような光りを失った眼、両端が深く垂れた大きく結んだ口、私はその老婆の姿を見た瞬間にゾッとして眉をよせた事を覚えています。

「まア、まだ生きているのだ!」

私は浅ましい彼女の長生きに呆《あき》れました。彼女は今はもうゴツゴツの硬い骨の上をただ一枚の皮が覆うているにすぎないのでありました。枯木のような体にはうすよごれた単衣《ひとえ》とぼろを綴じ合わせた見るからに重そうなものを着ていました。そして彼女はぼんやりと沖の方を眺めていました。私はその老婆を見た瞬間に、五六年も前に見たまだしっかりしていた彼女の姿と、それから現在の年齢を同時と云ってもいい早さで思い出しました。彼女は確かにもう八十は過ぎていました。このお化けのような気味悪い老婆も、彼女がまだしっかりしていた時分には、私には親しみのあるいい婆さんだったのです。その、私の老婆に対して持っている親しみはすぐに私の気味悪さを押し退けました。私は老婆に久しぶりな微笑を送りました。しかし老婆はもう私の顔を思い出す気力も失くしたのかそのにぶい眼をぼんやり私の方に向けたままで、何んの表情も見せませんでした。私は再び気味が悪くなって急いで家にはいりました。

そのすべての精力が枯れつくしたように見えた老婆が今その大きな息子を折檻している。私は軽い驚きをもってそれを見ていました。

やがて鈍い足どりで私の祖母がそこに近づいて何か云いながら老婆を小屋の中に送り込みました。

「どうしたんです?」

私は帰って来た祖母の顔を見るとすぐ聞きました。

「何あに、芳公が子供達にからかわれたもんだから婆さんがまたかんしゃくを起したんだよ。あのまた芳公が子供達には手向いが出来ないで帰って来ちゃあ婆さんに当るもんだからつい婆さんも怒るんだよ」

「へえ、うちに帰って来て婆さんに当るのはおかしいわね。親と他人の区別くらいはやはり分るんですねえ」

「それゃあお前いくら馬鹿だって――。あんな片輪者の親にしちゃ婆さんがちっと勝気すぎる。」

祖母は独り言のようにそう云ってまた小切れを拡げました。

「もとはあのお婆さん随分勝気らしかったけど、もうああなっちゃ駄目でしょう。私つい二三日前あの婆さんに遇ったんですけども、もうまるで生きてる人のようじゃないじゃありませんか。私の顔だってもう分らなかったようですよ」

私はあの影のうすい婆さんの姿を思い出しながら祖母に云いました。

「何あにお前、体はああでも、まだ気はなかなか確かだから。八十からになる婆さんとはとても思えないね」

「へえ」

私はどんよりしたにぶい眼の色の何処に昔の婆さんらしい意地が残っているのだろうと不思議に思わずにはいられませんでした。祖母は眼鏡をかけながら
「婆さんの気丈なのも真似が出来ないけれど、あんまりきつい気だから倍も苦労しなきゃならない。あんなに長生きをしても何時までも業を見るのでは何んにもならない」

ひとり言のようにそう云いながら針のめどをすかして見るのでした。

私の頭の中には、まだとても七十近いなどとは思えないほど肉付きのいいしっかりした足どりで歩く婆さんの姿がうつりました。私の祖母が十も若くて、丈夫だ丈夫だと云われながら歯もろくに役立たず、家の中で因循な動作をしているのから見ると、婆さんは祖母よりはかえって十も若い者よりはもっとしっかりした働きをしていたかもしれません。彼女は誰にも腰の低い愛想のいい悧巧な女でした。しかし、私が最初にその婆さんの恐ろしい意地っ張りを見たのはその婆さんの娘に対してでした。

婆さんの娘は、私の家の三四軒先きの石屋のかみさんでした。そのかみさんが狐につかれたという噂が拡がりました。私達は恐がって一しきりその家のまわりに寄りつきませんでした。色の蒼い眼の釣り上ったヒステリックな顔や、ひょろ長い体を私は二度ばかり見ましたけれど、二度とも、もう決して見まいと思ったほど凄い印象を受けたのでした。

けれども、その後だんだん内儀《かみ》さんは狂い出して、手のつけようのないほど暴れ出すようになりました。

何んとも云いようのない苦しそうな圧されるような嫌《い》やな呻き声がするかと思うと突然甲走った息も絶え絶えな泣き声がします。そうかと思うと、ぞっとするようなマニアックな引っつれるような笑いがとめどもなく続きます。私達子供は、不思議な恐いもの見たさの好奇心から石屋の家に近づきます。けれどはじめのうちは皆んな進んでその中を見ようとする気はありませんでした。しかしだんだんその不思議な声だけでは満足が出来ずに何時かそこの戸のふし穴や障子の破れからそっと覗くことを覚えました。そこには、紐でギリギリ手も足も縛られた内儀さんがころがされています。白髪頭をふり乱した婆さんがその細い病人の体を長煙管《ながぎせる》をふり上げて所きらわずピシピシ打ち据えていました。最初に覗いた時に眼にうつったこの光景は私の頭に深くしみ込んでいました。

私は当座夢の中にさえ度々その光景や叫び泣きの声に脅やかされたほどでした。

或時はまた、寒い北風の吹く中で井戸端の立木に内儀さんは後ろ手にゆわえつけられていました。婆さんは井戸から水を汲み上げては自分もかかりながら内儀さんの頭からザアザア浴びせかけては「これでも出ないか」「まだゆかないか」と責めていました。冷たい水を掛けられるたびに病人のあげる悲鳴が長いこと近所の人を悩ましました。私の母はその声に驚いて馳けつけて、その光景を見ると寒気がすると云って寝込んだほどでした。

婆さんはそれでも未だ足りないと見て此度は病人の口から一切の食物を奪いました。そうして夜昼責め続けました。婆さんは狐を逐《お》い出すためには、可愛いい娘の肉体を責めるくらいは当然の事と思っていました。もしそのために死んだ処で仕方がないとまで云い張っていました。人間がけだものに馬鹿にされているよりは死んだ方がいいという主張でした。誰も彼もが婆さんの「気丈」に驚くよりは怖れていました。一年ばかりそういう事が続いた末、内儀さんはとうとう死んでしまいました。婆さんは死ぬる際まで狐に対する苛責の手を少しもゆるめませんでした。近所の人達は、死人に同情のあまり婆さんに責め殺されたのだとさえ云い合っていました。しかし婆さんは平気でした。涙一滴こぼさずに甲斐甲斐しく後始末のために働きました。そして芳公と二人で百姓の手伝いをしたり、小間物の行商をしたりして若い者のとうてい及びもつかない働きぶりを見せていました。

婆さんが弱り始めたのは二三年前からでした。そうして誰の世話にもならず、馬鹿の芳公が働いて来る僅かな金に貯蓄した分をたしてはこの二三年をしのいで来たのだそうです。婆さんは、そうした貧しい暮らしの中からでも他人の世話にはなるまいためのかなりな貯蓄を持っていたのだそうです。しかしそれにしても、半病人の婆さんの惨めな生活に同情して、たった一人の孫が兵隊に行ったのを皆んなで奔走して帰して貰って、婆さんの面倒を見さす事にしました。しかしその孫が帰って来るとすぐ、

「ありがたい事だ。けれど、未だもっとどうしても介抱して貰わねばならないようになるまで精出して働いて来い」

と云って追い出してしまったそうです。近所の人も、婆さんはついにはどうしても他人の世話にならなくちゃならないようになったら舌でも嚙んで死ぬのだろうなどと云い合っていました。

三

それから一週間ばかりもたった或る日の夕方、裏手の方で高い女の泣き声がしますの

で出て見ますと、隣りの婆さんの小屋の前で大勢の子供達に囲まれた何処かの内儀さんが前垂で顔を覆いながら泣き声を出してしきりに何か云っています。婆さんはその黄色い顔を真直《まっす》ぐに向けて何の表情も見せずに何か云っています。隔りが遠いのでそういう光景だけは見えますが何の事か私には分りません。そのうちに隣りの主人や私の祖母などが駆けつけました。私も祖母の後を追いました。内儀さんの話や、子供等の話を総合しますと、今し方何かに怒った芳公が松原で子供をおいまわして、とうとう裏手から鎮守の天神様の中に追い込みましたので、表の方へ逃げて行く子供等はあわただしく石段を駆け降り始めました。その一番後から降りようとする子供を芳公は力まかせに突き落したのです。子供はそのために足を挫き、彼方此方《あちこちす》摩りむいてひどい目に遇ったというのです。

婆さんは黙って、驚くほどシャンとした姿勢で立っていました。その眼は決してどんよりしたものではありませんでした。

「とんでもない、申訳けのない事をしました。ああいう奴の事ですから。何んとも仕様がありません。どうぞ旦那、彼奴の体なんかどうなってもかまいませんからこのおかみさんの得心のいくように存分に一つお願いいたします。」

一とわたり事件の説明がすむと婆さんは非常にはっきりと、しかし冷淡な調子で半ばは内儀さんに、半ばは隣りの主人に向って云いました。婆さんは内儀さんが予期したようにもしくはのぞんだように鄭重な、または嘆願的なお詫びの言葉は連ねませんでした。婆さんは驚くほど冷淡に平気な顔で立っていました。

「得心がいくようにって、あんな馬鹿に大事な息子をかたわにされてどう得心がいくもんか、畜生！　畜生！」

内儀さんは夢中になって泣きさわいでいます。

「まあ、おかみさん、そう逆上《のぼ》せてしまってもしかたがない。芳公もとんだ事をしたもんだが、今おかみさんがこの婆さんを捕えて何を云ってもしかたがない。それで息子さんはどうしました。」

隣の主人は落ちついた口のきき方をして仲にはいりました。

「親父が家につれて行きましたよ」

「家へ連れて行っても仕方がない。すぐ医者にでも見せなければ。どれ、私が一緒に行って上げよう、婆さんも心配しない方がいいよ。」

主人はかみさんと一緒に裏の方から出て行きました。

「婆さん、心配しない方がいいよ、皆んなで何んとか話をつけるだろうから。まああの人の処ではとんだ災難だったけれど、いいみせしめだ。子供たちもこれからは馬鹿な事はしなくなるだろうからね。」

祖母はそう云って婆さんを慰めました。婆さんは何にも云わずに、ただ顔を下げて薄暗い小屋の中にはいってゆきました。

その一晩中行方のしれなかった芳公が翌日海辺の蠣灰《かきばい》小屋の傍にぼんやりと立っていたのを子供が見つけて、巡査が連れて行きました。しかし馬鹿をどうする事も出来ませんのでその夕方になって駐在所から隣の主人が芳公を連れて帰って来ました。

私はちょうどその時祖母に頼まれて婆さんのところに少しばかりの夕食のお菜を持って行っていました。芳公の顔を見ると婆さんは直《す》ぐ立って土間に降りて、まだ芳公がそこまで来ない内に小屋の入口に出て待受けました。

「婆さん、もう何んにも心配する事はない。連れて帰って来たよ。不自由だったろうな。」

隣の主人がそう云って近づいて来る後ろに芳公が相変らず下を向いてニヤニヤしていました。

「どうも御厄介をかけました。おひま欠きばかりおさせして申訳けがございません。」

婆さんは叮嚀《ていねい》に主人の前に顔を下げました。

「この馬鹿！」

婆さんの弱々しい体の何処から出たかと思うような声と一緒に芳公は二三歩後に下りました。傍に立っている誰彼が支えるひまもなく婆さんは何時手にしていたのか、竹切れらしいもので三つ四つ続けざまに芳公をなぐりつけました。

「おい婆さん、お前何をする？」

そう云って支えられると婆さんは喰いしばった歯ぐきの間から声をふるわせながら云いました。

「旦那どうぞお放しなすって下さいまし、私はこの野郎を片輪にしなければ申訳けが立ちません。警察じゃ馬鹿だと思って許して下すっても、他所様《よそさま》のお子供衆を片輪にして私がこれは馬鹿ですからと済ましてはおられません。馬鹿だからこそなお私はあの親御さんに顔が上りません。これ！　芳！　貴様はな少しばかりからかわれたと云って腹を立って他所様の子供衆を片輪にするくらいの根性骨があるなら何故首でも縊って死んでしまわない。解らないか！　解らないか！　解るまい、貴様には解るまい！　俺が片輪にしてやる！　ここへ来い、ここへ来い！　打って打って、打ち殺してやる！」

「これ婆さん、お前はまあ何んだ！　そんな馬鹿な事を云う奴があるものか芳公、お前はあっちへ行ってろ、さあ婆さん、まあ家にはいろう。」

隣の主人は婆さんの汚い体をしっかり抱き止めながら云いました。芳公がノソノソ表の方にゆくのを婆さんは涙を一杯ためた眼で見ていたが、急にガックリ膝を折って主人の手からズリ落ちました。もう薄暗くなった外光の中に婆さんは土の上に黒くうずくまっていました。私はもうそれ以上には見ていられなくなって、小屋の上りがまちにおいた丼も何も忘れて足早に家に帰って来ました。

婆さんが死んだのはそれから三四日たっての事でした。芳公をしばらく婆さんの傍からはなす事になって、他へやって三日目の朝です。あの異常な興奮の夜から婆さんは全く体の自由を失っていましたので、私の家や隣りで朝晩おかゆを煮たり、いろんな面倒を見ていました。もう此度こそ駄目だと母も云っていましたが、その朝、まだ夜が明けかけたばかりに、隣りでは裏口の戸を破れるほど叩かれました。婆さんはその枯れた幽霊のような体を裏の松の木に吊していたのです。それは誰れ一人として案外に思わないものはありませんでした。どうしてそこまで這《は》い出して行ったかさえ疑問にされるほどの体で、彼女は高い枝にその身体を吊した紐をかけていました。人々は驚異の眼を集めて一様にその高い枝を見上げました。

火つけ彦七

『改造』第三巻第八号、
一九二一年七月夏期臨時号

一

今から二十年ばかり前に、北九州の或村はずれに一人の年老《としと》った乞食が、行き倒れていました。風雨に曝《さら》され垢にまみれたその皮膚は無気味な、ひからびた色をして、肉が落ちてとがり切った骨を覆うていました。砂ぼこりにまみれたその白髪の蓬々《ぼうぼう》としたひたいの下の奥の方に気味の悪い眼がギョロリと光っていました。

行き倒れの傍を取り巻いた子供達はその気味の悪い眼光に出遭うと皆んな散り散りに逃げてしまいました。が、子供達が、その日暮方のしばらくの明るさの中を外で遊んでいますと、そこにさっきの乞食が、長い竹杖にすがってよろよろしながら歩いて来たのでした。子供等は、また気味悪そうに一と処によりそって乞食を通しましたが、やがてそのよぼよぼした後姿を見ると、ぞろぞろ後へついてゆきました。

乞食は、村にはいって街道を少し行くと左側にある森の中にはいってゆきました。そこはこの村の鎮守なのです。子供等はそこまでついてゆきますと、木立の暗いのと乞食が再び後をふり向いた恐ろしさに、一目散に逃げてかえりました。

次ぎの日、子供達は昨日の乞食の事などは忘れて、お宮の前の広場で遊ぼうとしていつものように、その森の中にはいってゆきました。すると昨日の乞食がお宮の石段に腰を下ろしてそのやせた膝を抱いて白髪の下から例の気味の悪い眼を光らして子供達を睨み据えました。子供等は思いがけない邪魔にびっくりして外の遊び場所をさがすために、お宮から逃げ出しました。

しかし、夕方になると、彼れ等はあの乞食の事を忘れられませんでした。そこで皆んなは、もしも恐い事があって、逃げるときに、逃げ後れるものがないように、めいめいの帯をしっかりつかみあって、お宮の森をのぞきに出かけました。

今度子供達の眼にまっさきに見えたのは、お宮の森で一番大きな楠の古木の根本に盛んに燃えている火でした。そしてその次ぎに見えたのは、その真赤な火の色がうつって何んともいえない物凄い顔をしたあの乞食でした。

「ワッ！」

子供達は今日はどうしたのか悲鳴をあげてめいめいにつかまえられている帯際の友達

の手を振りもぎって、馳け出して来ました。

ちょうど、そこを通り合わせたのは、村の巡査でした。子供達が真青になって、逃げ後れたのは泣きながらお宮を飛び出して来たので、巡査はいそいで、お宮にはいって行ったのです。子供達は巡査がはいって行くと、しばらく通りに一とかたまりになって立っていましたが、やがて巡査が、お宮の傍の家の裏で働いている男に声をかけるのを聞きました。

「おうい、為さん！　水を持って来てくれ、桶に一杯！」

巡査はそうどなりながら、為さんの家の方へ近づいてゆきました。為さんが水桶をさげてお宮にゆくのを見ると子供等はまたゾロゾロ暗くなったお宮の境内にはいってゆきました。

「体もろくにきかんくせにこう火を燃《た》いて、あぶなくって仕様がない、」

などと、二人は話しながらシュウシュウと音をさせて、火に水を注いで消しました。

「こんな乞食は何をするか知れたもんじゃありませんよ、追っぱらってしまいましょう。」

為さんは口を尖《とが》らして巡査を煽動します。

「何に、俺もそう思ったが、まるでグタグタで、動かないんだ、今からおっぱらってもどうせ何処までも行きやしないから、今夜は勘弁しておいて、明日の朝追立てる事にしよう。」

巡査は仕方がなさそうに笑いながら、為さんと一緒に引きかえしました。子供等もゾロゾロ家へかえりました。

その晩、この辺には滅多にあった事もない火事がありました。老人達は二十年目だとか二十五年目だとか云ってさわぎました。大きな藁屋根ですから一とたまりもなく焼け落ち、その並びに隣り合って建っている三軒がまたたく間に焼けてしまったのです。そして四軒目に火がうつったときに、やっと消防手の手で消されたのでした。

しかし、珍らしい火事沙汰で、その夜から翌日まで、村中がひっくり返るような騒ぎだったのです。そして翌晩はさわぎつかれて皆んな寝てしまいました。

すると、続いてまた、昨晩の火事の場所から一町半ばかり東よりの村で、一番賑《にぎや》かな通りにある居酒屋と隣りの床屋とが、同時に焼け出しました。

「火事だっ！」

バタバタ騒ぐので、起き出した方々の家ではびっくりしてしまったのです。火事が大変だという事よりも昨夜と今夜が、まず皆を驚かしたのです。今度は二軒とあと両方にわかれて一軒ずつ焼けました。そして、その火が消えかけた時に、その火事場の向う裏にある百姓屋の納屋がどんどん燃えていたのです。

明《あき》らかに放火だという事は分りました。しかし、あまり思いがけない火事に、村の老人等は色を失ってしまったのもあります。

翌朝、町の警察から五六人も巡査が来るやら、何かえらそうな人達が火事跡に来てウロウロ見まわったりして、村中が何となく殺気だって来ました。

「つけ火だ、つけ火だ、」

と皆んな云いながら、犯人の見当はまるでつかないのでした。巡査や刑事達は村人の誰彼を捉えてはいろんな事を尋ねました。しかしそうなると、皆んな自分の云った言葉の結果がどんな事になるかしれないという、不安と恐怖で、だれも、巡査達とはかばかしい口をきく事はなかったのでした。

二晩つづけての火事におびえた村では、冬だけにする火の番をはじめました。そして二時間くらいに一度ずつ村中を見まわる事にしました。

二

三晩は何事もなくすぎました。村人達は、時はずれの火の番が馬鹿馬鹿しくなって来ました。

「二た晩つづけて火事があったからって急に火の番をしたって、そう幾度もつけ火をする奴もないだろうから、何だかつけた奴が見ると馬鹿気《ばかげ》てるに違いないと俺は思うよ。」

「そうさ、そうまたつづけて焼かれてたまるものかい。」

四晩目にはそんな不平がましい口をききながらほんのお役目に通りを一とまわりして来たのだ。

ところがどうでしょう！　彼等が、西の端の番小屋に帰って一服していますと、急に騒々しくなって来ました。番の人達がびっくりして外に出て見ますと、たった今、自分達の見て来たばかりの、東の方に火の手が高くあがって盛んに火の子を降らしているのです。

「アーッ」

と云うなり一人の老人は腰をぬかしてしまいました。

他の人々が、騒ぎ出して大勢で馳けつけた時には、焼けた床屋のちょうど向うにある小さな駄菓子屋が焼けているのでした。

しかし、此度は夜明前に、この村を騒がせた放火の犯人はつかまったのです。ちょうどその夜、隣り村から或る家の不幸を知らせに村へ来た二人連れの人達が、村にはいらぬうちに火の手が見えるので、急いで来かかる途中、村はずれの共同墓地の辺に来ると、影のような人間が、向うから来かかったが、自分等の姿を見ると、急いで墓場の中へはいった、という話をしたのです。集まった消防手連中が早速墓場へ馳けつけて、さがしてみたのですが一向分りませんでした。

東が白んで来る時分に、さがしあぐねた連中が、ボツボツ帰りかけて、フト気がついたのは、墓場のそばの共同の葬式道具を入れておく小屋でした。

二三人でその戸を引きあけて見ますと、案の定そこに痩せさらばった一人の男がうずくまっていたのです。彼等はそれを見つけるとカッとなって、ろくに腰もたたないままの老爺を往来まで引きずり出して来ました。そして皆んなで顔を覗いて見ましたが、それは見知らない、汚い乞食でした。

彼れ等は、一度はガッカリしましたものの思い起してこの乞食を引き立てて来ました。そしてその乞食の姿を見た巡査はズカズカ傍によって行きました。もううすら明るくなっているのでしたが、さしつけられた提灯のあかりにその乞食の顔がハッキリ照らし出されました。彼れは三四日前に村にはいって来た乞食でありました。

昼頃になって、その乞食が、三回に渉る放火犯人だという事と同時に、この村や、その他近在を充分に驚かし得るような事の内容が、村の人達の間に伝わりました。

この乞食は、その村の片隅にある特殊部落の××原という処に生れた彦七という男でした。彼は、その生れた処からは何十年という間行衛《ゆくえ》不明になっていたのでした。それで、その村でも彦七の家と関係のあるものか、年老《としより》連中でなければ彦七を記憶している者はないくらいなのでした。

彼れの生れた部落でも、或時は、彼れがすばらしい金持になって或る処に豪奢な暮らしをしているのだ、と伝わり、或時は彼れは博徒の中にはいって、すばらしい喧嘩をして監獄に行っていると伝わりました。しかし実際どうなっているか確かな事は分らなかったのです。

ところが、三十年という長い月日が経ってから人々に忘れられた時、彼れは見る影もない乞食姿になって瀕死の体を故郷に運び、そうして放火犯人として捕えられたのでした。しかも彼れは、放火犯として、前科二犯も持っている放火狂なのでした。しかもなお彼れは、息の根が絶えるまでは、この火をもっての呪いを止めないと云っているというのです。

三

「穢多ん坊！　穢多ん坊！」

彦七は小さい時からそう云って村の子供等から、自分等部落の者が卑しめられるのが心外で仕方がありませんでした。

自分達には何処といってちがっている処もなければ、村の奴等の世話になって生きている訳でもないのに、何故村の奴等は俺達を馬鹿にするのだろう、口惜しいな、と始終考えつめていました。そして彼れはその友達と何時もその事ばかり話していました。

だんだん大きくなるにつれて、彦七はそうして村人達に卑しめられるのが、訳もなく口惜しく、馬鹿馬鹿しいという気持がますます激しくなって来ました。そうして、遂に或る時、自分の家をぬけ出して、城下町に行きました。そこでなら、誰にも卑しめられずに、愉快に働く事が出来るにちがいないと考えたからでした。

ところが彼れは、町に一人の知るべもありませんので、仕事もなかなか見つかりません。彼れは二三日足を棒にして仕事をさがしまわりましたが、奉公人を置きたいという家でも、誰れか、知人か親類の者でも一緒に頼まなければ、使わないというのです。

それでも、数日してから、町はずれの瓦焼き場の火を燃す仕事にありつけました。そのとき、彼れは十六でした。生れてはじめて、彼れはそのときに普通の人間として他の職人達と交際が出来たのです。

彦七は、それはかなり激しい労働だったのですが一生懸命に働きました。彼れは湯にも他の人間と一緒にはいり、食事も一緒にし、他のどの人間とも区別なく、枕を並べて眠りました。彦七が自分の部落で話しに聞いたり見たりしたように、人間としてはとうてい忍べないような侮辱を受ける事はありませんでした。彼れは村を出るときに考えたとおりに気持よく一年ばかりを働くことが出来たのでした。

或る日、彦七は若い職人の一人に誘われてお祭りを見に町の方へ出かけてゆきました。二人が、もう少しで、お祭りの雑踏の中にはいろうという処で二三人の若い男が向うから来て、彦七の顔を見て何か頷き合うと、一ぺんすれちがったのを、またわざわざ引きかえして、彦七のそばをすりぬけて前へ出るとその中の一人が、彼れを呼びかけました。

「こら！　彦七！　誰も知ってるものがないと思って、いやに生意気な面をしているな。穢多の分際で、あんまり大巾にこんな処を押しまわすと承知しないぞ。こんな処、貴様みたいな畜生がウロウロする処じゃないや。」

彦七は自分の名前を呼ばれた時に、ハッとしました。その連れは、自分もよく顔を知っている村の者達で、やはりその町に奉公に来ている連中でした。

穢多畜生、という言葉を聞くと彼れはカッとしてしまいました。彼れは物をも云わずにその連れに打ってかかりました。相手はびっくりして身を引きましたが、しかし彼れが自分等に反抗して来るのだと知ると彼等も一とかたまりになって、彦七に立ち向いました。彦七は、何時の間にかぬいで手に持った下駄で、相手の横ッ面を手ひどく打ちました。

「アッ」

相手がそこに手を当てて身をそらすと一緒にまたもう一と打ち続けて打とうとした時に彼れは足を払われて横ざまに倒れました。と同時に体中の、彼方《あっち》も此方《こっち》も用捨なくこぶしが当てられ下駄に踏みにじられるのでした。彼れは、彼れ等を取り巻く群集のさわぐのを耳にしながら口惜し涙をながしているのでした。そして彼れは起き上ると、砂まみれ、血まみれになった顔を引きつらせて群集の中を突きぬけて、一刻も早く町外れの瓦屋の方へ帰って行こうとしました。彼れが、ようやくその家の近くまで行った時に、まだ彼れを追っかけて来た一団がありました。

「かりにも友達が貴様のような穢多に疵《きず》つけられたのをそのままにして置くことが出来るものか。」

彼れ等は、そう云ってよろよろしている彼れをまたまた散々になぐり飛ばし、蹴とばして、彼れが虫の息になるまでいじめぬいて引き上げて行きました。

彦七は這う事も出来ないで、瓦屋近くの藪のそばで、一と晩呻きとおしていたのでした。

あくる朝、近所の人がその惨めな姿を見つけて瓦屋へ知らせました。しかし瓦屋では彼れの穢多であることを知ったので、もう親切に扱おうとはしませんでした。昨日までは仲よくしてくれた二三人の職人が、一枚のムシロをもって来て、何か汚い者をいじるように、彦七の体をムシロの上にころがしのせて、三人でそのムシロを引きずって、瓦屋の裏口の納屋の軒に置きっぱなしにして仕事場にはいってしまいました。

彦七は、昨日までの友達が一と言も慰さめてもくれず、水一杯持って来てくれないのを恨むよりは、死にかけた犬っころのように納屋の前の大地に敷いたムシロの上にころがされた自分の身が情なさに、また新しい涙をポロポロと流しました。穢多というものはこんな犬猫のような扱いをするのを他の者共は当り前にしているのだ。俺が、あの部落にさえ生れて来なかったら、昨夜のような目に遇う事もなし、またこんな扱いを受ける事もないのだ。何故俺はあんな村に生れたのだ？　だがあの村に何の因縁があれば、そこで生れた者が迫害されねばならないのだ。…………、彦七はガンガン鳴る頭の中で繰り返し繰り返しそんな事を考えているのでした。

四

そうした惨めな彦七の体を、七月頃の暑い陽が、遠慮なく照りつけて、一層彦七の苦悩を増さすのでした。納屋の前を折々通りかかる人達はみんな、そこにころがされている彦七を汚いものでも見るように横目で睨んで通りながら「ペッ」と唾を吐いたり、わざわざ近づいて、その醜く腫れ上った汚い顔を嘲り気味に覗き込んでゆくばかりで誰一人声をかけるものもないのでした。

彼れは恥と怒りでそのたびに体をピクピクさせながら、どうかしてこんな処からのがれようと思いました。けれども彼れは昨夜から咽喉がピリピリするほどかわいているのに水のある処まで行くことはおろか、少し動かしてもたまらないほどいたむ体をもてあつかってその、のどかわきの苦しみと体のいたさとを我慢しなければならなかったのです。

しかしひる頃になりますと、彦七はもう我慢がなりませんでした。

「死んでもいい、死んでもいいから、こんな処は出かけよう。そして村へかえるのだ。そうして、今に見ろ、何かで仇うちをしないでおくものか。この恥と苦しみをこれから出来るだけ貴様達に背負わしてやるぞ。」

彼れは、非常な決心で、その体を少しずつ起しました。しかし起した体は激しい痛みのためにすぐくずおれるようにべたりと落ちるのでした。それでも彼れは恐ろしい我慢でとうとう起ちました。そうして、彼れは一足一足にこたえる痛さを堪えるために全精力を集中させたように物凄い上ずった眼を据えてソロソロと歩き出しました。

納屋の前から四五間歩きますと、井戸は右の方にまた五六間行った処にあるのです。彦七は井戸端まで真直《まっすぐ》に歩いて行きました。広い瓦干場にも誰も人の影は見えませんでした。井戸端まで辿りつきますと、彦七はホッとして、痛む手をさしのべて、そこに据えた水がめにつけたひしゃくをかわき切った唇につけようとした時でした。

「まあ汚い！　お前なんかの唇つけられてたまるものかい。」

頓狂な声を出して台所から下女が飛び出して来て、その太い手で、彦七の手からひしゃくをもぎとりました。彦七の体は怒りのためにブルブル震えました。彼れはそのカサカサにひからびた唇を噛んで燃えるような眼で下女の真赤にふくらんだ顔を睨みつけました。

「おう恐い。そんな眼をして、化けて出られちゃ大変だから、水くらいならタントおあがんなさいだ！　ホラ、あすこにお前さんのお茶碗がありますからさ、あれでどっさりおあがんなさい！」

彼女は台所の入口の敷居際の土の上に棄ててある、昨日まで彼れが使った茶碗やお椀を指さして、憎々しくそう云うと、此度は台所のまどから顔を出しているもう一人の朋輩と顔を見合わせて笑いながら、

「穢多ごろってものは執念ぶかいってから恨まれると大変だ。おむすびでも施してやるかねお松さん。」

「ふふふふ」

彼れは棄てられた茶碗をじっと見ました。こみ上げて来る涙をのみ込みながら唇をふるわせて、そろりそろりその茶碗をとりに行きました。そして生ぬるいかめの中の日向水を息もつかずに続け様に五六杯も飲んだのでした。

今の今まで、責めさいなんでいた渇きが癒やされると、彦七はがっかりしてそこに倒れようとしました。しかし、ボーッとしかけた意識をようやく取り直して、自分が一年間寝とまりした職人のための長屋の方に歩いて行きました。

彦七がようようその長屋の前まで歩いて来ました時に後ろから瓦屋の隠居が声をかけました。

「彦七、ひどい目に遇ったそうだな。まあそれもお前が先きに手を出すという法はな

いのだから仕方がない。家でも、お前の体が不自由なのを見かけて云うようで済まんが、お前の身分を知らなかったからこそ、今日まで使ったようなものの分ってみれば、皆と一緒に置くわけにも行かず、殊にお前の仕事は火を燃くことで、これは一番清浄な者のやらねばならん仕事だし、体が動くなら、今日限りで家へ帰って貰いたい。昨日まで預りになっている分の金はここに置くから――」

隠居は自分の云いたい事だけさっさと云って、手に渡してやるのもけがらわしいというように、持っていた金包を入口の敷居の上に乗せて母屋の方に引き返して行ってしまいました。彦七はその敷居の上の金包をじっと見つめて立っていました。そしてその眼を屋内にやりますと、僅かばかしの彼れの持物が、職人等の下駄を片よせた土間の隅に放り出してあったのです。

彼れは復讐心に燃えながら疵ついた体を故里に運びました。彼れの両親や兄弟は彼れを大事にいたわってやりました。彼れは引っつれたような顔をして、長い間じっとこれから先きの自分の生活を撰んでいました。そして何んの罪もない自分を、死ぬ目に遇わした世間の奴等の仇になって、どうすれば一番彼れ等を苦しめる事が出来るかを一生懸命に考えました。

やがて、健康の回復した彼れは、驚くばかりに働き出しました。彼れは一体あまり口数をきかぬ人間でしたが、それが輪をかけただまりやになってしまいました。そして、一日中或《あるい》は一年中のどの時間でも無駄に過ごす時間といってはありませんでした。

彦七の家は部落でも暮らし向きはいい方で六七反の田畑はみんな自分のものなのでした。彦七は両親や兄弟をたすけて、激しい百姓仕事を二人前も働きました。そしてひまにはわらじをつくる草履をつくる、縄をなうその外《ほか》、何にかぎらず、金になる仕事ならば何んでもしたのです。盆だ正月だと、他人の休む日でも、彼れは一時間も怠けませんでした。ただ黙々として働きました。

五

彼れが二十歳の秋の収穫がすむとすぐ、彼れは、両親の家の傍に小さな掘立小屋を自分ひとりの手で建てました。それは普通の農家の馬小屋よりも小さく、見苦しいものでした。彼れはだまってそれを建てて、だまって自分ひとりだけ、その大地の上に並べた板の上に蒲団を敷いて寝ました。もちろん食事も自分ひとりでしました。他の家の者よりも、彼れ一家の者がこのだんまりの仕事にまず驚きました。

いろいろな質問や反対に対しても彼はただ黙っていました。部落では、彼れの変人だという事をば知っていますので、別に驚きはしませんでしたが、親の家を離れて一戸を構えたものが当然しなければならない、部落の交際を彼れが断ったのに対しては非常な批難がありました。しかし、そんな事には耳も傾けずに、彼れは平気で、どんな慣習でも礼儀でも容赦なく無視して、ただ働くのに夢中でした。

たった一つ、彼れの楽しみらしいのは、何処から連れて来たのか、一匹の小さな犬でした。彼れは、この犬を少しも放した事はありませんでした。犬と一緒にだけ食べ、犬と一緒に寝、そして犬と一緒に話し、犬と一緒に歩くのでした。

昼間は彼れは自分の借りた田に出て働くか、山に枯枝を集めにゆくか、畑に出るか、とにかくうすら明るくなった早朝から真暗に暮れてしまうまで外で働いています。そして夜になって晩飯をすますと、土器の中に少しばかりの種油を注いで細い灯心をかきたてながら、ただ手許だけがボンヤリするくらいな明るさの中で、藁をうって草履やわらじや、縄をつくるのでした。そして彼れは手をせわしなく動かしながら、何かボツボツ一緒にうずくまっている犬に話しかけているのでした。

彦七が、どのくらい金を溜めたろうという事は部落中のものが始終気にして話し合う事でした。しかし、誰れも見当のつくものはいませんでした。

彼れはほとんど三人前の働きをして、その利益をみんなおさめていたのです。そして彼の食物は玄米でした。彼れは調味料として僅かばかりな塩を父親の家から分けて貰っていました。畑のものもろくに彼れは口に入れてはいない様子でした。彼れは、決して自分で買物に出かけないのでした。そして他人に頼んで買って貰うものは僅かばかりの種油と灯心だけでした。

彼れは夜になると蒲団にはいって寝ましたが昼間はどんな場合でも汚くよごれた仕事着を着ていました。何年かの間盆が来ようが正月が来ようがそれで通しました。彼方此方《あちこち》が破れて、体が出ても平気なものでした。そこで、母親や兄弟が見兼ねて、別のものを着せるという風にして、これにも金はかからないのでした。

こうして、彼れは四年間独居生活をした後に或る夜その住居を引き払ったのです。彼れの姿は犬と共に見えなくなってしまいました。

彼れの第一期の生活がそれでおしまいになったのです。彼れに復讐心をあおった町に、再び彼れは姿を現わしたのでした。

彦七はまず一軒の家を借りました。そして彼れは家主に、自分が少々金を持っている事を話して、それを貸し付けたいのだから、困っている人があれば、世話をしてよこしてくれと頼んだのでした。頼まれた家主の爺さんは、若いのだか年老りだか分らないような干からびた貧相な顔をしたこの男が金貸しをしたいというのを怪しむように、だまって彦七の顔を見ていました。

　彦七は爺さんに頼んだだけでなく、いろいろな方法で、自分の商売の広告をしました。世間には僅かな金で困っている人は随分多いのですから、もちろん彦七が金貸をしたいなどという本当の真意を知っているものはありませんし、彦七の商売はたちまちの間に繁盛しました。

　それから彦七がどんな事をしたかは、読者の想像にまかせます。彼れは世間の人間を出来るだけいじめるために金貸しをはじめたのですから、世間の非道な、ただ金に目がくらんでする金貸の惨忍よりはもっともっとひどい惨忍を平気で重ねました。そして一方には金をふやしてますます魔の手をのばすと同時に世間の人間を泣かせて思う存分楽しんでいたのです。

　もちろん、彼れは十年十五年とするうちには、ずいぶんひどい迫害にも幾度も遇ったのですが、そんな事には決して屈しなかったのです。金をつかんでいれば、どんな者にもまける心配はないというのが、彼れの築き上げた信条でありました。

六

　彼れから金を借りた悲惨な貧乏人のうちで殊に悲惨な一家がありました。それはつい彼れの住んでいる隣り町の鍛冶屋でした。鍛冶屋といっても、その男は田舎の百姓の農具に用いている金物をつくる鍛冶屋の向う槌を振るより他に芸のない、殊に働きのない鍛冶屋でした。その代りにまた、彼等夫婦は誰にも憎まれる事のない好人物なのでした。彼れ等の間には十一になる男の子と九つになる女の子の二人の子供がありました。鍛冶屋の細い働きはとうていこの二人の子供と女房を安穏に養って行く様にはゆかないのでした。そこで女房はちょっとした洗濯物をしたり、彼方此方《あちらこちら》の使いあるきをしたりして、暮しを助けていたのです。

この一家の一番大切な役目をつとめている女房が或る時突然大熱を患ってしまいました。鍛冶屋は心配して、因業な奴とは聞いて知っていたのですが、彦七から三円ばかりの金を借りて、女房の療治につとめました。そして、女房はようよう快方に向いて来ましたが、借りた金は、返すどころの沙汰ではなく、少々の利息もなかなか払えないようになって来ました。

約束の期限が切れると、カタのように彦七は矢の催促をはじめました。最初の間は尋常に手をついてあやまっていました鍛冶屋も、イロイロ彦七が惨忍な金貸の態度を見せはじめますと、もう我慢が出来なくなって、三度に一度は彦七の云い分に楯をつくようになったのです。

ところが、或る夕方鍛冶屋は仕事がえりの往来で、バッタリ彦七に出会いました。

「オイ、寅さん、お前さんは一体何時あの方の埒《らち》をあけてくれるつもりだい。もう期限が切れてから一と月あまりになるのに、利子もろくろく払ってくれないじゃ、俺の方も商売だからな、困るよ。僅か三円かそこいらの金じゃないか」

彦七はいきなり高声に催促をはじめたのでした。鍛冶屋はムッとしたのでしょうがそれでも下手に出て、

「それゃ、云われなくってもわかってるがね、何しろその日稼の事だから、お前さんはたった三円と云うけれど、此方にゃなかなか大変さ、もう少しまあ待っておくんなさい。何んとか工夫するから。」

「工夫工夫ってこの間からお前さんはそういっているけれど、工夫じゃおっつかないよう」

「まあさ彦七さん、ここは往来じゃないか。私も今仕事のかえりでくたびれてる。云う事があるなら、あとでうちへ出掛けて来たらどんなもんだい、往来のまん中で、高声で借金の催促はあんまりみっともない。」

「へん、みっともなきゃお前さん、他人から金なぞ借りないがいいや。此方は貸した金を返して貰わなくちゃならんのだ。往来中で催促してはならんという理屈はないしさ。

貧乏のくせに贅沢な事いいなさんな。催促されるのがいやなら、借りないが第一だ。借りたらさっさと返すがいいや。」

「まあ何を云われても仕方がないけれど、そうしたもんじゃないよ。まあ何にしろ往来では催促は御免蒙むるよ。」

鍛冶屋はムシャクシャするのをおさえてそう云い放したまま行きかけました。

「これこれ寅さん。そうお前さんの勝手にゆくものか。俺はそう閑人《ひまじん》じゃないからちょうどここで会ったが幸いだから何んとか返事をして貰おう。何？　家へ来い？　いけないよ。家へ来いとは何んだ。本来ならお前の方から出て来てこれこれだと断るのがあたりまえなんじゃないか。それを何だって！　家へ来いだ？　ここで埒をあけて貰うのだよ。僅か三円ばかりの金じゃないか。逃げずと男らしく片をつけな。」

彦七は憎々しく云いつのりました。これが平生それほど借金を苦にしない貧乏人ならそれほどでもありますまいが、生憎《あいにく》と鍛冶屋は、これまで貧乏はしていても、借金をした事のない男ですから、気にかかって仕方がない処を往来で恥かしめたのだから堪《たま》りません。おとなしいけれど一徹な鍛冶屋はすっかり逆上してしまいました。

「もう分った！　こん畜生！　貴様のような因業な奴はこうしてやるんだ！」

彼れは夢中になって、ちょうど持ち合わせていた大きなヤットコでいきなり彼の頭をなぐりつけました。

彦七の横びんから夥《おびた》だしい血が噴き出すのとその体が倒れるのとほとんど一緒でした。鍛冶屋は夢中になってヤットコを振り上げて倒れた彦七の上にのっかかりました。がすぐに傍の見物人に抱きとめられました。そしてはじめて我に返った鍛冶屋はそこに倒れている彦七の顔を流れている血を見ると、呆然として大地に座り込んでしまったのでした。

鍛冶屋はそのまま帰りませんでした。彼れは警察の拘留場から監獄に放りこまれてしまったのです。

半月ばかりすると、まだ繃帯《ほうたい》をしたまま凄い顔をした彦七が、近所の人達にいたわられながらようやくその日その日を悲しみながら暮している鍛冶屋の家にはいって来ました。彼れは、女房の嘆願には耳もかさず、何日《いつ》も眼ぼしい物のない家の中をかきまわした後で子供達二人が縮こまって眠っている蒲団をハギとって子供達を畳の上にころがし、台所のかまどから釜を持って出てゆきました。

この無情の仕打に、泣きじゃくる二人の子供を抱いて女房は歯ぎしりをして恨み泣いたのでした。そうして近所の女房が見兼ねて貸してくれた蒲団に子供達を寝かすと女房は自分の二人の兄弟に子供の行末を頼む書置きをして家を出て行ったのでした。

その夜中過ぎ、彦七の家は三方から火をかけられて燃え上りました。彼れが目をさました時には、火はすっかりまわってしまっていました。それでも、彼れは枕頭《まくらもと》の手文庫をかかえて走り出しましたが、入口でしたたか足を払われて転んだ拍子に、飛び出して来た人間にその文庫は奪われてしまったのでした。

彼が気狂いのようになって、その怪しい者の後を追おうとしました時には、文庫はもう火の中に投込まれていたのでした。鍛冶屋の女房は、とうとう彦七を素裸にしてしまったのです。

火は彦七の家から三軒目でとまりました。彦七は何一つ残らぬ焼け跡に呆然と立ってその醜い顔を引きゆがめていました。

彼は火のために、彼が命をけずるようにして築き上げた彼の今までの生涯を跡かたなく失くしてしまったのです。彼れは激しい落胆のために、失神したようになって、二三日の間は、ただ焼けあとをうろうろしていたのです。

しかし、やがて、彼れの眼にあの盛んな何物をも一気に焼きつくしてしまう火焔がふだんにチラつくようになりました。彼れは今までの金による復讐を、此度は魅力にとんだ火焔と取り換えました。そして、長い間、彼方此方を徘徊しながら、その呪いを止めなかったのです。

彼れが生れた村に帰って来たのは、最後の思い出に、最初に彼れの呪い心を培った土地に呪いの火を這わすためでした。

Ⅱ 評論・随筆・書簡

左から，辻潤の妹・恒《つね》，伊藤野枝，長男の一《まこと》，
辻潤，辻の母・美津《みつ》（1914 年頃）

『青鞜』に登場した十代の野枝は、辻潤との間に子供を産み育てながら、類まれな精力と向上心で、学び書き働く。そして『青鞜』四年目の秋、奥村博との恋愛に集中しはじめた主宰者平塚らいてうの留守を守り、孤軍奮闘。『青鞜』を引き継ぐ。しかし姑と小姑のいる辻家は野枝にとって新たな桎梏となり、ついに『平民新聞』のアナキスト大杉栄に奔り、『青鞜』は終刊した。さらに大杉を支えながら、野枝は他の媒体に多くを書き、なお八年を生きる。

第Ⅱ部では、この間の多彩な評論と、六通の重要な書簡を収めた。とくに後藤新平宛(一九一八年三月九日)書簡は、二十代前半の女性アナキスト野枝が時の内務大臣に直接出した手紙として注目される。三月二日、会合の帰りに新吉原を通行中、酔っ払いの器物破損騒ぎに関わって、伴侶の大杉らが日本堤《にほんづつみ》署に拘禁されたことに対し、その拘禁の理由を問い、面会を要求したものである。野枝が大杉と生活を共にするようになって、このようなことは初めてだった。この書簡は岩手県奥州市水沢の後藤新平記念館所蔵で、二〇〇一年の企画展で展示され、存在が明らかになった。

新らしき女の道

『青鞜』第三巻第一号附録、
一九一三年一月号

新らしい女は今までの女の歩み古した足跡を何時《いつ》までもさがして歩いては行かない。新らしい女には新らしい女の道がある。新らしい女は多くの人々の行止まった処よりさらに進んで新らしい道を先導者として行く。

新らしい道は古き道を辿る人々もしくは古き道を行き詰めた人々に未だ知られざる道である。また辿ろうとする先導者にも初めての道である。

新らしい道は何処から何処に到る道なのか分らない。従って未知に伴う危険と恐怖がある。

未だ知られざる道の先導者は白己の歩むべき道としてはびこる刺《とげ》ある茨《いばら》を切り払って進まねばならぬ。大いなる巌を切り崩して歩み深山に迷い入って彷徨《さまよ》わねばならぬ。毒虫に刺され、飢え渇し峠を越え断崖を攀《よ》じ谷を渡り草の根にすがらねばならない。かくて絶叫祈禱あらゆる苦痛に苦き涙を絞らねばならぬ。

知られざる未開の道はなお永遠に黙して永く永く無限に続く。しかも先導者はとうてい永遠に生き得べきものでない。彼は苦痛と戦い苦痛と倒れて、ここより先へ進む事は出来ない。かくて追従者は先導者の力を認めて新らしき足跡を辿って来る。そして初めて先導者を讃美する。

しかし先導者に新らしかりし道、或《あるい》は先導者の残せし足跡は開拓しつつ歩み来し先導者にのみ新らしい道である。追従者には既に何等の意義もない古き道である。

かくて倒れたる先導者に代る先導者はさらにまた悲痛に生きつつ自己の新らしき道を開拓しつつ歩いて行く。

新らしきちょう意義は独り少数の先導者にのみ専有せらるべき言葉である。悲痛に生き悲痛に死する真に己を知り己を信じ自己の道を開拓して進む人にのみ専有さるべき言葉である。何等の意義なき呑気《のんき》なる追従者の間には絶対に許さるべき言葉でない。

先導者はまず確固たる自信である。次に力である。次に勇気である。而《しか》して自身の生命に対する自身の責任である。先導者はいかなる場合にも自分の仕事に他人の容喙《ようかい》を許さない。また追従者を相手にしない。追従者はまた先導者の一切に対する批判者の資格を有しない。権利がない。追従者はただ先導者に感謝しつつその足跡をたどるより他はない。彼等は自から進む事を知らない。彼等は先導者の前進にならってようやくその足跡を辿って進む事が出来るのみだ。

先導者はまず何よりも自身の内部の充実を要する。かくて後徐《おもむ》ろにその充実せる力と勇気と、しかして動かざる自信と自身に対する責任をもって立つべきである。

先導者は開拓しつつ進む間には世俗的のいわゆる慰安などはいささかもない。終始独りである。そして徹頭徹尾苦しみである。悶えである。不安である。時としては深い絶望も襲う。ただ口をついて出るものは自己に対する熱烈な祈禱の絶叫のみである。故に幸福、慰安、同情を求むる人は先導者たる事は出来ない。先導者たるべき人は確たる自己に活《い》くる強き人でなくてはならぬ。

先導者としての新らしき女の道は畢竟《ひっきょう》苦しき努力の連続に他ならないのではあるまいか。

書簡　木村荘太宛[1]（一九一三年六月二四日）

宛　先　東京市麴町区平河町
発信地　東京市外上駒込染井三三九　辻方

御手紙拝見いたしました。そして私はあの御手紙の全面に溢れたあなたの力強い真実に強く接しました。同時に私は何とも形容の出来ない苦しい気持ちになりました。実は昨日お会いしました時　私はもっとお話しなければならないいろいろなものを持って居りました。それはあなたがあの手紙をお書きになる前に知っておいて頂かねばならない事なのでした。昨日あすこでお別れしまして後に　私はかえったらすぐにそれ等の事を書いてあなたに御送りしようと思ったので御座いました。しかし昨夜はかなり労《つか》れていましたので　何にも書けませんでした。そして今朝御手紙を拝見して私は本当にどうしていいか分らなくなりました。私はあなたに何とお詫びしたらよろしいので御座いましょう。本当に私が気がよわかったために申後れてしまいました。でも私は、自分を偽わるという事の出来ない者で御座います。そしてまた人を欺く事も嫌いで御座います。私は、おなじみの浅いあなたに対して申あげる事ではないので御座いますが　あなたをまじめな方だと信じて御話いたしたいと存じます　そして、それは、あなたに一層私というものがはっきりと御わかりになるという事と信じます。

委《くわ》しく御話すれば随分長いのですけれども　くだらない事はぬきにして御話いたします。昨日御会いしたあなたの眼にはどううつりましたか存じませんが　小さいうちからいろいろな冷たい人の手から手にうつされて違った土地の違った風習と各々の人の違った方針で教育された私は　いろいろな事から自我の強い子でした。そして無意識ながらも習俗に対する反抗の念は十二三才くらいからめぐんでいたので御座います。私は生れた家にも、両親にも兄妹にも親しむ事の出来ない妙に偏った感情を持っているのです。十四五くらいから私は叔父②に監督されて勉強するようになりました。私の十七の夏、帰省しました時、意外にも、私は結婚の話を持ち出されました。本当に意外なのです。もちろん私は断ってしまいました。しかしその時には既にもうすべての約束はすんでいたらしいのです。すべては叔父の専断でした。私は少しの猶予をも与えられずに結婚を強

制されたのです　のがる事の出来ないと解ったときに私は周囲のすべての人を呪いながら或る決心と共に式につらなりました。私は私の夫となるべき人③がいかなる性格を持った人かいかなる履歴を持った人かも知りませんでした　姓名さえも私は知らなかったのです。むろんその人は私がすべてを捧げ得る人ではありませんでした。いかなる方面から云っても私とは反対の人らしく思われました。私は意地をはりぬいて、ろくに口もきかずにすぐに上京を口実にかえりました。そしてとうとう帰校いたしました。けれどもその時、私は五年でしたから卒業はすぐ目前にせまってまいりました。卒業して後はむろん知らない嫌《い》やな家庭に入らねばなりません。私はただ一日一日とその日の近くなるのを恨みながら苦しい心持ちを抱いて、学科の勉強さえも怠り勝ちでした。いよいよ三月になったとき私は、国に帰るまいと決心したのですけれども　私の従姉④が私と一緒に卒業して一緒に帰る事になっているのです。もちろん、公然と止まる事は出来ませんので　どうしても一度は東京を従姉と一しょに出なければなりません。そして途中で従姉からはなれて、しばらくかくれようと思ったのです。そして緊張しきって日を送りました。卒業試験もうやむやで終って二十六日が卒業式という事になりました。私はなるべくゆっくりして、いろいろな準備をして置こうと思っていますと突然従姉の祖父がなくなったりして二十七日に帰らねばならないようになりました。私は、もう何にする間もありませんでした。二十六日の夜は、私の体が裂けてもしまいそうな、苦しい大擾乱の中に、泣く事も出来ない悲痛な気持ちでおそくまで学校に残りました。翌日は立たなければなりませんでした　ちょうどその時、上野の竹の台では洋画家の日本画の展覧会と青木繁氏の遺作展覧会がやっていました。私はそのたつ日二十七日に　すべての事をすててそれを見に行きました。私のために一緒に行こうと云って一緒に行ってくれたのは、学校の英語の先生でした。私は昨日一昨日あたりからの激動にわくわくしていましたので　落ち附いて見ていられませんでした。そしてそのかえりにはじめて、何の前置もなしに激しい男の抱擁に合って、私は自身が何をかも忘れてしまいました。惑乱に惑乱をかさねた私は　おちつく事も出来ずそのまま新橋にかけつけました。新橋には多勢のお友達や下級の人たちが来ていました。従姉はさきに行っていましたが　私のおそかったために汽車の時間に後れたのです。私は再び小石川までかえってまいりました。すべての事は私には夢中でした。何を考える事も出来なかったのです。再びその夜十一時にたつ事にして新橋に行きました。私共に厚意を絶えず持って下すった三人の先生がおそいのもかまわず送って下さいました。汽車の中でだんだんおちついて来ますといろいろな事、考えなければならない事が頭に一つ一つ浮んで来ました。一番に浮んだ事は昼間自分に対した男の態度です　私はそれが何だか多分の遊戯衝動を含んでいるようにも思われますのですがまた、何かのがれる事の出来ないものにとらえられたような力強さも感ぜられるのです。私はどうしていいか迷っているうちに汽車はずんずん進んで行って、もうのがれる事が出来ないようなはめになりました。そして仕方なしに帰りましたが、かえってもじっとしていられないのです、私はすべて私の全体が東京に残っている何物かに絶えず引っぱられているように思われて、苦しみました。そして、直《すぐ》に、父の家を逐《お》われて知らないいやな家に行かねばならないという苦痛も伴って、とうとう私はちょうど帰って九日目の日家を出てしまったのです。しばらくの間、十里ばかりはなれた友達の家にいました私は、私の在校中にかなり私のために心をつかって下すった先生のお力によって上京しました。それまで、私はその先生方にすらそれ等の事情をお話しなかったのです。そして、私はさしあたり行く処がないので、英語の先生のお宅に御厄介になって、そしていろいろ相談しました。

国の方のさわぎは予期以上に大きかったのです。そしてさわぎは学校にまで及んでそのために私を助けて下すった二人の先生はかなりに御迷惑だったのです。そして、私はその時はもうはっきりした意識の下に真実に、男を愛していました。男も私を愛してくれました。私共は、こういう関係になって、それを、だまっているわけには行かないようになりました。私共は出来るだけまじめに卒直に、教頭まで打ち明けました。私は卒業するまでしばらくの間教頭の先生の御宅にいて、起き伏ししていましたので　かなりに話が分ってる人だとも信じましたので――ところが私共のそのまじめな行為は、認められないでかえって一層誤解されて事はさらに面倒になりました。男は断然学校を止めてしまいました。もう一人の先生もおなじ行動をとるという事を云ってらしたのですが　その先生は、とにかくいろいろな事情でお止めにならなかったのです　その先生は私の在学中の担任の先生でした。男は家に対して責任の多い身体でした。母と妹を養わねばならない人でした。もちろん財産というものもないのです。すぐに生活にさしつかえるのです、その苦しい中にいて、私はただその事件の解決する日を待っていたのです、けれども六月になっても七月になっても駄目なのです。七月の末になって、私は、仕方がありませんから自身かえって、解決して来ようと思ってまたかえったのです。

帰ると、私はその日から、いろいろなものでひしひしと縛られ責められてのがれる道もないのです。私はただ「真」という事一つを味方にしていろいろなこころみを目を瞑《つぶ》ってうけました。けれども後から後からといろんなものに逐われて私は、極度に疲れて体さえ健康を害してしまったので御座います。しかも周囲の者は、なお惨酷に、肉親の恩愛や義理、人情などいうものでひしひしと責めるのです。私は幾度か絶望に絶望を重ねて死を決心しました。けれどもそのたびにたった一つの私の愛はなおそのたびに深く深く心の奥に喰い入って力強い執着となって、私のすべてを支配するような事になって来て、苦しみ悶えながら死ねないのです。私は、とうてい、ただでは打ちかてないと思いましたので、とうとう周囲を欺いて安神《あんしん》させて　油《ゆ》だんを見て再び上京しました。去年の十一月なのです。そして今度はしばらく国の方へはたよりをせずにいました。しかし事件は私が再度の家出後すぐに解決したそうです。この間父から知らせてよこしました。

それでようよう国ともたよりをし合うようになったので御座います、中央新聞に書いた事実は相違の点がまったく御座いますが私がいまその男と同棲している事は事実なので御座います。私共はずいぶん去年と今年ひどい目にあいました。いまでもまだ遇いつづけています　しかしそうした苦しい周囲の事情が一層、私共の結合をかたくして、私共は、いま離れる事の出来ないものなので御座います。（私はまじめにお話しているのですが　もしあなたに御不快を与えるような失礼な書き方ではないかと気がつきました。もしそうでしたら御許し下さいまし、）それで実は私はあなたの最初の御手紙を拝見しました時に大変に困ったのです。それであなたに対してはどうかと存じましたがとにかく男に、あなたの御手紙を示して相談いたしました。そしますと、男は私より以上に、よくあなたを、存じて居りました。もちろんあなたのお書きになるものを透してですけれども——そしてあなたが大変にまじめな方であるらしいという事やそれからいろいろその他自分で知っているだけの事を並べて私に説明してくれて、すぐに御返事を出すようにとすすめてくれました。それでとにかく、お目にかかった上で、すべてお話しようと存じましたのです。そして、私はあなたが私の思ったようにまじめな方であったら私の話をそう気持ち悪くしてお聞きになる事はあるまいと思うので御座いました。

私は今日のあなたの御手紙を拝見して何故お目にかかったろうという事をしみじみと思いました。でも、もしあなたが御許し下さるならば私は、このまま意味もなくお別れするよりも親しいお友達として御交わりして導いて頂きたいと思います。そうしてなおその上にも御許し下されば　私の半身である男にもお会いになって下さればどんなに幸でしょう。

私は、今日のあなたのお手紙の一字一句をも深い理解と同情をもってことごとくうけ入れる事が出来ますと大きな声で申あげる事の出来る力強さを持って居ります、自信が御座います。それだけにまた苦しう御座います。私は　何だか犯すべからざる他人のところをみだりに犯したというその罪が　私には背負いきれぬほどの罪に思えてなりません。私はあなたがどんなにお怒りになってもどうおわびしてよいか分りません。

それからエレン、ケイ⑤の翻訳のこと、もちろん、私のまずしい語学で完成するはずはありません、たしかに男の力によるのです、私も出来得るだけ勉強して他人の力などによらずに自分で出来るようにしたいと心懸けて勉強しています。私は、決して、それを、かくしたり偽ったりはしません。私の力の足りない間はそれも仕方が御座いません、私は、どなたかいけないとでも仰云《おっしゃ》れば自分一人で出来るまでは決していたしません。ああいう翻訳の、私に出来ないという事は　たぶんどなたも御承知だろうと存じます。

生田《いくた》先生⑥はよくそんなような事には注意していらっしゃる方で御座いますね、新年号の中央公論に出た平塚さんの新らしい女というのも実は私が平塚さんに話してあげた事があるのだというような事を仰云ったという事も　ちょっと他で聞きました。

やはり、私が力以上に出すぎるのがいけないので御座いましょう。私も本当に、何事も分らない、何も知らないくせに青鞜に書いたりするのは僭越だとは知っていますがああして内部にいて編輯の手伝いなんかしていますと原稿がたりなかったりなんかしますと、余儀なく幼稚な事も生意気な事でも書いて、笑われなければならないのです。私も実はこの頃何事も書きたくないのです。自分でもそれをさほど苦しいとは存じませんもう少し語学でも勉強して素養を深くして何か実のあるものをつかみ得るまでは　これから頑固にだまっていようと存じます。

つまらない事を永々かきました。何卒お許し下さい。私はすべて申あげる事だけは申あげてしまいました、私がこれだけの事を申あげ後れたという事をおわびいたしますと同時にすべては、あなたのまじめな判断をお待ちいたします。

六月二十四日

伊藤野枝

木村荘太様

（初出は小説「動揺」に収録。『青踏』第三巻第八号、一九一三年八月号）

編輯室より（一九一四年一一月号）

『青鞜』第四巻第一〇号、一九一四年一一月号

□永い間不如意な経済の遣繰りや方々の書店との交渉やそれからまだ外の細々した面倒な仕事と雑誌の編輯で疲れきったらいてう氏は十月十二日に千葉県の御宿《おんじゅく》村へ行った。後に残された私はそれ等の仕事をすっかりしなければならなかった。二ケ月くらいはどんな苦しいことでも忍ぶ義務があるとらいてう氏は十一日に私が社に行ったときに笑い笑い云った。私も苦しんでも仕方がないと思った。

□けれども実際やらなければならないとなってみると大変だ。私はすっかりまごついてしまった。相談する人もない。加勢をたのむ人もない。こんな時に哥津ちゃんでもいてくれるとなど愚痴っぽいことも考える。広告をとりにゆく、原稿をえらぶ、印刷所にゆく、紙屋にゆく、そうして外出しつけない私はつかれきって帰って来る、お腹をすかした子供が待っている、机の上には食うための無味な仕事がまっている。ひまひ

まを見ては洗濯もせねばならず食事のことも考えねばならず、校正も来るという有様、本当にまごついてしまった。その上に印刷所の引越しがあるし雑誌はすっかり後れそうになってしまった。広告は一つも貰えないで嘲笑や侮蔑はたくさん貰った。私はすべてのことを投げ出したくなってしまった。

□そんな訳なのでこの号は本当に間がぬけて手落ちがあるけれどこの号だけはどなたにもがまんして頂きたい。その代りに来月号はもう少し一生懸命にやります。交換広告も此度はすっかり止しました。原稿をお送り下すった方にはここでおわびいたします。

□安田皐月《さつき》さん(1)が白山《はくさん》前町三八に水菓子店を開業なさいました。皐月さんの愛嬌がいいためか繁昌しています。果物もたいへん結構です。殊に林檎や梨は本場の一粒選《よ》りだそうです、少々遠くても品物を持って売りにお出掛けになるそうですから何卒皆さまお得意になって下さいまし。

□哥津ちゃんから何か頂けるはずでしたが今月は駄目でした、来月号にはきっとおかき下さるそうです。私も何か長いものを書く気でいました処前のようなわけで忙しくてとうとう書けませんでした。子供のお守りの時間を利用して書くのですからなかなかまとまったものも書けません、来月号にはきっとこの編輯が済み次第書いて置くつもりです。

□大杉荒畑両氏の平民新聞(2)が出るか出ないうちに発売禁止になりました。あの十頁の紙にどれだけの尊いものが費されてあるかを思いますと涙せずにはいられません、両氏の強いあの意気組みと尊い熱情に私は人しれず尊敬の念を捧げていた一人で御座います。ふとして私は新聞を読むことが出来ました。

□両氏の偉大なる熱情と力が全紙面に躍動しているのがはっきり感じられる、書かれた事は主として労働者の自覚についてである。私は書かれた理屈が労働者ばかりについてでなくすべての人の上に云わるべきものであると思う。そしてそれが労働者についてのみ云わるるときに限って何故いわゆるその筋の忌憚《きたん》にふれるのか怪しまないではいられない。あたり前なことを云って教えることが何故にいけないことなのだろう、私はここに出来ることならその一部だけでも紹介したいけれどもあの十頁すべてが忌憚に触れたのだそうだ。だからまた転載した罪をもって傍杖でも食うような事になると折角私が骨折って働いたのが無駄になるから止めて置く。けれども大杉荒畑両氏には心から同情いたします。何だか空々しく変に聞えますが今の処他に言葉が見あたりませんから。

□寄贈の書籍がありますがいちいち読んでいるひまがありませんので今月号では残念ながら御紹介が出来ません、来月は私がもし駄目のようでしたら御宿に送って平塚氏にでも書いて頂いて是非紹介いたします。何卒あしからず御承知下さいまし—御寄贈下さった方々に—

□本当に手落ちばかりで申訳けがありません終りにもう一度平身低頭お詫びを申して置きます。

『青鞜』を引き継ぐについて

『青鞜』第五巻第一号、
一九一五年一月号

新しきものの動き初めたときに旧いものから加えらるる圧迫は大抵同じ形式をもって何時もおしよせて来るように思われます。

青鞜《せいとう》が創刊当時から今日まで加えられて来ましたあらゆる方面における圧迫がこの種のものであることは今更云うまでもない事ですがさらに私たちの主張が従来の歴史的事実からあまりに離れていたという事が――それはもちろん人々から圧迫を受けたり反抗されたりするも重なる原因ですが――予想以上に人々を驚かし惑わし不思議がらせました。そしてその懸隔があまりにひどかったために、私たちは容易に他の人々と近づくことが出来ませんでした。そうして誤解を重ねあやしつれ先入見のためにお互いにその間隔を近づけようとはしなくなりました。けれどもまたかえってそれが衆人の好奇心を呼びました。そして不思議にも私達は他の雑誌のようには経営の困難を感ずるような事はありませんでした。しかし私たちの真面目な思想や主張は流行品扱いにされました。皮相な真似のみをしたがる浅薄な人達の行為が私共の上にまで及びました。そして私たちは世間でやかましく云えば云うほど自己の内部に向ってすべてを集注しようとしました。

それは私たちにとっては実に一番適当なまた真実な態度で御座いました。けれどもそれがために世間との隔たりはだんだん遠くなってしまいました。誤解はとけずにそのまま私たちに対する世間の人たちの固定観念となってしまいました。

けれども私たちはなお一層自分自身のことについて考えなければなりませんでした。実際それに私たちの私生活は社会とは没交渉であることが最も自然らしく思われました。それで出来るだけ社会との煩《わずら》わしい交渉を止めようとしました。

しかし世間の人達の好奇心が何時までも続くはずはありません。私たちは必然に社会との隔たりにぶつかりました。私たちはまず経済的の苦痛を知らなければならないようになりました。そうして今やっと私たち、少くとも私だけは自然社会と自分を前にして考えなければならなくなりました。

私はまずここまでに至る私の気持を洗いざらいここに拡げてみようと思います。

最初青鞜を創刊する時の態度が第一に既に間違っていたように思います。私はその当時の事は本当に委《くわ》しくは知りませんけれども少くとも今までに私の知り得た事から察しても平塚氏の仕事であったことは疑いのない事実だと思います。ところがそれは全く違った形式で発表されました。社員組織だと云うのです。私はただ一概にそれを悪いとは思いませんけれどもそれはかなり根拠のない共同組織であったらしく思われます。或《あるい》は私の臆測かも知れませんが――極《ご》く女らしい謙譲の心持から責任をもって確とした権威をもった経営者たることを辞して共同責任とされたことが第一歩のあやまちであったかもしれないと私は思います。それ故《ゆえ》各自の人が自分の勉強とか仕事とかいうものと雑誌というものが何となく違ったものに思われた事がそれを証拠立てていると思います。そうして最初の創刊当時に仕事を執っていた人達は漸次に自分の仕事に去ってしまいました。創刊後満一ケ年を経て私が入社して事務を手伝うようになったときは既に木内(1)、物集《もずめ》、中野、保持《やすもち》の諸氏とは顔を合すことは全くなかったのでした。そして尾竹氏も去ろうとして居られる時で編輯は平塚氏を助けて小林氏と私と三人でした。経営は東雲堂に委《まか》してあった頃でした。子供のような遊びずきの尾竹氏がいろいろなものに向って好奇心をもってはそれに引きつけられてはちょうど子供が珍らしい見聞したことを話すような調子で無邪気に発表した楽屋落ちが意外に物議を醸した頃でした。それは尾竹氏や他人の人々にとっては何でもない事でした。吉原に行ったということは単にあの中のことを見たいという要求から何も別に行ってはいけないという制限もないから行ってみたまでだ。お酒を呑んだとて罪悪とは云われまいそれは各人の嗜好に属するものではないか、マントを着て歩こうとそれはその人の趣味だ何もそれがわれわれの生活中の重要な部分をなしているのではないという風に私たちは世間の人が何を云おうと耳を貸さなかったのです。私たちは本当に正直で世間見ずでした。私たちは世間というものをそうまで頑迷だとは思いませんでした。私たちはいくら何でもそれ等の些々《ささ》たる行為が私たちの全てだと見做《みな》してしまわれようとは思いませんでした。

やがて私たちは私達自身を教育するために相当の智識を得る途を開こうとしてある計画を立てました。そしてそれは先きだってまず講演会を開きました。それは私たちの考えていたのとはまるで反対の結果を得ました。私たちは重なる誤解のために各方面に同情を失いました。計画は見事に破れました。私達の努力はついに無駄になってしまいました。そうして私たちの行為にあらゆる障害を加えられるようになりました。また至る処であやまった世間の好奇の目に映じた外面的な皮相な行為を真似て得意らしく往来を濶歩して人々の嘲笑的好奇心を集めて喜んでいるようなえたいの知れない女達がぞくぞく現われました。そうして社員組織の禍いはここにも及んでそれ等の厄介な人達の行為の責任がすべて青鞜社に持ち込まれました。おとなしい内輪な平塚氏と純下町式娘の小林氏と小さな私と三人が生真面目な顔して編輯している青鞜社が女梁山泊と目されるような滑稽な事になって来ました。私たちは腹の底から涙の惨み出るような口惜しさ情なさに幾度か遭遇しました。そして私たちはだまって各自勉強をつづけて充実を計るより他に道はなかったのです。

侮蔑されながらも好奇心でのお客様が多かったためか雑誌の発行部数はずんずんふえて行ったらしく思われます。経営の方もさほど苦労しなくてもよさそうに思われ出しました。それに社のために新らしい計画のために職を辞して来たY氏⑵のために——その計画が破れて氏は職を失われた——何とか生活方法を立てなければならなくなったので氏が内部で働かれることになったのですが氏のともすれば感情に依ってのみ人を知ろうとする態度は書店との交渉に何時も嫌われ勝ちでした。そうしていろんな時を経て終《つい》にY氏の手によって経営されることになりました。そうして経営の方面にY氏がかかって私がそれを手伝い平塚氏を助けて小林氏が編輯することになりました。けれどもその頃からもうもとのままの発行部数では少し多いと考えられるようになりました。そうして素人の手にはなかなかうまくはゆかなくなりました。そうしてそのころから平塚氏は独立して家をお持ちになることになりました。社の当時の経済状態は二人の人の生活費を出すことはかなり困難らしく思われました。そうして私と小林氏は専ら書くことになってひとまず編輯の手伝いも経営の手伝いも止めてしまいました。私の生活もその頃からいそがしくなりました。子供のために大部分の時間を費さなければならなかったのです。その間かなり社の事情とは遠くなっていましたのでよくは知りません。けれど平塚氏とY氏の間に何かのことがあったらしいことは察せられます。その頃は平塚氏もまたY氏も自分自身の内生活のためにかなり苦しんでいられた時でしたしその頃のことは平塚氏によってもっとはっきり説明されるでしょう。私はとにかくその間の事柄はあまりよく知らない。

種々な折衝があった後平塚氏が一人で経営されることになりました。けれどもようやく好奇の目が醒めて来ると、いままでとは経済状態もずっと変ったらしく思われますし一方にはまた重なる圧迫のために社員の大部分は退社を余儀なくされて残っている人達《たち》も割り合いに周囲をはばかる人達の方が多く、沈黙してしまったりして雑誌の上にも生々したものが見えなくなって何となく寂しさが漂ったような風に思われて来ました。で経営の困難とその上たった一人で何から何まで小面倒な仕事を執るということは——また時間の余裕のない事と一緒に——平塚氏にとってどのくらい辛かったかという事は私にも充分お察しが出来ます。それはあまりに氏のどの点からいっても不適当な労働でありました。そしてそれはほとんど半年間続きました。私は氏のその仕事に出来るだけのお手伝いはしたいと思いましたけれどちょうど私も前にも云う通りに子供のこと家のことに大半の時間は割かれそしてなお喰べることの労役にも服しなければならないというような忙しい生活の中からとてもお手伝いが出来そうにも思われませんでした。

しかし六ケ月間の不当な労働が平塚氏を極度の疲労に導きました。氏は何とかしてもう少し時間を得ようと務められました。経営はさほどまでに苦しいというでもないのですがとにかく厄介なので何処か適当な書店にまかせようとなすったのでした。しかし何処も何処もとり合ってはくれませんでした。そしてそれらの商人との交渉に費された多くの時間がさらに氏を困惑させました。そうして氏は十月号の編輯を終ると旅に立たれる事になりました。後は私が当分代理することにして。

その頃から私の思想の方向がだんだん変って来たのをいくらかずつ私は感じ出しました。今まではどうしても自分自身と社会との間が遠い距離をもっているように思われました。そして社会的になることはともかく自分自身を無視することのように考えられていました。それが何時の間にかその矛盾を感ぜられなくなって来たことです。私は幾度も幾度もそれを考え直してみました。けれどもどうも前の自分の考え方がまだ行くところまでゆきつかなかったのだとしか考えられなくなりました。そうして今まで一番適当な態度だと思っていた態度にあきたりなくなりました。今は社会的な運動の中に自分が飛び込んでも別に矛盾も苦痛もなさそうに思われました。ただしかしまだ考え方が進んだだけで私の熱情はそこまではまいりません。

十一月号の編輯をしている間に私はいろいろなことを考えました。私は充分に働こうといたしましたけれど家のことや子供に大部分の時間をそがれてどうしても思うように動けませんでした。そうして遅れながら雑誌が出来上ったとき私は私の仕事の間抜さ加減がいやになってしまいました。そのみすぼらしさがかなしくなりました。私は何を考えるひまもなくすぐに御宿《おんじゅく》の平塚氏の処へ長い手紙を書きました。

それは重《おも》に雑誌が不出来なことととてもこんな事では駄目だから十二月号の編輯もお断わりしたいということそれから私にはその少し前から平塚氏の生活と雑誌の仕事とが別々になっているような気がしてそれが平塚氏のためにもまた雑誌のためにもよくないと思っていましたのでその際私は思いきって平塚氏に雑誌をすっかりあなたのものにして――事実そうなんですから――そしてずいぶんいままで入っていた不純なもののために満されたと誤解されていることもそのままになっていますからこの際すべてそれ等を人々の前へ掃き出して隅々まで人々の目が届くようにあいまいなものなんかないようにして立派にあなたのものとしてとり入れそして経営なすったらどうでしょう。私はそれが一番最上の方法だと思います。けれどももしあなたの精力がそれを許さないでそしてまたいろいろ続けてゆく上にあなたが真実に苦痛をお感じになれば私はあなたから私に全責任を負わして頂いて私の仕事としてもよろしう御座います。しかし今のような状態では何となく私のやっていることがどっちつかずでそしていろいろな点にもあなたに対する心づかいが私自身を不快にしていけませんからとても十二月号は出来そうもありません。こう云えばあなたはきっとそんな心遣いなんか止せと仰云《おっしゃ》るかもしれませんけれども私にはやはり駄目です。とにかく熟考なすって下さい。私は今自分のやった仕事のあまりのみすぼらしさに腹立たしさと悲しさとで一杯になっていますからまだ本当の考えでないのかもしれません。何しろ私も考えますがあなたも考えて下さい。というようなことを書き送くりました。

折り返し氏から返事が来ました。それには自分はとにかく前から考えているがまだそれはきまらない。あなたの云う二つの方法についても考えるけれども十二月号だけはとにかくやって欲しいと云うのでありました。私も一たん約束したことではあるしするから編輯にかかることにしたのですけれど何をやっていてもそのことばかり頭にこびりついていて他のことを何にも考えることが出来なかったのです。

だんだん考えていますうちに平塚氏があんなにも苦痛に思うのならば或条件のもとに自分が続けて行ってみればやれないこともないだろうから行ってみようというような気

になりました。それには私の生活の形式もすっかり違えなければならないし種々厄介なことはあるけれどもそのくらいは当然だと思いました。勉強する時間がどうかと思われましたが事実今まではまったく勉強を怠っていましたしまたそれを見出すことも困難でしたけれどももし私たちの日常生活の形式を更《か》えるとすれば私は当然そのくらいの時間は見出せると思いました。そうしてとにかく雑誌をつづけている間は語学の勉強だけでも満足が出来る。私がこれから十年ひとりで忙しい思いをした処でまだ三十だ。まとまった勉強はそれからでたくさんだ。十年のうちには少しは手伝いをしてくれる人くらいは出そうに思われます。そう思って私は私の仕事にしてやってみる気になりました。そうして私は平塚氏が何時もまとまった勉強の時間のないことやまとまった仕事をしないことを苦痛にしていられるのを知っていますのでもし私がうまくやって行って平塚氏が安心して自分の勉強をしそして何かの仕事を仕出かされたら自分もどんなにかうれしいだろうと考えました。そうしてすぐに手紙を書いてその心持を伝えようといたしました。そうして私は私が雑誌を引きつがして貰うとすればそれに添う条件なども考えました。するとと私は常々私を快く思わない人たちのあることに気づきました。また何でも間違った早合点をばかりする人のあるのを考えました。それで私はそこに妙な誤解をされることになると折角、さらに一歩切り開いて進もうとするのを妨げられるような気がいたしました。私はいろいろに考えました。けれどもとうとう私は私の心持をありのままに書きました。そうして私はいろいろな誤解をのぞくためすべての責任は私が背負います。ただ署名人にかかるようなことは決していたしませんから署名人にはあなたになって頂きたいということを書きました。私はその手紙を書いて出してしまってからもいろいろに迷いました。そうして平塚氏の返事を待ちました。それが十一月十三日だったとおもいます。そして十五日に思いがけなく平塚氏が訪ねて見えました。氏は御宿を立つとき私の手紙を見なかってこちらへ帰って来ると同時に廻送されて曙町《あけぼのちょう》のお宅で見たと仰云いました。

そうして氏は御宿を立つときまで私の手紙を見なかったので廃刊にするか休刊にするかの決心であったと仰云いました。何だか私はそれを聞くと意外な気がしたと同時にどうしても私がやるという決心はいよいよ堅くなりました。氏は今の処何にも書く気になれないしとても雑誌の経営などは出来ないからあなたにやって貰えば私も一番安神《あんしん》だけれどただだんだん経営は困難になって行くし先《さ》きに行ってあなたの困るのが見えているからそれをあなたに云ってあげたいと思って来た。とても今のままではやってゆけないからと氏は私のためにもう一度考え直せとすすめられました。けれどもその時私はもう再び考え直すまでもなく何処までもどんな苦痛に会ってもやる処まではやってみる気ですと云いました。平塚氏は繰り返し繰り返し私が考え直すことをすすめられました。けれども私が万一のゆきつまったときの恐れのために止めると云い出せば氏はやはり御宿を出るときに考えられたとおりに休刊か廃刊になさるに相違ない　休刊は廃刊よりもさらに愚な事だ止めるのならば廃刊の方がいいとなります。

創刊後もう三年以上も続けて来てまだそう行きつまったというほど迫ってもいないのに廃刊するのはいかほど考え直していても惜しい　殊にこの創刊後とやかく云われ続けては来たけれどもそれでも幾多の若い人達を助けて来たことを思えばなおさら捨てられません。私自身がまず一番に青鞜によって育てられました。哥津ちゃん、がそうです数え出すときりのないくらいです。そうしてまだこれからがさらに長い大きな未来をもっているのです。これからどんな人が生れるかも知れません。私はそのことを思いますととても思い切って投げ出す気にはなれません。殊に私は或る時にふと目に触れた私共に対する批評の中に「彼等は人々の好奇心によって生れたものだ。人々の好奇心が失くなって存在しようはずがない。」という言葉が雷のように私の頭を横切りました。私はあやうく涙が出そうになりました。「どんな苦痛と戦ってもやってゆく！」私は固く固く決心したのでした。

私は私のためにわざわざ、他人ならば困難な事実やなんかを覆いかくしても自分のいやな事をひとに押しつけようとする処に、私の処まで出掛けて来て親切にそれ等を話して考え直せと云って下さる平塚氏のやさしい気持に感謝しながらもそう決心したのでした。そして私は大きな重いものを背負いました。けれどそこで私を最も暗い気持ちに誘ったのは私の年が若過ぎるということとそれから子供を充分に見ることの出来ないことでした。それから世間のいろいろな間違った取り沙汰に答えるのも一苦労でした。

世間の表面に立って仕事をするというのには私はあまりに若過ぎました。私はそのためにきっと知っている人からはたよりない不安を抱かれるだろうと思いました。また馬鹿にもされそうに思われました。あんな小供に何が出来るものかと思っている人達だってきっとあるでしょう。けれどもとにかく年の如何にかかわらず自分のやるだけのことはやってみます。助手の資格しかない田舎者の私がどんなことをやり出すか見ていて頂きたい。とにかく私はこれから全部私一個の仕事として引きつぎます。私は私一人きりの力にたよります。私は誰の助力ものぞみません。そうして今までの社会組織を止めてすべての婦人達のためにもっと開放しようと思います。十一、十二と二ケ月間やった私の経験では経営はさほど困難ではありません。この分ならどうにかやってゆけます。けれどももし私の力が微弱なためにもっと困難になって来たら私は或《あるい》は雑誌の形式をもっと縮小するかもしれません。或はまたもっとひどくて雑誌の形式がとれなくなるかも知れません。しかし私の力のつづくかぎりはたとえ二頁でも三頁でも青鞜は存在させるつもりです。或はそうなったときにその微弱な誌上にもっとも尊く真実な純なるものがきらめくかもしれないと思います。私はそうなることを望みはしませんけれどももしそういう場合《ばあ》いに相遇したときの要心に今から断わって置きます。

平塚氏は半年もしたらまた書けるようになるかもしれないと仰云いました。私はその時に本当にいいものが頂けることを確信しています。

私は一方にそういう仕事のことで考えながらも子供を育ててゆかなければなりません。私はただあたり前に背丈が延びてさえゆけばいいというような育て方では気がすまない、私は出来ることなら一日子供についていてその一挙一動も注意して育児ということだけを仕事にしてみたいというような欲望もかなり強いのです。それで仕事の事にばかり時間をとられて子供のために空かしておく時間のないことがまた私は苦痛でたまりません。これまで一ケ年以上私は少しも他手《ひとで》に委《ゆだ》ねずに乳も自分の以外にはやらずに育てて来ました。私は子供をおいて外出するような事も全く稀なのでした。此度はいちいち連れ出すことは出来ませんからおいてゆかねばなりませんけれども私にはそれがたまらなく苦痛なのです。時々留守の間に私を思い出しては子供がそこにかかっている私の不断着の傍にはい寄ってそれをながめては泣き出すなどいう話を帰って来て聞きますと涙がにじみ出ます。私の仕事の価値も疑わしくなるほどです。本当にそれは不思議なほど私を悲しませます。考えていますと私の最上のそして真実な一番尊い仕事といえば子供を育てる事らしくさえ思われて来ます。私はこんな幼い子供にたまらない寂しさを感じさせる事を平気で忍ぶことが出来ないのです。そしてそれがいい結果を子供の上に齎《もた》らすとは思いません。けれどもやはり私は仕事をしなければなりません。私は子供に留守をさせることに慣してしまおうとして忍んでいます。幸いに子供は安心してなつくことの出来る小父《おじ》さんと小母《おば》さんを見出しました。私はようやく気安く外出することが出来るようになりました。

その次には私が雑誌を引きついだことについての世間の評判です。

最初私と平塚氏はこの話は二人きりのことにして一月に発表することにしようとしたのでしたが　思いがけなく意外の人から洩れて噂はうわさを生んで私たちが知らない間にいろんな憶測がだんだんに誇大されてさも誠しやかに話されていたのです。それで私は一層十二月号に発表してしまおうと思いましたが平塚氏からの注意でやはり十二月は止して一月に発表することになったのですが少々の誤解はそれで仕方がないとして置きました。しかしそれほどひどかろうとは思いませんでした。

或る日私の処へ読売新聞の記者が面会を求めました。会いましたらば此度あなたと平塚氏が何かあってお別れなすったそうですがどんな事があったのですとのことでした。私は前のような事情をかいつまんで話してみましたが何だか信をおかないような顔していました。そしていろいろなうわさばなしをもちだしてあれもこれもと私に真偽をたしかめるのでした。それは一つも事実ではなくみんないい加減な捏造でした。それは平塚氏が懐妊されたということ、奥村氏と平塚氏は別れるということ、私と平塚氏と衝突したということなど重《おも》なことでした。私はいちいち否定しましたけれど、かなりしつこく聞きましたので私は笑ってやったのでした。私は実際世間の人たちのひとり合点な浅薄な取さたに呆《あき》れました。私たちには何でもなくわかる平塚氏の心持ちを少しも理解することが出来ないのです。本当にただもう表面に具体的にあらわれた事実より他に何にも見ることが出来ないでそれに依ってのみ物を判断しようとし、またそれを間違いのないこととのみしている人達の気持ちが私にはむしろ不思議に思われるのでした。

本当にこの広い世間に平塚氏の此度の態度を真実に理解し同情をもつことの出来る人が幾人いるのだろうと思うと私は何故か悲しいような気になりました。

私にしても平塚氏にしても雑誌をやることになったってならなくたって以前と少しも改まった気持ちにはなりません。いろいろな取沙汰が新聞で紹介され続けていても私と平塚氏はいそがしさにはがき一枚もろくに取りかわさなくても私達の友情には何のかわりもなくおなじ気持ちでいられるほど私達の間は平なのです。

聞けば時事新報の記者柴田氏はわざわざ御宿まで出かけて真相をただそうとなすったそうです。私は何と云っていいか笑っていいか、怒っていいかわからなくなります。本当にただ妙な世の中だと云うより他仕方がありません。

そこで私はこの雑誌の経営を自分の仕事として引き受けはしましたが私は今までどおりの規則ではやりたくありません。

まず私は今までの青鞜社のすべての規則を取り去ります。青鞜は今後無規則、無方針、無主張無主義です。主義のほしい方規則がなくてはならない方は、各自でおつくりなさるがいい。私はただ何の主義も方針も規則もない雑誌をすべての婦人達に提供いたします。但《ただ》し男子の方はお断わりいたします。男子でももし婦人に関する事柄について重要なことをお書き下すったのならそして多数の婦人のためになる事なら場合によっては掲載いたしますこともありますが、しかしやはり主として婦人の専用であることは以前どおりです。立身出世の踏台にしたいかたはなさいまし、感想を出したい方はお出し下さい。何でも御用いになる方の意のままに出来るように雑誌そのものには一切意味を持たせません。ただ原稿撰択はすべて私に一任さして頂きます。私は書かれたものが何であるにしても真実な心で書かれたものならば本当に尊敬いたします。虚偽は一切排斥いたします。真面目に本当に自身を育てて行こうとなさる敬虔な婦人達の前に何かのお役にたつべく提供いたします。私の煩雑な労役の苦痛は例え一人の人でも雑誌の存在の無意義でないことを思って下さる方があればそれで償われます。否、否間違っていました。自分でその無意義でないことを見出すことが出来ればそれでいいのでした。私は間違っていました。

私は自分の仕事の価値については考えるだけ愚だと思います。理屈はどうにでもつきます。今の処私は自分が単なる・個の雑誌経営編輯の労働者で終ってもいいと思っています。しかし何時までも同じ処に考えが止まっているわけでもありませんからこの考えがまたどうかわってゆくかわかりませんがとにかく今の処では出来得るかぎり努力しようと思っています。

大分くどく書きましたが要するに平塚氏の仕事を私が引きついでやるということには何の曲折もありません。ほんとうに普通のいきさつです。私たちには世間でそういうことを何か大したいわゆる事情でもあってのことのように云いはやすのがおかしくてたまらないくらいです。平塚氏ももっと静養し勉強なすったらまたきっと此度はいいものをたくさんおかき下さるはずです。

　とにかくこれ以上に私はくだくだしいことを云おうとは思いません。今何を云っても わからなくても時はずんずんすべてを引《ひき》つづいて進んで行きます。そのうちに自然に解 る時が来ることを私は信じます。何時でも私は平塚氏に対しては私の手をとって歩ける ようにして下すった先輩としてまたやさしい友人として能うかぎりの尊敬と親しみを持 っています。何時までも何時までも平塚氏は私の唯一の離れがたい最も貴重な私の友人 であることを信じます。おそらくは此度も私のこの心持ちを受け入れて下さるだけの愛 を私の上に持っていて下さることと自信いたして居ります。

（三、十二、九）

読者諸氏に

『青鞜』第六巻第一号、一九一六年一月号

私は自分で編輯するこの雑誌を、出来るだけ、立派なものにしたいと思います。けれどもいかに、私が自惚《うぬぼ》れてみましても本当に貧弱な内容しか持つことが出来ません。私一個の微力ではもちろんどうしても読者諸氏を満足させるような大家の執筆を乞うことは出来ません。目次にならんだ人達はまだ世間の表に立っていない人の方が多数を占めて居ます。私は毎号毎号こうして貧弱だとかつまらないとかいう非難を耳にしながらも何時もねうちのない雑誌ばかり編輯して居ります。けれども私の考えではそれにも相当の理屈はつくのです。私自らはこの雑誌自身に単なる苗床としてより以上の何の価値をも求めようとはしません、私はこの雑誌を引きつぐ際に、一切の規則を取り去って無規則無方針、無主義無主張ということをお断わりしました。主義の欲しい方規則のなくてはならない方は各自におつくりなさるがいい。何の主義も主張もない雑誌をすべての婦人達に提供いたしますから各々に自由勝手にお使い下さい。お用いになる方の意のままに出来るように雑誌そのものには一切意味を持たせません。ということもその際に申《もうし》ました。何卒この貧弱な雑誌を覗くだけの方でもこの事を御承知下さいまし、この雑誌は苗床としての価値より他には何にもありません。ここに芽を出した苗がどんな処にうつされ、どの苗がどう育ってゆくか――未成品――ということに興味をもって下さる方にはじめてこの雑誌は雑誌自らの存在の意義を明らかにするのです。私はこういう負け惜しみな理屈を楯に何と非難されても相変らず貧弱な雑誌を倦きずにこしらえているのです。

――編　輯　者――

青山菊栄様へ(1)

『青鞜』第六巻第一号、一九一六年一月号

青山菊栄様

あなたの公開状は本当に、私には有りがたいものでした。私は幾度も幾度も読み返しました。もちろん、不服な事もありますがそれはおいおい申上げる事にして、まず公娼廃止についてのあなたの考え方は正当です。私はそういう方面に全く無智なのです。私はまだそういう詳しい事を調べるまでに手が届かなかったのです。その点では私はああいう事を云う資格は全くなかったのかも知れません。あれは私は或田舎の新聞に頼まれて書いたものなのです。別に深い自信のあるものでもなんでもありませんでした。けれども全く、私はあなたのお書きになったものを拝見してはじめてそういうことを気づいたのです。もちろん、私はそういう娼妓の生活状態について無智な者ではないのです。私はかなりあの人たちの生活についてはもっと子供の時分から知っていましたのです。

そうしてそういう処に気のつかなかったのは私の自重のない態度がそうさしたのです。私はあなたにその事を気をつけて下すった事を感謝いたします、そして、あなたのような考え方から見れば公娼廃止ということも尤《もっと》もな事です。もうその事については何にも云わない方が立派な態度かもしれません。こんな事を云うのは卑怯な負惜しみと見えるかも知れませんが、私があれを書いた時に主として土台にしたのは矯風会②の人たちの云い分でした。私はそれ以外に深く考えることをしなかったのは私の落ち度ですがあの人たちからはそういう深い事は聞きませんでした。もしもあの人たちが本当にそういう、あなたのような意見を以て向《むか》うのなら、私だとてあんな事を書きはしません、私は矯風会の人たちからはまだそんな立派な事は聞きませんでした。それで、根本の公娼廃止という問題はあなたの仰《お》っしゃるような正当な理由から肯定の出来る事ですが、私は矯風会の人達の云い分に対してはやはり軽蔑します。あの人達の云う事はあなたののほど徹底しては居ないと私は思います。

さて此度は、私とあなたの思想の差異になって参りますが、私はすべての議論が何時でもどの人達のでもおしまいにはつまらない言葉のあげあしとりになって、水掛論になるので議論という事は本当に嫌《い》やなのです。そういういやな事をしまいと思えばいちいちその言葉の内容からしてさがして行かなければならないという面倒な事になって来ます。そうしますと、だんだんに本来の問題よりも枝葉の事に渡って来るという順序になります。私は今私の考えを述べる前に、どうかこの事がそうしたなりゆきにならないように出来るだけお互いに丁寧に、あつかいたいと思います。

まず、何よりも先きにあなたに申《もうし》あげなければならない事は、私が公娼廃止に反対だという風にあなたが誤解してお出《いで》になるらしい事について、私はそうではありませんという事です。私はもちろん肉の売買など決して、いい事だとは思いません。悲惨な事実だと思っています。そういう事をしないでも済むのならそれに越した事はありません。細かしい事はおいおい云ってゆきますがまず大ざっぱに、私の見たあなたの、私の云った事についての御批評は、あまりに表面的で独合点でいらっしゃいます。それは、あなたが私の書いたものにこれまであまり注意して頂く事が出来なかった故かも知れませんが。

あなたは私が売淫という事が社会に認められているのは男子の要求と長い歴史がその根を固いものにしているので、それは必ず存在するだけの理由をもっているから彼女たちが六年をちかったって十年をちかったってどうして全廃する事が出来ようと云ったのを、私が絶対に全廃することが出来ないとでも云っているかのようにむきになっていらっしゃるようですが、なるほど私の言葉の足りなかった処もありますけれども私は、それを絶対の意味で云ったのではなかったのでした。私はいろいろな深い根本の事を考えていますと、すべての「存在」という事について深い不審をもっていますが、そういう「存在」という事実がある以上、局部的にはその理由を一つ一つ認めることが出来ます。あなたの態度から云いますと立派なものでなくては存在の理由がないような風になりますが、どんなつまらない事でも「存在」する以上相当の理由と価値とは必ずあります。ただ価値と理由が、その存在を長くしたり短かくしたりするだけだと思います。根、というものはそんなに絶対のものではありませんよ、浅かったりゆるかったりすればたちまち引っこぬかれます。どんなに深く這入《はい》ったものでも固いものでも生命がなくなれば駄目ですし、相当の労力と時間を費せば掘り出すことも出来ます。長い歴史が根を固くしているということは正しい存在の理由を構成しないとあなたは仰云《おっしゃ》ってます。そうですとも正しい存在でないものには正しい理由のあるはずがありません。もちろん惰性と同義だという事はあまりに分りすぎています。それがおわかりになって何故私が公娼廃止が絶対に行われないように考えているなどと誤解なさるのでしょう。ここではあなたの方がかえってその存在にもっと正しい理由がある事のように是認してお出になるように見えますよ。で、私が全然その事を不可能だなどという馬鹿な考えを持っていない事をおわかり下さいましたか？

さて、此度は要求という事の側になりますが、あなたはそれを男子の身勝手という簡単な言葉で片づけてお出になりますが、私は男子の本然の要求が多く伴っているという主張は退ける事が出来ません。もともと売淫制度が不自然である以上、不自然な制度に応じて出来たものであることはいうまでもありません。そこで、あなたのお調べになった事がますますその売淫制度というものが男子の本然の要求を満たすために存在するものだということを完全に証拠だてます「女子の拘束の度に比例して売淫が盛んになる」という事実が。

私にあなたはその事実を承認するかと詰問なさる。「私はこれは惨ましい事実だと思います。」と云う以上に立ち入った言葉でお答えしたくはありません。そういう事を簡単に承認するとかしないとかそんな事で片づけようとなさるあなたは人間の本当の生活というものがそんなに論理的に正しく行われるものだと思っていらっしゃいますかと私は反問したい。あなたはあんまり理想主義者でいらっしゃいます。「いかに男子の本然の要求であろうとも女子にとって不都合な制度なら私は絶対に反対いたします」というあなたの言葉はあまりに片意地に聞こえすぎます。あんまり物事を極端に云いすぎます。もう少し冷静に考えて頂きたいと思います。

あなたは前に、女子の拘束が売淫制度を盛んにすると仰云いましたでしょう？　その不自然な拘束が男子の自然な要求を不自然に押えなければならない様にするに相違はないのですけれどもそうした要求が長く忍んでいなければならない事でしょうか、また出来る事でしょうか、そんな不自然な抑制は体をいためたり素直な性質をまげたりする他何にもいい事はありません、そんなにまでして忍ばなければならないという理由が何処にありましょう。私は私自身としてはかなりコンヴェンショナルな考えとして非難は受けましたが誇りとか何とかいうことよりも何よりも私自身の一種の潔癖からヴァージニティを大切にするという事を主張しました通りにやはり同様に男子にもそれを要求したいのです。そしてそれを苦痛を忍んでも抑制するという気持に美しい一種の感激をもちます。けれどもそれは私一個の考えであり望みなのです。普通の場合としては前に云った通りそれはまず不可抗性を帯びた要求ですからそれを是非押えなければならないということはあんまり同情のない考え方だと思います。まして男女の人口が不均衡になり、ますます結婚が困難になって来るような不自然な社会にあってはどうしても売淫を避ける事は出来ないと思います、その不自然な社会制度を改造するまでは。「男子の本然の要求だからといって同性の蒙《こうむ》る侮辱を冷然看過した」とあなたはお責めになるけれども、看過《みすご》せない、と云ってどうします。私は本当にその女たちを気の毒にも可愛そうにも思います。けれども強制的にそうした処に堕ち込んだ憐れむべき女でさえも食べるため、生きるためという動かすことの出来ない重大な自分のために恬然《てんぜん》としています。彼女等をその侮辱から救おうとするには他に彼女等を喰べさせるような途を見付けてからでなくては無智な、何にも知らぬ女たちにとってはその御親切はかえって迷惑なものではないでしょうか？　公娼廃止という事はなるほどあなたの仰有《おっしゃ》るような理由で出来るかもしれませんが売淫という侮辱から多くの婦人を救うことはまずこの変則な社会制度が破壊されるまでは不可能な事ではないかとおもいます。それだけは私たちがいくらもがいても時が来なくては駄目だとおもいます。あなたは看過することの出来ないと仰有るほどまたそれを看過するとはあるまじき事だと私をお責めになるくらい熱心にその事にたずさわっていらっしゃるらしいようですからそんな手ぬるい考えではあきたらないとお思いになるでしょうがそれは各白の考え方の相異、歩き方の相異です。あなたは何をおいてもそのためにお働きになる事に一番意義があるとお思いになるのも尤《もっと》もですし、私はまだ何をおいてもそういう運動をして大いに婦人のために尽そうと思うほどその仕事に生き甲斐を見出し得ませんからまず自分のまわりから先きに片づけて行きたいと思うのです。あなたにとっては私のこの態度はあんまり自分の事ばかり考えすぎている手前勝手者のようにお思いになるでしょうが、それが私とあなたとの違っている処ですから仕方はありません。ついでに、公娼が廃止になれば私娼も少くなるという事実は少し私には首肯が出来かねます。吉原が衰微に傾いた今日市内の私娼の増加は驚くに足るという事実を何で証明して下さいますか？　公娼が公然挑発、誘惑の設備を許されているから青年の情欲を刺戟して堕落させるが私娼は公然挑発しないと仰有るのは少し変だと思います。私は浅草の十二階下辺の私娼がさまざまに変粧してまで男子を誘惑するという話をかなりたくさん聞きましたし、彼処《あそこ》の客という者が学生が多数を占めているというたしかな事実も聞きました。要するに公娼も私娼も大した違いはないと思います。売淫という点はどちらも同じなのだと思います。今の日本の私娼というものも同じく他人に抱えられて借金をして稼いでいる点では公娼と大したちがいはないように思われます。外面的にはずっと私娼が勝れているように見えても案外情実のからみついた彼れ等の社会はやはりそうたやすくぬけられるものでもないように思われます。

あなたが廃止運動が大切だと躍起におなりになるのにも、私が知りながら呑気《のんき》らしい顔をしているように見えるのにも相当の理由があるのです。あなたはあなた、私は私なのですから、お互いに他人の態度を気にするよりも、まあ自分の事をした方が結局お互同士のためです。あなたは万事にあんまりむきに、大げさに考えすぎて、私には何だか滑稽になって来ます。外国人への見栄を、私は決して悪い事だとは云いません、ただそれだけの理由ではあまりに浅薄だと云ったまでです。あなたのそれについての比喩はあんまり真面目すぎて、「他人を馬鹿にしている」と怒りたくなるような馬鹿馬鹿しい理屈です。頭がどうかしてるんじゃありませんか？

　それから私がすべての事象は表面に現われるまでには必ず確たる根をもち、立派なプロセスをもっているものであり、自然力の力強い支配のもとにある不可抗力で、それは僅かな人間の意力や手段では誤魔化せないと云ったのに対して疑いをおかけになりました。そうしてすべての歴史を通じての革新や制度が人間の手に作られたり随時にこわされたりするものであるからこそ女に不都合な世の中を改革しようとしていらっしゃるじゃありませんかとの仰せ、もっともですと申上げたいのですが、どうもあなたの頭はよほどおかしいと思わずにはいられません。人間が造ったりこわしたりすると云った処で、偶然に作ろうと思って造ったりこわそうと思ってこわしたり単純に出放題なことは決してやれるものではありません。子供が粘土細工をするような訳にはゆきません。必ずそこまでゆくには行くだけの理由とプロセスがあって人間の意力をそこまで導いてゆく他の力があるに相異ないと私は信じます。破壊にも建設にも必ず相応な理由があります。それを運んでゆくプロセスがあります。それをそう導く力は何でしょう。時はすべての問題を支配します。その時を駆使する力は何でしょう。偉大なる自然力の前に人間の意力はどんなに小さいものかお考えになった事はありませんか。人間の意力で百般の事を左右し得なければ私たちの戦は徒労だと仰有る。御心配下さいますな。私たちは何時でもその自然力の味方である真理に後を向けませんから大丈夫です。私はその不可抗力を知っています。ですから決して無謀な反抗に生甲斐を見出し得ませんから、静かにまず自分だけの事からやってゆきます。自分の意力の届く範囲だけで出来るだけ立派な道を歩いてゆきます。私の小さな意力は他人にまでも強制的に及ぼす事の出来ない事を私は知っています。あなたの私に対する反問は皆上走っていて少しも核に触れてはいません。「人間の造った社会は人間が支配する。」というお言葉は尤もに聞えますがその人間を支配するものがありますね、その人間を支配する者がやはり社会も支配しはしないでしょうか。社会は人間が造ったのでしょうけれど人間は誰が造ったのでしょう？　果して人間は何から何まで自分で自分の仕末の出来る賢い動物でしょうか？　まあちょっと考えてみても人間は時というものに駆使されています。気の毒なほど、ところが利口な人間は時を利用することを知っていますが自由に駆使することは出来ないでしょう？　それだけでもまだ人間はそんなに威張る資格はありませんよ、権力者の造った制度が不可抗力だなどと云った覚えはさらに私にはありません。権力者たちの造った制度のなかなかこわれないのはせいぜい時の問題くらいなものです。時が許しさえすれば何時でも破《こわ》せます。そら、そこでもやはりいくら人間がもがいたって時が許さなければ駄目でしょう。それだけの制度の根を固めるためには権力者たちも相当な犠牲を払い骨折をしているのですからいくら不自然だって何の償もなしにその株に手をかける事は許されない道理でしょう？

私は公娼問題の事はもうおしまいになったのかと思えばまたですか？　本当に頭がどうかしていはしませんか？　そこでお答えするだけは充分しておかないとまた二度繰返すようではいやですから。

さて公娼廃止は私もまず可能と信じます。それで今度は「誰でもが云うように」売淫制度の存在を是認したということのお責めにあずかる訳ですね、まずそうですね、誰もの云っている事が真実だと思えば私はいくら「誰でもが」云っていても真実だとしますよ、私は衆人が口をそろえて云っているからあれはうそだなど云う理屈はないと思います。「誰でも」は決してまがった事ばかり云って正しい事を云わないとかぎっていないことは百も承知でしょう？　いくらあなただって！　あなたは本当につまらないあげ
あしをとっていますね、煩《うる》さいじゃありませんか、傲慢だとか傲慢でないとかそれが私の態度なら面倒臭いからどちらでもあなたの下さる方を頂戴しておきますよ、どっちだって私に変《かわり》はありやしないから。もうあとの事にいちいちお返事するのは面倒だから止

めます。仰有る通りに折りがあってお目に懸ったらまたお話しましょう、私はあなたのお書きになったものは翻訳を除いては初めてですからどうかしたら感ちがいをした処があるかもしれませんからそんな処がありましたら御注意下さいまし。但し大抵これで私の考え方はお分り下さるはずと思いますからもうこれ以上この問題について云々《うんぬん》することは御免蒙りたいと思います。失礼な事ばかり申上げました。おゆるし下さいまし。

編輯室より(一九一六年一月号)

『青鞜』第六巻第一号、
一九一六年一月号

□もう私が雑誌を譲り受けましてちょうど一年になります。どうかしたいしたいと思いながら微力で思った十分の一も実現することがなく無為に一年を過しました。今月号も新年号の事とてどうにかしたいと思っていましたが何しろ、私が帰京しましたのが十二月五日か六日だったのにそれから一週間ばかりの間は咽喉をはらして食事をすることも話をすることも困難になって何にも出来ませんでしたために、大変手ちがいになって今度もまたおはずかしいものをお目に懸けます。けれども私も身軽になってかえって来ましたからこれからは少し懸命に働きたいと思っています。だんだんに少しずつでも努力のあとが現われるようにしたいとおもっています。何卒皆様にも一層御尽力を願って共に育ててゆきたいと思います。
□何時かも申《もうし》ましたように、自分たちの勉強のためにも何かの問題をとらえて皆で研究するというのはいい事だと思います。それで次号から私は自分の書きたいものの外に何か思想上の実際的な問題をさがしてそれについて書こうと思います。そしてそれを皆様の仰言《おっしゃ》った事と一緒に批評して頂きたいのです。一句でも一章でもいいのです。そして出来るだけ発表するために次号で六号欄を別に設けてそこで発表するようにしたいのです。何卒お互いに勉強のたしになる事ですから賛成して頂きたいと思います。それには実際読者諸姉の現在考え悩んでいらっしゃるような事をそうして大勢の最も進んだ意見をお聞きになってお考えになるのもいい一つの方法だと思います。そういう方面での材料をお持ちになる方は私までおしらせ下されば大変にいいと思います。もちろん決してお名前を出すような事はしませんし、私も知らなくてもいいのです。

□平塚さんは九日にお嬢さんをお産みになりました。お産は少し重かったようですが、その後の経過は大変いいようです。哥津ちゃんも一日ちがいに男のお子さんをお産みになったそうです、まだ会いません。

□平塚さんのお産をなすった翌日くらいに何でも新聞記者が訪ねて行ったのを附添の人が知らずに上げました処、「ご感想は?」と聞いたそうです。私はあんまりの事に本当に怒りました。何という無作法な記者だろうとまだお見舞の人も遠慮して得ゆかないお産室に、一面識もない者が新聞の材料をとりにゆくって、何という人を侮辱したた仕方でしょう。私は頭が熱くなるほど、腹が立ちました。平塚さんは洗面台の上にのせた花の鉢を指さして、「この花と私の感想を交換するつもりで来たのですよ、私は苦しいというより他何の感想もありませんって云ってやりました。」と話されました。私はそうした侮辱も黙って許してお聞きになる平塚さんの気持を考えていると涙がにじんで来ます。何卒皆さんが幸福であるようにと祈るより他はありません。

□私は「雑音」という題でかねてから書きたいと思っていました長篇を書きはじめました。青鞜に載せるのが私の望みでしたけれども種々な事情から大阪毎日に連載することにしました。それは私の見た青鞜社の人々について私の知るかぎり事実をかくのです。私はそれによって幾分誤解された社の人々の本当の生活ぶりが本当に分るようになるだろうと思います。そのつもりで書くのです。しかし何と云っても私自身の過ぎた日の記録を書くという心持が主であるのは云うまでもありません。それでいろいろなものを見、考えていますと、私の入社当時から今日までにも本当に、おどろくべき変化が何彼につけて来ています。あんなにさわぎまわっていた紅吉《こうきち》さん今は御良人と静かな大和に、子供を抱いてしとやかな日を送るようになったのですもの、あの文祥堂の二階で皆してふざけたり歌ったり、平塚さんのマントの中に入れて貰って甘えたりした私が二人の母親に、他の皆も母になったりした事を考えますと僅かの間にと、本当におどろいてしまいます。おどろくというよりは不思議な気がします。

□今月、平塚さんも哥津ちゃんもお産で書いて頂けず、野上さん(1)からも頂けませんでした。本当に残念ですけれど。来月は皆さんに少しずつでも書いて頂こうと思っています。

□雑誌や書物の批評紹介をしばらく怠けました、来月からは正しくやりたいとおもいます。これも、どなたでもおよみになったものの事でおきづきになった事をお書き下さいまし。

□それから、これはとうから申上げたいと思っていましたが補助団の事なのです。あのままになっている事が心苦しくてたまりませんから、小さな本でも何かいいものを撰んで翻訳してパンフレットでもつぎつぎに出してゆこうと思っていますのですが今日まではひまがなくてどうしてもかかれませんでした、それに払い込んで頂いた金はもう私が引きつぐずっと以前から今日まで引きつづいて雑誌の方の借金なんかにつぎ込んでいくらも残っていませんので実は大阪毎日に書きかけのものをまとめてその稿料ででも――小さなパンフレットならそれで足りますから――出版しようかと思っているのです。おそくも四月か五月には是非一集を出すつもりです。金さえ都合が出来ますなら、もしかしましたら、私の感想集を自分で出して、それをも配付したいと思っています。何しろ、私自身に、どうかして働き出すより他に資力がありませんので誠に諸氏に対しては申訳けがありませんがあしからずお許し下さい。それから補助団の会員と申しましても今では十人あるかなしくらいですからそうしてパンフレットでも何でも出せるような風にすればもう少し加入の意志のある方には這入《はい》って頂きたいと思っています。それから留守の間集金を出すことを怠っていましたから一月に這入りましたら集金を出しますから、何卒お払い込み下さいますようお願いいたします。

□私はこの雑誌の諸君の間にでも立派な考えをもっていらして黙ってお出になる方がたくさんあるような気がして仕方がありません。そんな方はもういい加減筆をお持ち下すってもいいと思います。岡田八千代②様、長谷川時雨《しぐれ》③様のような立派な方が何といってもまだ未完成の私共と一緒に筆をとって下さることを本当にうれしく感謝いたします。今年こそは実のある仕事をしたいものだとおもいます。働けるだけ働きたいとおもいます。

嫁泥棒譚

『女の世界』第三巻第一二号、一九一七年一二月号

盗まれた祖母の実話

「ね、お祖母《ばあ》さん、うちじゃ、Aにも親類があるのでしょう?」

私は、祖母から彼方此方《あちこち》の親戚との関係を聞かされた時、ふと思い出してこう尋ねました。

「ないよ、何故ね?」

祖母は妙な顔をしてそう答えました。

「だって私のちいさい時分に、よくAの叔母さんって人が俥《くるま》に乗って来た事を覚えていますもの」

「ああそうかい、あれはお前の本当の伯母さんさ、よく覚えてるね。もう死んでしまっていないよ」

「じゃやはり、お父さんの妹？」

「お父さんより上だよ、だけど、あれはここのうちの子ではないよ。お祖母さんが前にお嫁に行って産んだ子さ」

「じゃ、お祖母さんは、うちに来る前に、何処かに行ったの」

「ああ、Ａに盗まれて行ったのだよ」

「へえ、お祖母さんが？」

私は思わずそう云ってお祖母さんの大きな眼鏡をかけた、皺だらけな顔をながめました、もう少しでふき出しそうになりながら。でも考えてみれば、そんな事は別に、おかしがらずにはいられない事でも何でもありませんでした、何故なら、私達は子供の時分からよく、何処そこのお母さんは盗まれて来たのだとか、何処の娘が盗まれたとか、何処の娘を盗み出してゆくのだとかいう話は聞き馴れているのですから。しかし、私の祖母が盗まれた――などという事は私にはどう考えても、あまりに突飛な事のようにしか思えませんでした。けれど、祖母はその盗まれた当時のことをポツポツ思い出すようにして私に話して聞かせました。

寺詣りの帰途に盗まる

　祖母が、十六とか七とかの頃の事だそうです。或る晩、お寺に説教を聞きに出かけました。夜、家をあける事の出来ない祖母の母は、一緒にゆく隣りのかみさんに祖母の事をよくよく頼んで出してやりました。やがて説教がすんで大勢がゾロゾロ寺の門を出て来た時には、町はもう森《しん》としていて、寺から三四町も離れると、一緒に寺を出た人もちりぢりになってしまいました。すると、いきなり暗闇から四五人の男が出て来て、連れのかみさんを突き飛ばしておいて、驚いて逃げようとする祖母の手取り足取り、ひっかついで駆け出してゆきました。祖母はびっくりして声を出そうとしても、幾人もにかつがれてドンドン駆けられるので身体の自由がきかないのと、息苦しいので、どうしても声が出せずにもがいているうちに町外れの橋の傍まで来ますと、駕《かご》が用意してあって否応なしにその中におしこまれてしまいました。やっと駕の中に腰をおちつけるや否や、また一散に走り出しました。

　駕の中で祖母は、自分が何処かの者に盗まれてゆくのだという事だけは承知していました。けれども、行く先きも、何もかも分らないのですから、ただ気味わるく恐しくて、どうかして逃げなければならないとばかり考えていました。何処へ連れてゆかれるかは分りませんけれど、西に向って走っている事だけはたしかに解っていましたけれど、どうして逃げようかというような具体的な事などは、とても考えられませんでした。そのうちにふと外の様子を見ますと、どうもそこは、町から十五六町もはなれたIの松原の中の道らしく思われました。その松原は一里あまりも続いているのです、「この松原の中で、逃げなければとても逃げる道はない」

祖母は真暗な松原の中の恐さなどは忘れて、ただもう、その松原を、滅茶滅茶に、逃げさえすればいいという考えでそう極めました。

嫁泥棒は酒造家の息子

「はばかりにゆきたいから」

そう云って、やっと駕から出して貰いました。そこは、松原の中にある、たった一つの村で、村といっても、街道の両側に十軒くらいずつの家が並んでいるばかりなのです。祖母のつもりでは、その何処かの家を起して便所を借りて、隙を見て逃げる気なのでした。しかし、男共は、夜中、見もしらぬ家を叩き起して便所を借りる訳にはゆかないから、そこの松原の中ででも用を足せと云って聞きませんので、祖母はソロソロ松原の中に這入《はい》ってゆきました。もとより、はばかりにゆきたいのでも何でもありませんから、どうかして隙を見て逃げようとしてしばらく暗い中にしゃがんで、様子を覗《うかが》っていました。しかし、三四人の男が厳重に見張りをしているのを見ますと、とても駄目だと思ってしおしお駕の中にはいりました。それでもまだ逃げることを断念する訳にゆきませんでした。

「水が欲しい」

「はばかり」

そう云っては幾度も駕から出ました。しかし、どうしても隙がありません。とうとう夜明けまでにAという、祖母の家からは西に六七里離れた処まで連れて来られてしまいました。

連れ込まれた家は生家と同じ、その土地の酒造家でした。その家の息子の嫁として盗まれて来たのでした。盗んで来た男共はその家の蔵の男共だったのです。

私が祖母から聞いたのは、それだけの話です。祖母がどのくらい、そこにいたのか、どうして実家に帰って私の家に来たかそんな事は聞き洩しました。けれど、その盗まれた先きで出来た一人の子供が、死ぬまで尋ねて来た、私達のAの叔母だったのです。祖母はもう八十に近い年寄りです。その十六七の頃といえば、私の生れた処のような田舎で、そうした、野蛮な、人間の掠奪が、ありふれた事実として一般に認められていた事に、それほどの不思議は感じなくとも済みますが、その野蛮な風習が、今も私共の地方では、依然として保存されているのです。しかしそれが結婚に伴う種々な障碍《しょうがい》を超えるのに、一番造作のない、有利な手段として利用されるためにのみ保存されて来た事はいうまでもありません。

恋人を盗み出す

最近に、私の耳に入ったその掠奪の話は、SとKという二人の間に恋愛関係の成立した事に始まります。SもKも二人とも、私共の地方では中流の暮らしをしている家の子なのです。で普通ならば二人の結婚は、割り合に容易に許されるのでありましょうが、Sという男の家は、私共の地方では誰しらぬ者もない悪血統の家なのです。それ故、Kの家やその親類の誰彼が不承知なのはいうまでもありません。しかし、二人はどうかして結婚しようとしSの親達も、どうかしてSの望みを叶えてやりたいと思いました。そのうちにKは、とうとう家をぬけ出して、Sの家に連れ込まれました。半月ばかりたってからKの家から厳重な談判があったので、SはどうしてもKを返さねばなりませんでした。帰るとKは厳しい看視を受けるようになって、まるで外へなどは出されないようになりました。しかし、とうとう或る晩、毎晩のように外から家の者の隙をねらっていたSのためにKは盗まれました。しかし二人が五六町も来た頃に、すぐに追手がかかって、Sは散々な目に遇わされて、Kはまた家に連れ帰られました。Kの看視は一層厳重になりましたけれど、Sはそれでも思い切ることが出来ないで、此度は四五人の若者をかたらって、出かけました。此度はもう家の人に感づかれても何でもよいという気で、家の裏手にまわって様子を覗っていました。運よく下女に提灯《ちょうちん》をもたせたKが、物置きの方に出かけて来ました。皆は飛び出してKをひっかついで逃げ出しました。下女の知らせで、家の物は後をおっかけまわしましたけれども、四五人もの屈強な男達にはとても向えないのでそのままになってしまいました。

Sは、前にこりて、家には連れてゆかずに二里ばかり山奥に二人で隠れました。Kの家では躍起となってさがしましたけれど、とうとう一年あまりも、二人のありかは分りませんでした。それでも、二年目にはとうとう見出されました。此度はKはうっかり、弟の口にだまされて、家に連れ帰られました。けれども夜になるとKはどうかして逃げようとそわついて来ますし、SはSで友達をつれては、すきをねらっているのを見ますと家の人もとうとう断念しました。そして、わざと油断を見せて、Kがぬすまれてゆく事を許しました。

「うっちゃったのを拾って行ったんだ」

Kの家ではそう云って、もうどんな事をしても、再び家の敷居をまたがせないという事を親戚に誓ったといいます。

島に囲われて狂死す

盗むとか、盗まれるとかいう話は、今でも始終そういう風に、聞きますけれども大抵は、SとKのように当人同志の合意の上の事が多いようです。私の祖母の場合のように、全く見も知らぬ、遠くの土地に盗まれてゆくというような事はこの頃では、あまりないようです。けれど、祖母よりはもっと惨めな盗まれ方をした人が、私の母の若い時分にあるそうです。私の母も、盗まれかけた事はあるそうですが、幸運にも助け出されたのだそうです。もし先方まで行ったら否応なしに、不具者の妻にされる処だったのだと脅かされたといいます。

その母の友達というのは、その両親と、盗もうとする者が合意の上の事なのだそうです。最初に、そこへ結婚の話があったときに、その娘は拒絶したのだそうです。しかし、すぐに盗まれて、そこへゆきましたけれども、どうしても厭《い》やで仕方がないので彼女は幾度も逃げかけましたけれど、そこは、私の方からは海上一里ばかり隔てた島なので、村の家敷まで、晴れた日には見ながら、どうしても、逃げる訳にはゆきませんでした。

そのうちに、とうとう、気が狂い出して、毎日海辺に出ては泣いていたそうですが、しまいには井戸に身を投げて死んだのです。

この妙な風習は、私共には不思議でたまらない、しかし、多くの興味をそそるものでありますす。しかも、これは、私共の狭い一地方に限られた風習ではなく、原始時代に始まって、全世界を覆うものであるとすれば、必ず、彼方此方に、より以上に種々な形式で保存されていることと思われます。

嫁泥棒は蛮族共通の風習

シャルル、ルトゥルノ(1)の『男女関係の進化』中には、それについての興味深い多くの事実が集められてあります。氏によれば、掠奪婚姻という言葉はあっても、本当には婚姻の様式ではなく、妻を得る一つの方法に過ぎないといいます。

その『男女関係の進化』の中の掠奪婚姻の例として各地に拡がったその掠奪の風習が挙げられてあります。

「メラニシアでは、この掠奪は女房共、即ち絶対的に掠奪者の意のままになる、あらゆる労働の女奴隷を得る、原始的一方法であった。またタスマニアでは、随《したが》ってまた濠洲では、この掠奪というのが、しばしばほんの真似事に過ぎなくなって、男と女との間の、予《あらかじ》めの合意から行われる。けれども、この掠奪の行われる、乱暴な方法を見れば、かくの如き親密な合意というのも例外的の事である事が十分に証拠だてられる。他の部落に属する女を奪い取ろうとする濠洲人は、まず敵陣の周囲をうろつきまわる。そして保護者のついていない女を見つければ、すぐさま飛びかかって棍棒で打ちのめして、その髪をつかんで近所の森の中に引きずってゆく。やがて女が息を吹き返すと、自分の部落に連れて行って、皆んなの面前で侵して見せる。女は男の所有物家畜となったのだ。かくして掠奪された女は一般に、苦もなく云われるままになる。女にとっては実は、一般にはただその主人を代えただけの事で、その地位には何んのかわりもない。

二人がかりで嫁泥棒

時としてはまた、二人の男がこの掠奪に協力する事がある。二人して夜窃《ひそか》に隣部落へはいり込む。一人が眠っている女の髪を、鉤《かぎ》のついた槍に捲《ま》きつける。一人は自分の槍を女の胸につきつける。女は眼をさましても、声を出す事が出来ない。二人は女を連れて行って樹に縛りつけて置く。そして再び同じような方法で、第二の掠奪をしにゆく。かくして二人は凱歌をあげて、自分の部屋に帰る。女は滅多に反抗する事がない。女はこの掠奪という事に随分慣らされているのだ。まず子供の時分から自分を待っている運命に慣らされている。掠奪の真似事をするのが濠洲人の子供の遊戯の一つになっている。やがて、美しい娘の生涯は幾度かの掠奪の計画と、実際の掠奪との連続である。幾人かの手から手に移され、争闘の際の負傷を受け、また捕われて行った部落の他の女共の虐待にも遇う、時としてはまた、その生れた土地から幾百哩《マイル》の遠い所に連れられて行く。

こういう掠奪は、亜弗利加《アフリカ》の黒人の間でも亜米利加《アメリカ》の土人の間でも、極《ご》く普通に今でも行われて居るのだそうです。それ等の土人の争闘は、大抵女の掠奪と、その復讐が原因になっているといいます。

平和な結婚にも掠奪の儀式

さらに、平和な結婚の儀式に、掠奪の真似事をするという多くの例が、やはり、ルトゥルノによって集められてあります。その儀式という事についてはルトゥルノは次のように云っています。

「掠奪を真似た儀式があるといった処でその平和な男女の結合が、女を掠奪する事から出たという意味ではない。ただ遠い時代、即ち暴力が非常に尊ばれた、そしてあらゆる種類の労働の奴隷を武器の力で得る事が名誉とされた時代からの伝習、心の中での遺物だというに過ぎない。そして彼等は平和な結婚をするようになってもその昔日の掠奪を儀式の中に入れたがるのに過ぎない。従ってその掠奪行為には、他の何等の意味も含まれていない。ただ、両親から買われて来た花嫁がその夫たる主人に絶対の服従をしなければならない事と、その家の中での最も卑しい地位に就かなければならない事を意味するに過ぎない」

しかし、この儀式は、ニュウジーランド辺の土人の間では、婚姻の儀式の一番重大なものになって居ります。結婚の約束が成立すると、男は女を掠《かす》めてゆきます。女は極力それに抵抗する事になって居りますので、着物が、ボロボロに切れ裂けるまで抵抗して引きずられてゆきます。またシナイのペドウィン族では、男は二人の友人を連れて、女を奪いにゆきます。女は石を投げて反抗します。そして遂に男達は女をその父親の内まで連れて行ってそこで許される事になって居ります。

欧洲諸国にも掠奪の儀式あり

多くの欧洲人もやはりこの掠奪の儀式を行ったものであります。羅馬《ローマ》ではこの儀式は永い間平民の婚姻に行われました。やはり他と同様に、掠奪の真似事をするのでありますす。しかし、身分のある人の婚姻にも、その真似事は重大な事としてありますが、しかたは、ずっと簡単になっています。その他シルカシアでも、ウェルスでも同様の儀式が行われていました。リヴォニアでは婚姻には必ず騎士の闘《たたかい》がつきものになっていたり、ポオランドや露西亜《ロシア》でも、結婚する前に一度娘を掠めるというような風習があるのも、やはりその掠奪を意味するものだという事です。

私共の地方でも、そうして、本当に盗むとか、盗まれるとかいう露骨な方法の他に、結婚の儀式のつきものとして、花嫁の行列を邪魔するとかその他それに類似したような村の若者等のいたずらがそういう掠奪の真似事から転じたのかと思われるような事があります。その他結婚の儀式は、地方地方によって随分奇妙な事がたくさんありますが、そうした、古い伝説や、慣習から来たものが随分あるに相違ないと思われます。

それが本当の意味の強奪であるにしろ、そういう形式を利用する合意的のものであるにしろ、或《あるい》はまた、全然儀式としての真似事であるにしても、とにかく、暴力で、女を掠奪するという風習が、全世界の何処の隅にまでも一様に保存されてあるという事は、女がどういう風に扱われて来たかという事を考えるには種々な暗示を与え得る興味深い事実であろうと思われます。

女を物品扱いする遺風

朦昧人が女を掠めとったという事には、大きな一つの理由があります。それは、それ等の朦昧人の部落では、女が高価な財物であるからです。女が普通の財物と同一視されて、その所有者の意志のままに女は売られたり、交換されたり、賃貸をされたりしています。しかしそれは決して朦昧人や、野蛮人ばかりではありません。私達は、現在の私達の周囲にさえそういう事実がたくさんあることを否む訳にはゆきません。朦昧の間では、男が女をゆずり渡して貰うには、女の両親に、金を払うという負担があるために、それをのがれる一つの方法として掠めて来るのであります。この事実は、私共にははなはだ奇怪な事実としか思えませんが、しかし振り返って、現在の結婚制度について考えてみますと女に対する根本の観念にはそれ等の朦昧人とは幾許《いくばく》の相違もありません。「貰う」とか「遣る」とかいう言葉がすでに充分それを説明して居ります。「売る」「買う」という事と「貰う」「遣る」という事との差異は、その受け渡しに、金銭の取引きがついているかいないの差異だけにすぎないのです。私共の地方での娘の掠奪にしても、女の親への金銭の負担から逃れるために掠奪する朦昧人の掠奪といくらの差異がありましょう、彼等はただ、金銭の負担の代りに、色々な面倒な難題を負い切れないので、それをのがれるために掠奪するのであります。こうして男の暴力によって、保護されたり、掠奪されたり、物品と同格にあつかわれる女の生活中には何があるのでしょうか。私は朦昧人によりて示された、魂のない女の生涯が、いかにみじめなものであるかに驚くと同時に、今も私の近い周囲に、同様な女のために用意されたような風習を見出しますと、何ともいえない気がするのであります。私共の地方にはまだまだいろいろなそうした風習の利用された話がたくさんあります。おそらくこうした例は、到る処にあることと思います。それ等の事実に暗示された種々な問題について持つ私の考えはここには書きません。しかし、私は私達の気づかずにいる、手近かな事実からもそうした意味ある暗示を受け得るという事に、深い興味を感じたという事を特に附記して置きます。

彼女の真実――中條百合子氏(1)を論ず

『文明批評』第一巻第一号、
一九一八年一月創刊号

一

一昨年、中條百合子氏の『貧しき人々の群』がはじめて発表されて今日まで、文壇知名の諸家によってなされたその作品についての批評はかなり多く私の眼にも止まった。しかも大体において、私を肯《うなず》かしめるようなものは一つもなかったと云っていい。その真っ正直な、美しい情緒と、何物にも妨げられぬ事実に対する感じと鋭い観察力、そういうものに対して、本当に敬意を払った人はまるでなかったように私は記憶している。最近に、昨年九月号の早稲田文学でも三四の人達によって、この作品が批評された。それも揃ってかなり不親切なものばかりであった。

第一に私に不満な思いをさせた事は、各批評家の頭に百合子氏がまだ肩あげのとれない少女として、従って書物の外には何にも世間を知らないお嬢様として、ずっと自分を高くして氏に臨んでいるという事であった。

次ぎには、ほとんど皆な一致して氏の真実を少しも認めていない事である。第一に皆を脅やかしたらしい題材の取り方の大胆さという事はほとんどすべての人の非難の的になっている。そしてそれが、或る人にはただ見せるための大胆さであり、或はまた、氏自身とは何の親しみも交渉もない別の世界の、何の土台もないものを持って来て、ただ氏に唯一のものである才能で拵《こしら》えあげたものだと云い、また或る人は世間にありふれた「型」を持って来て外国の作品のまねをして書いたものだと云い、本当に正直に、あの作品を受け入れた人は一人もいない。

私は氏の今までに発表された三篇とも、極めて忠実に、再読三読して、そのたびにますます氏の偉らさを感じている一人である。そして私は、諸家の氏に対する批評が、私にとっては不満足なものであるけれども、強いて、それ等の批評に楯つこうとは思わない。ただ私は、全然諸家によって閑却されているそして私にとっては一番強い感銘を与えられた、作品の上に表われた氏の思想感情等についての私の興味を発表してみたい。

二

『貧しき人々の群』『日は輝けり』『禰宜様《ねぎさま》宮田』の三篇のうち『日は輝けり』は私に

とっては何んの興味もないものである。私はまず『貧しき人々の群』の中に本当に尊敬すべき至純な主人公を見出した。彼女は富裕な地主の孫娘として自分から、貧しき人々の群れに近づいて行った。

不自由なく、不足なく、美しく健かに、凡《すべ》ての貧しいもの、醜いもの、賤しいものから隔って育った若い純な娘の前に最初に現われた「年中腹を空かして明けても暮れても食いたい食いたいという欲にばかり責められている」貧しい子等の「たった一切れの薯」からの喧嘩に彼女は何を感じたか。「はじめの間は、私はただ嫌やなものだ、浅間しいものだと思っていたけれど、段々おそろしいようになり、次で、たまらなく可愛想になって来た。」と彼女は云っている。この気持の進み方は極めて自然なものでありながら、そういう場合に、その最後まで堪え得る素直さを持つものはまれだという事をまず云って置きたい。その素直さが、どんな事実に遇っても最後まですべてを受け容れようとする得がたい態度を成すのである。彼女はそれでもう一歩彼等に近づいた。此度彼女の受けたものは、思いがけない侮蔑であった。彼女は可愛想な小作男の子供に、同情の言葉を与えた。しかし彼等は敵意をもって、その同情の言葉に報いた。

「私はお前方から指一本指される身じゃあない。人が親切に云ってやったのに石までぶつけてそれですむ事なのか?」「私は本当にあの子供達がいやであった。そして、またいつもの様に彼の時の事がじきに村の噂に上って、小っぽけな可笑《おか》しい自分が、泥だらけの百姓共の嘲笑の種に引っぱり廻されるのかと思うと、一思いに彼の事も彼の子供達も一とまとめにして、押しつぶしてしまいたいほどの心持がしたのである。御飯も食べられないほど私はくさくさした。」

あるべき心持である。しかし、その心持を機会を得てすぐに彼女は押しのけた。何という素直さだろう？　一度自分の気持にこびりついた感じ、殊に悪感を取り去るということ、それも、何の努力もなしに自らその緒《いとぐち》を見出して取り去るという事は、相応に鋭い理智の力でもむずかしい。それだのに、彼女が自分自身を「私は親切ではあった。けれども幾分の自尊と、彼等に対する侮蔑を持っていたのである。」と省みて「おめえの世話にはなんねえぞーッ。」と云う子供の言葉も、彼女の親切に対する僻《ひが》みも、心から本当に謙譲な気持ちで受け容れる事が出来たのは何という偉らさだろう！

「長い間の習慣の様になって、理由のない卑下や丁嚀《ていねい》を何でもなく見ていたという事は恐ろしい。私共と彼等とは、生きるために作られた人間であるという事に何の差があろう。まして我々が幾分なりとも物質上の苦痛のない生活をなし得る、痛ましい基となって、彼等は貧しく醜く生きているのを思えばどうして侮る事が出来よう？　どうして彼等の疲れた眼差しに高ぶった瞥見を報い得よう！」

三

こうして彼女は自分の生活を省み、貧しい小作人等の生活に真実の愛をもって注意しはじめた。彼女自身と彼等――地主と小作人――の関係についても、本当に真剣に考えはじめた。彼女は必然に村の開拓者である彼女の祖父の半生を賭しての開墾事業の真実の価値についてすら疑いはじめた。

「土地の開墾などという事は――もちろんそこが人間の生活すべき所として適当であり、また栄える希望もある所ならよいけれども――冬が長く、地質も悪いような所へ貧しい一群を作ったとしても、やはり非常に尊い事であろうか。開拓者自身は、或る程度まで自分の希望を満たし喜ばされ、なおその村の歴史上の人物として称揚されるけれども、はかない移住民として、彼の事業の最後の最も必要な条件を充たしてくれた、たくさんの貧しい者共は、どのような報いを得ているか？　開墾にとっては居なければならなかった彼等でありながら、二十年近い今日まで、彼等はただ同じように貧乏なだけである。年中貧しく忘られて死んで行くだけである。」

若い、純な理想家の彼女は、そういう風に考え詰めて行って彼女自身に誓った。

「自分と彼等との間の、彼の厭わしい溝は速く掩《おお》いうずめて、美しい花園をきっと栄えさせてみせる」と。

そうして彼女は、深い愛を湛《たた》えた謙譲さをもって農民達に近づいて行った。彼等の生活は彼女には深い意味をこめて注視されるようになった。彼女の力で及ぶかぎりの同情が徐々にその貧しい者共の上に濺《そそ》がれ始めた。しかし、貧しい者達はもう充分に、その長い間の貧乏に虐げられつくし、害《そこな》われ切っていた。彼等の絶え間のない愚痴、底しれぬ僻み、怠惰、図々しさ、欲ばりが、だんだんに彼女の心を暗くし始める。底しれぬ生活難におされて人間らしい感情さえ涸らしつくした農民共の醜さが、純な彼女の心の上にのしかかって来る。彼女の立派な思いやりは一つ一つ反対の結果に堕ちて来る。彼等は、彼女の同情を利用して、出来るだけのとくをしなければならないかのように考えて彼女のまわりに集まって来る。しかも彼女は、一つ一つ、じっと順序を逐《お》うて、自分の為《し》なければならなかった心持から、為ている時の心持、先方にそれがどう受けられたか、どういう結果になったかを注意しているのだ。そして、なお彼女は辛抱強く彼等の狡猾さや醜さを堪えて好意を持ち続けようとしながらも、彼等との間の溝を掩い埋める事には絶望し出さなければならなかったのであった。

四

ちょうどそこに、その貧しい者共の上に、もっと彼女の考えを深める事件が起って来た。それは村から近い町の婦人連のいわゆる慈善事業の「ほどこし」が、そのまずしい者共に為されるというのだ。その噂を聞くと彼女は熱心にその事について考え始めた。

「婦人連が、彼等にめぐむ事に成功したら？　ほんとうに、彼等の生活のたしになる事が出来たら？　それはほんとうに結構な事である。けれども、私にとっては、ただ単純に結構な事では済まないのである。私は、自分をこの村に関係の深い、この村に尽すべき事をたくさんに持っている人間だと思っている。そして少しずつでも仕出した仕事は失敗しそうになっている。そこに遠くはなれて各自には別に苦しみもせず、さほどの感激も持たない人達のする事が、彼等の上に非常に効果があるとしたら、この自分はどこまで小さな無意味な者だろう？」

こうした気持で待った町の婦人連の慈善はどんな結果を生んだか？　結果は彼女が恐れた通りであった。何の効果も齎《もた》らしはしなかった。それと同時に彼女自身の考えの上にもますます多くの疑問がおしつけられた。

この疑問はやがて、彼女と貧しき群との溝を掩い埋めるための必須条件でなくてはならない。この疑問がこの後彼女によって、どのように解決されるか私は知りたい。彼女は彼女が彼等によせた同情が決して間違ったものでないという自信を持っている。しかし、彼等は、彼女の同情に増長した。彼女の同情は一つ一つ悪い結果を持って来た。しかし彼女は彼等の増長をも決して無理のない事として肯定している。すれば結局どっちが悪いのだろう？　「両方ながら、そうしなければならないからしたのではないか」と彼女は云っている。自分は心の命ずるままにした。彼等も必要上そうしなければならない境遇にいたのだ。「つまり私には解らない」本当に彼女には解らないのだろうか？　解らないとはいうものの、彼女はまだ彼等と自分に絶望してはいない。

『貧しき人々の群』はこの主人公を中心にしてその貧しき人々が描かれている。善馬鹿という気狂い、口のきけない白痴の子、二人を抱えた年老いた気狂いの母、貧乏でなまけものの桶屋一家、正直な孝行者の青年の新さん、狡猾で図々しい甚助夫婦と粗野な反抗心にみちみちたその子等の生活がいささかの危気もなく描き出されている。幾度よみ返して見ても、空想や才能では表わせないものを力強く感ずる。本当に何という彼女の偉らさだろう？

彼女――私が今までそう呼んで来た主人公は疑いもなく百合子氏自身だと私は信ずる、――はどんなに真剣に彼等の生活を観ていたのだろう？　誰れがかつてこれほど熱心に、正しく、しっかりと彼等の生活を観ていたろう？

五

『貧しき人々の群』には若い至純な心を持った地主の孫娘と小作人の間の溝が若い娘に或る疑問を齎《もた》らした。『禰宜様宮田』にはこの溝の深さは一層必然的に描き出されてある。地主は地主らしい欲望をもって、その心の命ずるままにどんな手段を取ってでも財産をふやそうとして容赦なく小作人をいじめる。一方は極度のあきらめと屈従にますます地主に追いまくられ、無知で、正直で、善良な禰宜様宮田は、村の者からは変り者扱いにされていた。馬鹿もの扱いにされていた。実際にまた彼は単純であり善良すぎて、いろいろなあやや渦巻の多い人間社会の交渉には臆病になり切っていた。彼は本当に与えられたままの心を少しも害われずに持っていた。彼はたった一つそれだけが本当になつかしくやさしく寛大に見える、自然の姿のように素直な心を、持っていた。

彼は或日、沼で町の地主の息子の命を助けてやった。彼は一生懸命に助け上げて介抱した若者が生命を取り返したのを見るとうれしさで一杯になる。何かしらひざまずいて拝みたい気持になる。その瞬間から彼の心の隅々まで明るく輝やく。

町の地主の家では、彼にお礼をしようとする。しかし彼は彼が若者を助けた事には、お礼なぞされるには及ばない満足がある。彼がもし品物なり金なぞを貰ったらその満足が逃げて行きそうな、その満足に気がねしなければならないようになりそうな気がして断る。幾度も幾度も使を受けては断る。

地主は鬼婆鬼婆と云われているほどの因業な年寄りである。禰宜様宮田の正直と臆病は彼女には最も乗じやすい処であった。禰宜様宮田が少しの田畑をもっている事を知ると早速彼女はそれを捲き上げる計画をたてた。

彼女は禰宜様宮田に息子の命を助けたお礼として受けぬというものを無理無理に、恐ろしいいいがかりまで拵えて、手のつけようもない荒地の小作を引き受けさせた。この荒地がすっかり禰宜様宮田をおちぶれさせてしまった。この荒地の小作米の滞りがかってなかった借金となり、その借金のかわりに田地を差し押えられた。そして、とうとう土方の人足にまで成り下って遂に工事用のロールの下敷になって死んでしまう。

彼はいくら虐げられても苦しんでも、最後まで本当に善良すぎるほどの善人であった。彼はどんなにひどく押しつけられても諦める事が出来た。そして彼を取りまくすべてのものは、何処までも彼を追いまくった。

六

『貧しき人々の群』には主人公たる若い一理想家の地主としての彼女と小作人等の交

渉についての彼女の実感が、生々しく滲み出している。彼女の正しい試みに対しての注意深い観察によって得るその結果が、一つ一つに彼女を動かしてゆく。両者の位置境遇の相異から起る種々な錯誤に対する疑問が、彼女自身の苦悶となって表われている。しかし『禰宜様宮田』では、すべてがずっと冷静に扱われている。私はそこに、百合子氏が先きには一箇の自己のみの問題として扱ったものが重大な一般的の問題である事を自覚して、その問題を持ち出したのだという根拠を置きたい。

他人を疑ったり、呪ったり、偽ったりする事の出来ない人、まして、自分の気持を誤魔化したり、怒ったり恨んだりする事などはなおさら出来ない禰宜様宮田は、本当に自然のままな真当《まっとう》な得難い男である。その対象に現われた地主の年寄りは「金」というどんな得がたい権力でも買える貴いものを得る事に全精力を捧げている働き者である。金を得るためにならどんな術策をでも手段をも平気でとれる強さをもっていた。彼女はその事に対しては充分に強い意志をもっていた。禰宜様宮田が彼に乗ぜられたのに何の不審もない。しかし、事実はそれとして、それですべての事は片づいてしまうのであろうか？　私達の心の中に、何か済まないような気持は決して起らないであろうか？

二三の人々はこの『禰宜様宮田』を評して、百合子氏自身とは何の交渉も親しみもない世界を書いたものだからと云って、非難していた。しかし私はその表面極めて冷静に、客観的に描かれた『禰宜様宮田』の一篇の中に籠められた思想上のモティヴについて考えるとき、描かれた事柄に交渉があるとかないとか、親しみがあるとかないとかいう事をどうして云えるのだろうと思わずにはいられない。それは『禰宜様宮田』に対してのみではない。『貧しき人々の群』に対してさえ、そのような事を云った人がある。

百合子氏の作品が、氏自身少しも親しみのないものが描かれているとか、見せるためにばかり描かれたものだとか、傍観的態度で描かれているとかいう批評は、私は部分的にしか当らないと思う。そしてその当った部分は、百合子氏としては非常に不本意な部分であったり、不必要な部分だと私は思う。

多くの人の描くものから見れば、氏の描くものはずっと飛びはなれている。まるで思いがけない材料を扱っている。けれど皆もう自分ひとりの狭い生活のこまごましたつまらない挿話や、平凡なラヴストオリイを描いたり、読まされたりする事には、どんなに倦き倦きしていることだろう。それに小さな自己を語ることのみが文学者の能でもあるまいに。

七

しかし中條百合子氏の『貧しき人々の群』は明《あきら》かに自己の生活を描いたものである。

彼女の生活の対象が多勢の『貧しき人々の群』であり、そして、その貧しき人々の生活のすべてが彼女に強い響きを与えたがために、彼女は彼等の生活を描かなければならなかった。

彼女はまた、熱心に彼等の生活すべてをみずから観もし、みずから聞きもしていた。彼等の生活の見聞から受ける彼女のいろいろな感激は、彼女の生活の重要なエレメントになっていた。その彼女が自己の生活を描くために書いたものだ。実感が生々しく滲んでいる。

私はそこに「見せるため」や「描くため」というような不純なものがまじっているとは、また、彼女自身に親しみのない世界が描かれてあるとはどうしても信ずる事が出来ない。

『禰宜様宮田』は『貧しき人々の群』よりは一段上の態度で取り扱ってある。

書き方は純客観的である。しかし冷静な描写の背面には、その描かれた事実がもつ問題に作者の眼は強く濺がれている。氏は決してそれをぼんやりした気持で書いたのではない。

けれどもそれは批判的態度でもなければ、また広津氏②のいわゆる「型」をもって来たのでもない。やはり私は彼女が興味をもって観ていた事実を描いたのに違いないと思う。

「型」という事についても、私は今日大抵の人が田中氏③のいわゆる「信頼すべからざるものに信頼して」苦しんでいるのは現在最も人間の生活を圧し悩ましている、あまりに「型」の如くありふれた事実に冷淡であるからではないかという事を切に感ずる。

中條氏は、大抵の人がその外廓だけを見て概念的に形づけてしまっているありふれた事実を、ありふれた「型」を、本当に純な心から、一つ一つ些細な点まで観察し、些細な点まで「感じる」事が出来たのである。

中條百合子氏については、その三篇の小説によってより他には私は何にも知らない。しかし、その『貧しき人々の群』の中に現われた氏の素直な聡明さと真実さとには深い敬意を払わずにはいられない。

殊に新しい自分の生活に対しての真面目な自省、農民達の生活に対するゆるみのない注意、何物に向ってもその最後まで見届けようとする努力。

私は、私共の周囲を見まわすときに、本当に自らそういうしっかりした生活を創《はじ》めた若い人を見出す事が出来るだろうか？

私は、何卒して氏のその生活が、何物にも妨げられずに、根強いものになる事を心から祈りおらずにはいられない。

階級的反感

『文明批評』第一巻第二号、
一九一八年二月号

ここに越して来てからは、今までとは周囲に対する勝手が、まるで別になった。家を一歩踏み出すとこの近所では、私はかつて知らなかった一種の圧迫を感ずる。家の中にいる時の安易な取りつくろわぬのとはまるで別の、一種の畏縮を感ずる。何か多勢の眼が、私のすべての行為を看視でもしているような窮屈さを感ずるのである。

私の家のすぐ傍の空地の井戸がこの近所の二十軒近くの共用になっている。朝早くから夜おそくまで、そのポンプの音の絶え間がほとんどないと云ってもいいくらいによく繁盛する。私もまたそこに水を汲みに行かなければならない。しかし、私はその井戸端に、四五人の人がいれば、とてもそこにゆく勇気はない。四五人処じゃない一人だって行きたくないほどだ。私がそこに出て行こうものなら、そこに居合わせる人が皆んなで私一人を注意する、まるで、人種の違った者にでも向けるような眼で。

買物にゆく。そこでも私はいろいろな人たちから退《の》け者にされ、邪魔にされる。そうして品物を買ってからは、「私は馬鹿にされてるのじゃないかしら。」と、時々不安になる。

今までは、人がどんなに注意しようが平気だった。どんなに、妙な顔をしようが変な顔をしようが平気で威張って通って来た。それだのにここではどうしたというのだろう？　みんな、無智で粗野な職工か、せいぜい事務員の細君連だ。本当なら私は小さくならないでも大威張りでのさばっていられる訳なのだ。でも私にはそれが出来ない。私はその細君連に第一に畏縮を感ずるのだ。圧迫を感ずるのだ。私はその理由を知っている。

私はあの細君連にどうかして、悪い感じを持たれたくないと思っている。悪い感じどころではない、どうかして懇意になりたく思っている。けれどそれには私のすべてが、あの細君連からあんまり離れすぎている。そしてそれがもう黙っていてもそれ等の細君連に決して気持のいいものでない事を、私は知りぬいている。それだから、ちょっと井戸端を通りかかっても、水を汲みに行っても、その注視に出遇うと、私は急いで逃げ帰って来る。家の中に這入《はい》るとはじめて楽々とした自分にかえる。もう越して来て一ケ月にもなる。私はいまだに一人の人とも口がきけない。人のいないのを見すまして行っては大急ぎで出掛けて水を汲んでは逃げ込んで来る。

炊事の合の時間には、井戸端に、七八つのたらいが並ぶ。皆んな高声で何か話《はなし》ながらジャブジャブやっている。

「彼処にたらいをもって行って仲間入りをしなきゃ駄目ですよ。彼処へ行って、お天気がいいとか悪るいとか云ってりゃすぐ懇意になりますよ。此方《こちら》で遠慮してちゃ、何時まで経ったって駄目ですよ。向うの方が余計に遠慮をしているんだから。」

Mさん(1)が玄関の横の窓の障子にはめこんだ硝子《ガラス》ごしにそれを見ながら教えてくれるのだった。でも私にはとてもそこまでの勇気は出て来ない。私は庭にたらいをおいては毎日ひとりで洗濯した。

「ね、そこのお湯屋は夕方から夜にかけてはモスリンの女工で一杯ですとさ、私どんなだか行って見ようかしら。」

「ああ、行って御覧。」

私はそんな事を或る日Ｏに話して、その晩好奇心から出かけて行ってみた。

大変だった。脱衣場から、流し場から、湯槽《ゆぶね》の中まで若い女で一杯だった。こんでいるお湯には我慢のならない私も、好奇心から着物を脱いで流し場に降りた。だが桶一つ見つからない。するとちょうど桶に湯を運んで来た番頭が、目早く見ると頭を下げて、

「どうぞこちらへ」

と云ってから、

「おいお前さん達少しどいてくれ、鏡はほら向うにもかかってるよ。」

番頭はそこに一とかたまりになっている二三人の女工を追いのけて、湯桶をおいて私の場所を拵《こし》らえてくれた。有りがたかったけれど私は気がとがめた。私が手拭を桶の中につけるかつけないかに、私の後では三人が猛烈に番頭の悪口を云いはじめた。

「何だい人を馬鹿にしていやがる。鏡は向うにもありますだなんて、鏡なんか誰が──あんなもの見ようって湯になんか来やしないや。人をわざわざ恥かかしやがった。本当にあの野郎──」

「何んだい、たった一銭の事じゃないかよ、こちとらだって、何時でも一銭くらいであの通りが出来るんだよ。だけどたった一銭で威張ってみたって仕方がないやね。」

「全くだね、一銭二銭惜しい訳じゃないけどあんな番頭の頭下げさしたって──えっああ何んだいあれゃ。」

「女優だよ。」

「女優なもんかね御覧、子持じゃないか。」

「あら女優にだって子持はありますよ、何んとかっていう。」

「お前さんよくいろんな事を知ってるね。何んだっていいやね。えっ、そうともさ、済ましてる奴が一番キザだよ、ほらあの人みたいにね、ちょっとくすぐってやりたいね。」

私は早々に逃げて帰った。自分の事を後で散々云われたばかしじゃない、何方《どちら》を向いても十七八、二十二三という若い娘達が、聞いているだけでも顔から火が出そうな話を平気で、高声で饒舌《しゃべ》っているのがとても聞いてはいられないのだ。

二度目にはもう好奇心ではなく仕方なしにその時間だというのは承知していたが行った。やはり一杯だった。本当に女工さん全盛だ。他の者はうっかり口もきけない。女工でないものは隅っこで黙っているより仕方がない。

「まあ本当においもみたいだわ、お湯の中にはいっても外に出ても、もまれていて。」

可愛らしい娘さんが連れの人に云った。その言葉が終るか終らないうちに、傍にいた女工がたちまちその娘さんを尻目にかけながら

「たまに風呂に這入《はい》りに来た時くらい、いも同様は当り前の事《こ》った。こっちらなんかはねえ、朝起きるとから夜寝るまで――寝るんだって芋同様なんだ。」

他の連中とつっかかるように云った。娘さんは驚いて、連れの人の傍によって黙って見ていた。

流しに上る。私はしゃぼんをたくさん使わないと気持がわるい。体も桶の中もしゃぼんのあぶくで一杯になる。しまいには仕方がないから睨まれるくらいは覚悟で桶のあぶくをあけた。

「ちょっとちょっとしどい泡だよ、きたならしいね、どうだい、豪儀だねえ、一銭出せばお客さままだ、どんな事だって出来るよ。」

隣りにいた女工はいきなり立ち上って、私を睨みつけながら大きな声で怒鳴った。

「済みません。」

くらいは私もいう事は知っていたがその時のその女工の表情はあんまり大げさで、憎らしすぎたので黙っていた。

この敵愾心の強いこの辺の女達の前に、私は本当に謙遜でありたいと思っている。けれど、私は折々何だか、堪《たま》らない屈辱と、情けなさと腹立たしさを感ずる。本当に憎らしくもなり軽蔑もしたくなる。

書簡　後藤新平宛（一九一八年三月九日）

宛　先　麴町区丸の内　内務大臣官邸

前おきは省きます
私は一無政府主義者です
私はあなたをその最高の責任者として　今回大杉栄を拘禁された不法について、その理由を糺したいと思いました
それについての詳細な報告が、　あなたの許《もと》に届いてはいることと思いますが、よし届いているとしても　もしもあなたがそれをそのまま受け容れてお出になるなら　それは大間違いです。そしてもしもそんなものを信じてお出になるなら、私はあなたを最も不聡明な為政者として覚えておきます

そして、そんな為政者の前には　私共は何処までも私共の持つ優越をお目に懸けずんは（ママ）おきません。

しかし、とにかくあなたに糺すべき事だけは是非糺したいとおもいます

それには是非お目に懸ってでなければなりません。

あなたは以前婦人には一切会わないと仰言《おっしゃ》ったことがあります。しかしそれは絶対に会わないというのではありませんでしたね

つまらない口実をつけずに此度は是非お会い下さることを望みます。

お目に懸っての話の内容は、

一、今回大杉拘禁の理由、

一、日本堤署の申立と事実の相異、

一、日本堤署の始終の態度、

一、日本堤署及び警視庁の声明した拘禁の理由の内容、及ひ（ママ）日本堤署の最初の申立てとその矛盾について

一、警視庁の高等課の態度の卑劣、

一、大杉と同時に同理由で拘禁した他の三名を何の理由も云わず未決檻より放免したこと、

まあそんなものです、
まだ細々したことは沢山あります。おひまはとりませぬ
ただし秘書官の代理は絶対に御免を蒙りたい。それほど、あなたにとっても軽々しい問題では決してないはずです。
しかし断っておきますが　私は大杉の放免を請求するものではありませぬ　また望んでも居りませぬ
彼自身もおそらくそうに相異ありません。彼は出そうと云っても、あなた方の方側で、何故に拘禁し、何故に放免するかを明《あきら》かにしないうちには素直に出ますまい。
また出ない方がよろしいのです。こんな場合には出来るだけ警察だの裁判所を手こずらせるのが私たちの希《ねが》う処なのです。彼は出来るだけ強硬に事件にたいするでしょう、
私共も出来るだけ彼が、処刑を受けて出てからの未来を期待したいとおもいます。彼は今、日本堤署によって冠せられた職務執行妨害という罪名によって受ける最大限度の処刑をでも平気で予期しているでしょう。私はじめ、同志のすべても同じ期待と覚悟をもって居ります。彼の健康も充分にもう回復しています。
そして、彼は大分前から獄内での遮断生活を欲していました。彼をいい加減な拘禁状

態におく事がどんなにいわゆる危険かを知らない政府者の馬鹿を私たちは笑っていますよろこんでいます。

つまらない事から、本当にいい結果が来ました。

あなたはどうか知りません

警保局長　警視総監二人とも大杉に向《むか》って口にされたほど、大杉から同志の人々が離れた事をよろこんでいられたそうです。

しかし、今こそ、それが本当は浅薄な表面だけの事にすぎなかった事が、解ったでしょう。

そして、私はこんな不法があるからこそ私どもによろこびが齎《もた》らされるとおもいます何卒大杉の拘禁の理由が出来るだけ誤魔化されんことを。浅薄ならんことを。そしてすべての事実が私共によって、曝露されんことを。

此度のことは私どもには本当に結構な事でした。また、その不法がどのくらいまで私共には結構な事であなた方には困ったことかを聞かせて上げましょう

あなたにとっては大事な警視庁の人たちがどんなに卑怯なまねをしているか教えてあげましょう。

灯台下くらしの多くの事実を、あなた自身の足元のことを沢山知らせてお上げしま

す。

二三日うちに、あなたの面会時間を見てゆきます。私の名を御記憶下さい。そしてあなたの秘書官やボーイの余計なおせっかいが私を怒らせないように気をつけて下さい。

しかし、会いたくなければ、そしてまたそんな困る話は聞きたくないとならば会うのはお止しになる方がよろしい。その時はまた他の方法をとります。

私に会うことが、あなたの威厳を損ずる事でない以上、あなたがお会いにならない事は、その弱味を曝露します。

私には、それだけでも痛快です。どっちにしても私の方が強いのですもの、私の尾行巡査はあなたの門の前に震える、そしてあなたは私に会うのを恐れる。ちょっと皮肉ですね、

ねえ、私は今年二十四になったんですから　あなたの娘さんくらいの年でしょう？でもあなたよりは私の方がずっと強味をもっています。そうして少くともその強味は或る場合にはあなたの体中の血を逆行さすくらいのことは出来ますよ、もっと手強いことだって――

あなたは一国の為政者でも私よりは弱い。

九日

後藤新平様

伊藤野枝

(奥州市立後藤新平記念館所蔵。
初出、『日本古書通信』第六八巻第八号、二〇〇三年八月号)

山川菊栄論

『解放』第二巻第一号、一九二〇年一月号

一

　最近、社会問題がやかましく論議されるにつれて、各方面でも、よほどそれに対する知識を要求するようになったらしい。しかし、まだ一般に社会問題に対する知識は情ないほど貧弱なものだと云わなければならない。殊に、婦人界の知識というものは全然社会問題というものからは隔絶されていたと云ってもの過言ではないくらいだと私は思う。そして、その間にあって、山川菊栄氏のような評論家を得たという事は、この際の一般婦人のために非常な幸でなければならない。

　菊栄氏は現在の処ほとんど独歩の地位にある。与謝野晶子(1)、平塚明子《はるこ》二氏ともに、現在の婦人評論家としては押しもおされもせぬ人達である。しかし、その社会問題に対する識見態度共に菊栄氏の透明な徹底したそれには及ぶべくもない。

与謝野、平塚、山川の三氏は、現在の処では各々かなりな特徴を見せて対峙している形がある。そしてそれは私には非常に興味深い対峙だと思われる。しかし、私は今ここではその自分の興味を中心に書く事は遠慮するが、三人の評論家としての態度について一言するのは無駄ではあるまいと思う。殊にこの頃やかましい労働問題に対する三氏の各自の態度は、直ちにその人達の色別をハッキリさすものだと思う。

与謝野氏は、早くから、太陽②の論壇に於いて、いくらか実際生活に対する不平をよく並べて人々の注目を集めていた。そして、その氏の気焔は、ちょうど初老というくらいの年輩の人々を感心さすに充分なものであった。一体与謝野氏は決して理論家ではない。評論家として立つべき人ではない。氏は何処までも芸術家らしい人である。氏はかなりよく新刊の書物など読むらしい。しかしながら、氏は少し目新らしい理論や事実にはすぐに眩惑されてしまって批評をする事が出来ない。今まで自分の知らなかった理屈や、事実はすぐに感心して一も二もなく受け容れてしまう。そしてまた、その受け容れる事実や理論そのもので選択しないのみでなく、その前後の用意も全く等閑に附せられているらしい。従って不用意の間にかなりいろんなものがゴッチャにつめ込まれてしまう。しかも、完全な思索というものがまるで為されない。思索が為されないといえば或《あるい》は大いに抗議があるかもしれない。しかし、このゴッチャにつめ込まれたいろんなものが、何んの統一もなくしてただいい加減にしまわれているその理屈や事実についていくら思索を為されても、それは全くの無駄骨折りである。与謝野氏はこの無駄な思索の結果をいろんな機会にかなり正直に発表されてある。そして、その氏のいろんな方面にわたる知識の統一がついていないというのは、その思索に選ばれた材料の相異によってその説かれる感激にみちた主張が時々によって恐ろしく矛盾にみちたものになっている。試みにそれは氏の論文集を一冊だけでも正直に読んでみればすぐに分る事である。要するに、氏の持っている知識には何んの統一もない。そしてその統一のないバラバラの知識が氏の感情をいろいろに豹変させる。そしてその感情がまた種々な事象をその時々によって様々な観方をさせる。で、非常に正しく物を観、正しく感ずる事もあると同時に、飛んでもない観方や感じ方を得々として語るという場合も多い。そしてその根本の事に少しも自身気づかないでいるだけ、その根本まで思索が届かないのだという事になる。それが、氏の理論家でなく、評論家として立つべき人でない資格を充分に与える。氏にはまだ氏自身の生活が理解されていない。

与謝野氏にくらべると平塚氏はずっと聡明だ。氏は氏自身の生活をあます処なく整頓しつくしていると私は思う。どんな微細な一点でも心をつくして自分の生活を集中さするに骨を折っている人である。世間に対し、他人に対し用心深く自己を庇《かば》うと同時にまたその自己の全生活を統一する事にも細心の注意を払う人である。ちょっとした一と言にも決して他人に虚をつかすような事は云わない人である。極めて用心深く慎しみ深い。近年殊にその傾向が著しくなって来たらしい。与謝野氏が極めて不用意に、大まかな感想や議論を無雑作に発表されるのに対して平塚氏がいかに控え目勝ちかという事を知っている人にはすぐに肯《うなず》かれよう。氏は一つの理論を受け容れるにしても隅から隅まで吟味をして自分のものにしてしまわなければおかない。一つの事実にしても、いろんな方面から見てすべてを理解した後でなければ、その事実について決して軽はずみな事を口にしない、それ等の点からは評論家としては申分のない態度を持する事の出来る人だと私は信ずる。

しかし、平塚氏にはこの態度がありながら、氏の識見があまりに狭くかぎられている事が、氏の評論家としての領域を極めて不自由にしてしまっている事を、私は非常に残念に思う。もちろんこれには、氏の初期からの一つの信仰箇条かとも思われるほどの自己完成、個人の完成という事がよほど禍《わざわい》している事は一般に認められている事実であろう。聡明な氏はエレン、ケイの著書の後楯によって種々な事実を観、また批評を試みて来た。それは非常に氏としては聡明な手段であり、また自然な手段でもあった。そして、ケイの導きによって抽象論からようやく実際的な社会問題にうつって来た。しかしながら、この七八年の氏の進みは充分にケイを利用しての進みであったと共に、またすべてがケイの導きから一歩も出ていない事を私は見のがす事が出来ない。もちろん氏がどのくらいケイを理解し、同化しているかという事においては私は充分に平塚氏を信じている。が、氏としては、果して彼のケイの導き以外には果して一歩も出得ない人であろうか。否々、断じて私はそんな事はないと信ずる。しかしまた、あれ以上に出得ないという事も充分の理由をもって考えられる。

山川氏は、今日の位置に到るまでには充分の準備を持っている。氏は早くから社会問題に注意を怠らぬと同時に、それに対する知識を養う事も怠らなかった。これは現在の何んにも知らない無知に等しい婦人の上には第一の強味であろう。しかし氏がその透明な頭脳を或る理論の追究に向ける時、そこにはただ氏の冷たい鋭さが一貫していていささかの妥協をも許さない。その時には臆病な批評家達が見返りがちに自分をつくろいながら立ち向うのとちがった、氏独自の強味と鋭さをもって進む。殊にそれが論敵に向けられた時、その鋭鋒はいささかの躊躇もなく敵の虚をつき、同時にまた残るところなくその防備の手を拡げて行く。その態度には与謝野、平塚両氏にはとうてい見る事の出来ない強い確信がある。それは遥かに多くその二氏よりは社会に対する知識理解に徹底した強味を持っている結果であると私は信ずる。

しかしまた、この山川氏の確信のこもった手強《てごわ》い態度のうちに見のがしの出来ない一点は氏がすべての事象の陰翳《いんえい》に対しての態度である。その点では遥かに平塚氏の方が勝れた態度を持っている。或は思想が言葉なり行為にまで現われて来るまでの複雑な心理的曲折や、或は周囲の事情という事に対しては、平塚氏はかなり深いかつ微細な注意を払い理解を持とうと努める。もちろん或る場合にはそれが禍いを為す場合もあるが、まずそれは一番批評家としては注意しなければならぬむずかしい事だ。山川氏は理論そのものに対してはかなりな敏感を持ってはいるが、こういう点には時とすると全く寸毫も仮借しない事がある。殊に少しでも氏に侮蔑を持たれた場合には、特にこの寛大は求められない。

二

私は非常に抽象的な書き方でここまで進んで来た。しかし、それはおそらく三氏のものを一冊ずつでも読んでみれば誰れにでも理解の出来る事と私は確信する。もし許さるればもう少し具体的に書けない事もない。しかし限られた紙数ではそれは出来ない。で私は、ただいささかにもこの抽象的な言葉が妄言ではない事を主張するためにさらにこの三氏の最近の労働問題に対する態度について一言したい。

与謝野氏は労働問題については全くその差出口を許されない人である。自分の位置を理解しないと同時に、労働者の生活などとは縁遠い人である。氏は柔かい着物を着、暖かな寝床に寝て滋味をとりながら、ただその支払いに必要な金が時々不足するというので自分を貧民扱いにする人である。不潔な長屋に住み、まずいものを喰べ、過労と睡眠不足とに身を細らしながら、而《しか》もなお十二時間も十四時間も働かされて掠奪され踏みにじられている労働者を捉えて、自分達より遥かに幸福な人達だなどと飛んでもない事を云う人だ。とうてい労働問題に理解をもつ事の出来る人ではない。

平塚氏も最近かなり労働問題に興味を持ち出して来たようである。現在の女工の実際生活を見た人ならば、誰だって黙っていられるはずもないが。しかし、氏もまたこれら婦人労働者の生活のすべてを支配する大きな社会的背景に対しては、充分の理解を持っているとは思われない。氏が現在婦人労働者に対して為《し》ようとしている第一の事は、労働者にまず教育を授ける事だというにあるらしい。そしてその実生活の悲惨は誰がどう救うのか？　資本家はどうすればいいか？　労働者はまず何を為すべきであるか？　自分達と労働者との間の溝をどうするのか。私はまたそれ等の事を平塚氏に聞く折がない事を残念に思う。私の観る処では、氏の労働者に対する第一の観念は、その惨めな生活に対する女らしい同情というものから、あまり遠いものじゃないように思われる。婦人労働者の健康というような事ばかりがしきりに云われている。母性保護、それも氏の立場としては極力云わねばならぬ事であろう。私はそれが無駄だとは云わない。しかし、氏は婦人労働者の上に加えられる資本家の不当な力というものに対しては、遂に労働者の気持を理解する事が出来ない。「あの人達は工場で働くものでなくては労働者ではないと思っている」と或機会に氏は私に向って云った事がある。そうだ、誰もが一様に間違った制度のために苦しんでいる。しかし、他に果して、工場労働者ほど横暴な資本家の専制王国の牢獄の中で、申分のない組織的な圧力の下にその精力を絞りつくされ掠奪されているものがあろうか。氏はまだ本当に社会的の諸組織の絶大な力を御存じないに違いない。要するに、氏はまだ労働問題の根本精神には充分な思索を及ぼされた事がないのだとしか思えない。同時にそれは、氏が現在の自分の生活と労働問題の神髄を的確に意識されない事には、それもむずかしい事であろう。

三

山川氏はこの問題に対しては、他の二氏とは比較にはならない確かな理解を持って居る事は万人の認むる処であろう。それには氏の立場が何物にも妨げられない都合のいい事にも依るであろうし、そういう方面に対する知識に明るい事もあろう。

しかし、その大きな理由の他の一つは、自身の生活が生む偏見に捕えられる事が少いという事にもある。与謝野氏にしろ平塚氏にしろ、あれほどの聡明さをもってして、時に矛盾した事を云い、また曖昧な態度があるのは、みんなその自身の生活の何処かにその生活が生む、自身のみが無意識の間に信ずる事を余儀なくされる偏見の影が射すからである。山川氏にはその点はまずないと云ってもいい。そしてそれはすべてにわたって不透明な事を厭う氏の性格が充分にその土台をつくっているのであろう。

しかし、氏にもまたただ一点、特に知識階級者としての自尊の影が極く僅か、その労働者の上に射している事がある。それは十月号の『解放』誌上に発表された知識階級の労働運動に関する一文にもある。それはまず非難すべき点のない評論であった。そして、その批評家としての使命を自覚し、啓発のために執筆する人としては極く当然な論旨であったと思う。その啓蒙はもちろん氏の言のように当然必要でもあり、また知識階級の助けなくして労働運動は完成されないかもしれないが、労働者に向ってそれが云われるとき、私達は知識というものが何んであるかを考えてみなければならない。知識とは果して書物からのみ得られる事であろうか？　事実は何にも教えないであろうか。止むに止まれぬ、というほど強い激しい欲求を起さすネセシティは無知な人間を手持無沙汰にさしたままでおくであろうか？　あらゆる人間の生活を向上させ、知識を現在の処まで導いて来たものはただこのネセシティとアンビションではなかったか？

私は知識が決して不必要とは絶対に云わない。しかし労働者が死物《しにもの》ぐるいで、あの正しい生存権の奪還をはかっている時に、彼れ等が踏みにじられ掠奪されている間に暖い褥《しとね》の上で、日あたりのいい机の上で、習得された知識を自分の特権をでもかざすように、労働者達の上に押しつけ見せびらかすという事は、労働者の感情をふみつけにしたものでなくて何んであろう。

私は山川氏がそんな態度をとられたというのではない。しかし、現在知識階級の多くの人々にそういう態度をとる人が多い。そして労働者の反感を買う人が多い。労働者は知識を退けはしない。また知識階級の人だからといって徒《いたず》らに反感を持ちはしない。ただ彼れ等はその知識階級者の不遜な態度を悪《にく》むのだ。労働者から云えば、その知識も彼等は掠奪されたのだ。それを不遜な態度で、これ以上の尊いものはないように押しつけられる事が忌々《いまいま》しくなくてどうしよう。彼れ等は同情される理由はない。彼等は激励される事が必要なのだ。知識階級者にもし真に労働者に対する理解があり労働運動にあずかろうとする誠意があるならば、まずその自分の持った知識というものに対する誇りを去らなければならない。そうして、その知識を仲間として、労働者にわかつ心掛けがなくてはならない。そうしてこそ、はじめて知識階級者の労働運動は真の意味を持つのではあるまいか。山川氏は、労働者の知識階級に対する反感を狭量として非難された。それは事実であるかもしれない。しかし労働者はその尊大な知識階級者を仲間にしなくても労働運動は完成し得る。知識階級の労働運動者が労働者に反感を持たれるのは必ず、反感を持たれるような態度があるからで、労働者は知識の必要を認め知識階級者の力を借りる事を不必要と思っているのでは決してない。もし労働者が頑迷で誤解をするならば、知識階級者たるものは労働者の頑迷を怒り不都合をならす前に、何が彼れをそんなに頑迷にした事を考え、彼れを理解するに努め、徐《おもむ》ろに彼の了解を待つべきものではあるまいか。もし仮に知識階級者が労働者よりも勝れたるものだと考える人があるならば、その勝れたものにこそ、この寛大さが必要なのではあるまいか。

山川氏は労働者に対しては充分な理解をもっている人である。労働者の抱懐する感情というものについてすらも理解をもっている人だ。しかしながら、氏は大抵の事を、かなり微細な処まで書物によって知り、理解している人である。労働階級の労働運動者として観ても、氏は最もよく労働者を知る人である。何の偏見をも持たない。しかし、ただ、氏がまだ主に文筆の上のみの運動者で、多少は労働者に接する所があるとしても、彼等の友達として、仲間として彼れ等の中に伍する機会のないという事が、ほんの極くわずかだが、まだ本当に自分の生活と労働運動とを一になし得ない影が折々その書く物に射すのである。

山川菊栄氏は、硬い人だ、円味のない人だとか、女らしいうるおいのない人だとかいう批評を私は前からよく聞く。或いは愛嬌がないともいう。

しかし私の知っている菊栄氏はやさしい人、女らしい愛嬌に富んだ人だ、相対していて気持のいい話をする人だ。随分きびしい皮肉も云う。しかしまだなかなかうまいしゃれなども云う人だし、よく声をたてて笑う人だ。

氏に向って、愛嬌がないとか女らしくないとか云う人は、氏に心からの親しみを許されない人だ。氏は現在の日本婦人がいかに男性に侮辱されているかという事を、寸時も忘れる事の出来ない人だ。現在の日本婦人の或る人々は古い古来の因襲に自由に息づく事も許されない。そして一方ではその因襲に反抗した勇敢な婦人達が、文学というものに心酔し、そのセンティメンタリズムに溺れ、または安価な恋にだらしなくくずおれ、再び因襲の中に陥って行く事実がそこら中にころがっている。その何れもが苦々しい女の意久地《いくじ》なさを表明しているので、このような透明な理性をもっている人には見ていられないのだ。そして侮蔑と反感で一ぱいになるのだ。同時にまた、女をそんなものだとはじめからきめてかかっている男を悪まずにはいられないのだ。そこで氏は大抵の男性には強い武装をもって向う。

もちろん、氏が世間の意志のよわい男女に対して、その失敗に対して、或る場合には苛酷すぎる事がないとは云えない。現在のような世間の常態が生むべき当然の出来事の犠牲者に対して、本当に情理に充ちた同情や理解を氏が惜しむというような非難を私は氏の知人の間に聞いた事もある。それはもっともな云い分である。前に云った、批評家としての氏が物の陰影に対する理解が足りないのと同じ理窟だ。氏の透明な理性が厭うべきものという断定を下すと、氏はもうそれ以上それに立ち入ろうとはしない。そこにはまさしく氏に対する物足りない事がある。けれども、一時みちみちた、そして今もやはりその境涯から全く脱しきれない、文壇によって宣伝された個人主義の影響をうけた感情尊重の余弊が、どんな不合埋などんな矛盾にみちた自己をでも弁護するために都合のいい理窟らしいものをつくり上げて押しつけ合うようにした。これは山川氏のような人にはとうとう耐え得られるものではなかったのだ。こういう人々に対しては氏はただ皮肉な眼をむけて侮蔑を表すより他はなかったのだ。氏がいろんな人に持たれた反感は大抵そこに根ざしている。それは氏の一つの欠点と云えば云えもしようが、しかし氏をこう余儀なくしたものは、他にあるのだ。そして、氏がこうも厳重に自分をかばったからこそ、氏は全く独自の自由な確信にみちた生活を拓《ひら》く事が出来たのだ。

しかし、もう一度繰り返して云うなら、氏のその一面は確かに氏の性格の基調を成している。世間に対する氏のこの態度は、実に堂々としていて充分賞讃されながら、一部からはやはり非難をまぬかれない。氏が批評家として克明に、どんなつまらぬ事をでもとりあげて論破する熱心をもちながら、一方にその論敵に対して鋭い皮肉と冷たい侮蔑をかくす事が出来ない。そしてあの暖い女らしい優しさや、しゃれを云う時の軽い気持が、ほんのまれにしか表わされる機会がなくて、そういう点で人を引きつける力をもちながら、それが認められないのを私はどんなにか残念に思う。

もしも、氏が今後労働運動の実際運動に携わるというくらい、健康の回復が出来て来たならば、或は、労働者の中に飛び込んで行く人かと私は思う。そしてその時こそは、氏のまるで今までと違った方面の人格が認められるにちがいない。そして人々は今の、水のように透明な澄んだ理論の他に、今深く氏の胸奥に畳み込まれているパッションが、ほとばしり出て来るに違いない。そしてそれは私の夢かもしれないが、もうそうなれば氏は日本の労働者の上に、それこそ太陽のように輝くであろう。私はもう幾年前から今日のような評論家としての氏の活動を期待したろう？　そしてそれは実現された。今、私の待ちのぞんでいる立派な実際運動家としての氏を見る事が、遠からず出来るとしたら正しく私の夢は実現されるのだ。もしも氏の畳み込んでいるパッションが遂に燃え出す機会を失って最後まで理論家としての氏をしか見る事が出来ないとしたら、まず何よりもさきに、私は氏自身のために悲しまずにはいられない。

（一二・四）

ざつろく

第一次『労働運動』第五号、
一九二〇年四月三〇日

別にお断りしてあります通りに、印刷所の都合から、三、四月は休みにしなければならなくなりました。その間に種々の方面で婦人労働者諸姉の活動がありましたが、とうとうここでは報道する余地がなくなってしまいました。何れまた機会を見て委《くわ》しい紹介をしたいと思っています。

本欄掲載の山川菊栄氏のものは、四月号に送って頂いたものでしたが、四月号〆切に間に合わなかったので、本月号にまわしました。

最近有名な知識階級の婦人達の手で生れた「新婦人協会」(1)は、その社会的事業として、婦人労働者救済という方面にまで手をのばされるのだそうです。結構な事だと思います。しかし、この、中流階級もしくは知識階級の人々の、婦人労働者救済という事は、労働階級の婦人達に本当に徹底的な幸福を齎《もた》らすことはおそらくないでありましょう。それは、どれほどの感激をもってされたにしても、特権階級の下働きをして慈善事業をしている盲目な宗教家の仕事と同じ結果しか得られはしないでしょう。

　ただ一つその人々の仕事を正しい方向に進めるものは、自分達の全生活が、貧しい同胞から剝《は》ぎとったものであるという自覚です。その知識も教養も、それ等に依って得た地位も、生活の保護も、怠惰も、総てが貧しい人々からの掠奪である事を思えば、人々の眼はきっと違った方向に注がれるでありましょう。そしてその思想も、事業も一転した時、はじめて、本当の貴い仕事が出来るのです。

　現在の「新婦人協会」としては、むしろ穏健着実なそして輿論《よろん》のお気に入る請願運動くらいの処が一番間違いのない仕事でしょう。私は、「新婦人協会」そのもののためにも、また婦人労働者のためにも、「新婦人協会」が、余計な「お慈悲」を労働階級の上に見せられぬ方が得策だと忠告申上げておきたい。

　先日の新聞では、何んとかいう有名な教育家たる婦人がその教職をなげうって婦人労働者のために働かれる事が報道されましたが、その御本人の御自慢話の中に、これから、内務省や農商務省のお役人の紹介で工場を視察するなどということがありました。そんな心掛けでは、女工救済どころか、苛《いじ》める手伝いをするくらいが落ちでありましょう。

婦人の反抗

第二次『労働運動』第一二号、一九二一年六月四日

一

五月一日の夕刊、及び翌日の新聞紙は一斉に、警官がメエデエの行列に参加した婦人達に対して働いた暴行を報道している。そして殊に、五月二日の読売には、当日上野精養軒裏で赤瀾会《せきらんかい》(1)員が巡査等に髪の毛を摑まれ、襟をとらえられ、引きずられながら、なぐられ蹴られしている光景を見ていた、アドヴァタイザ婦人記者の談話を載せている。

「日本の警官は何んという ひどい事をするのでしょう? あんな繊弱《かよわ》い婦人を捉えて打ったり蹴ったりするとは――また、群集は婦人が侮辱されてるのに傍観しているとは何んという事でしょう? 私までが大なる辱《はずか》しめを受けているように感じます。日本は野蛮な国です、野蛮な国です」と、眼を釣り上げボンネットやスカアツをふるわしていた。「私は警官が群集よりも多かったので、何をするのかと思っていたら、それは群集

を打ったり蹴ったりするのだという事がわかりました。私の国ではあんな事はありません。」

二

私はこの話を外国への恥だなどと問題にするのでない。警官が民衆を打ったり蹴ったりするのが日本ばかりだとは思いもせず、また、ピイズレー女史のようにアメリカやヨオロッパの文明国でそんな事が決してない等とも思わない。お互様にどの国の政府でもしている事だくらいは知っている。

赤瀾会の会員にしても、当日のあの警官の非道は或る程度までは覚悟の上だったにちがいない。それでなくても、婦人だからといって手びかえされるような事があっても、みんなで、男の同志達の受ける侮辱や暴行を傍観している事は出来ないに違いない。そして、やはり進んで同じ苦痛を受けるに違いない。

巡査共に云わせれば「女のくせに余計なところに出しゃばるからウンとこらしめておかねば癖になる」と云うにちがいない。しかし、いかに官僚思想の彼等にしてもそんな暴行や侮辱を加える事によって、人間の心の奥底に萌え出した思想の芽をそう容易につみとってしまえるものと信ずる事は出来ないにちがいない。事実赤瀾会の誰一人それにひるんだものはない。

三

しかし、若い婦人が群衆の面前で、髪を乱し、衣紋《えもん》をくずして巡査に引きずられるという事が、どれほど痛ましい恥辱を与えるであろう？　弱い精神の持主ではとうてい忍べる事ではない。が、今はそれをも当然の事として自分の心持を納得させねばならない。

この悲痛な理知の眼をみはった諦めを奴隷の諦めと間違え、何時までもそれが続くものだと思ったら大間違いだ。為政者等は一方にこれを決して間違えず、常におそれながら彼等の政策はつねにそれとは反対の行為に出ている。そしてそこから、有《あり》がたくない結果が生れて来ている。殊に婦人の場合は男子のそれよりも一層彼等にとっては恐るべき結果を持って来る事は、今から断言しておいてもいいくらいだ。

四

婦人は一体に気がせまい上に、社会運動にでもたずさわろうとする人々は非常に物に感じやすい性格の人が多く、かつ、かなり一本調子な強い熱情の持主であり、そして、自分自身ではどれほどひどい事をでも忍ぶ事が出来ても、他人の上に加えられる無法を傍観している事の出来ないという弱点を持っている。そしてそこで往々、自分の心の上に加えて来た、自我的な理知の圧力をはね返す。その時こそ彼女は、どんな大事をでも平気で仕遂げる。彼女は世間の批難くらいはもちろん、法律の網の真中にでも飛び込んで行くし、絞首台の上へでも光栄として上り得るに違いない。

赤瀾会に対する圧迫も、今後その活動につれていよいよ辛辣になるに違いない。が、為政者等は、婦人に対する侮辱のついでに、この婦人の欠点をもよくその考慮の中に入れておく必要のあることを警告しておく。

無政府の事実

第三次『労働運動』第一号、一九二一年一二月二六日・
第二号、一九二二年二月一日

一

私共は、無政府共産主義の理想が、とうてい実現する事の出来ないただの空想だという非難を、どの方面からも聞いて来た。中央政府の手を俟《ま》たねば、どんな自治も、完全に果たされるものでないという迷信に、皆んなが取りつかれている。

殊に、世間の物識り達よりはずっと聡明な社会主義者中の或る人々でさえも、無政府主義の「夢」を嘲笑《あざわら》っている。

しかし私は、それが決して「夢」ではなく、私共の祖先から今日まで持ち伝えて来ている村々の、小さな「自治」の中に、その実況を見る事が出来ると信じていい事実を見出した。

いわゆる「文化」の恩沢を充分に受ける事の出来ない地方に、私は、権力も、支配も、命令もない、ただ人々の必要とする相互扶助の精神と、真の自由合意による社会生活を見た。

それは、中央政府の監督の下にある「行政」とはまるで別物で、また「行政機関」というむずかしいもののない昔、必要に迫られて起った相互扶助の組織が、今日まで、いわゆる表向きの「行政」とは分々《べつべつ》に存続して来たものに相違ない。

二

私は今ここに、私が自分の生れた村について直接見聞した事実と、それについて考えた事だけを書いてみようと思う。

見聞の狭い私は、これが日本国中の何処にも遍在する事実だと断言する事は出来ない。が、そう信じてもおそらく間違いではあるまいという事は信じている。何故なら、この事実は、或る一地方のみが持つという特異な点を少しも持っていない。万事に不自由勝な生活を営んでいる田舎の人にはどの地方の、どんな境遇に置かれている人にも一様に是非必要な一般的な性質のものだ。そしてあらゆる人間の生活が、是非そういう風でなくてはならぬという私共の大事な理想が、そこにしっかりと織込まれている。

私の生れた村は、福岡市から西に三里、昔、福岡と唐津の城下とをつないだ街道に沿うた村で、父の家のある字《あざ》は、昔陸路の交通の不便な時代には、一つの港だった。今はもう昔の繁盛のあとなどは何処にもない一廃村で、住民も半商半農の貧乏な人間ばかりで、死んだような村だ。

この字は、俗に「松原」と呼ばれていて戸数はざっと六七十くらい。大体街道に沿うて並んでいる。この六七十くらいの家が六つの小さな、「組合」に分れている。そしてこの六つの「組合」は必要に応じて聯合する。即ち、一つの字は六つの「組合」の一致「聯合」である。

しかし、この「聯合」はふだんは解体している。村人の本当に直接必要なのは、何時も「組合」である。「組合」は細長い町の両側を端から順に十二三軒か十四五軒くらいずつに区切って行ったもので、もうよほどの昔からの決めのままらしい。これも、聯合とおなじく用のない時には、何時も解体している。型にはまった規約もなければ、役員もない。組合を形づくる精神は遠い祖先からの「不自由を助け合う」という事のみだ。

三

組合のどの家も太平無事な時には、組合には何の仕事もない。しかし一軒に何か事が起れば、すぐに組合の仕事がはじまる。

家数が少いのと、ふだん家と家とが接近し合っているのとで、どの家にか異った事があればすぐに組合中に知れ渡る。知れれば、皆んなすぐに仕事を半ばにしてでも、その家に馳けつける。或は馳けつける前に一応何か話し合う必要があるとすれば、すぐ集まって相談する。

相談の場所も、何処かの家の門口や土間に突っ立って済ます事もあれば、誰かの働いている畑の傍ですむ事もあり、或《あるい》はどの家かの屋敷に落《おち》つく場合もある。

人が集まりさえすれば、すぐに相談にかかる。この相談の場合には、よほどのむずかしい事でなくては黙って手を組んでいる者はない。みんな、自分の知っている事と、考えとを正直に云う人が意見に賛成するにもその理由をはっきりさせるという風だ。少しむずかしい場所に出てはとうてい満足に口のきけないような人々でも、組合の相談には相当に意見を述べる。そこには、他人のおもわくをはかって、自分の意見に対して臆病にならねばならぬような不安な空気が全くないのである。

事実、組合の中では村長だろうがその日稼ぎの人夫であろうが、何の差別もない。村長だからといって何の特別な働きも出来ないし、日傭《ひよう》取りだからといって組合員としての仕事に欠ける処はない。威張ることもなければ卑下する事もない。年長者や、家柄というものも田舎の慣わしで尊敬されるが、感心に組合の仕事の相談の邪魔になるような事はない。

四

相談の最後の結論は誰がつけるか？　それも皆んなできめる。大抵の相談は具体的な、誰の目にも明《あきら》かな事実に基く事であって、それに対する皆んなの知識と意見が残りなくそこに提出されれば、結論はひとりでに出来上る。誰がつくり上げるまでもない。誰に暗示されるまでもない。

大抵の事ならすぐに相談がきまる。しかし、どうかして、意見がマチマチになってどうしても一致しない事がある。

例えば、組合員の何の家族かが内輪喧嘩をする。その折り合いをつけるために組合のものが皆んなで話し合う、という場合などは、家族の幾人もの人達に対する幾人もの観方がそれぞれ違っていて、それに対する考え方も複雑で、容易にどれが真に近いかが分らなくなるような事がある。

そんな時には、皆んなは幾晩でも、熱心に集まって話し合う。幾つもの考えを参酌《さんしゃく》折衷して纏《まと》めるにも、出来るだけ、皆んなが正しいと思う標準から離れないように努める。もしまた、この相談の席上で、皆んなに納得の出来ないような理屈を云ったり、それを押し通そうとしたりするものがあれば、皆んなは納得の出来るように問い糺《ただ》す。そして、どうしても納得が出来ず、それが正しい道でも方法でもないと分れば、皆んなは正面からその人間をたしなめる。

五

或る家に病人が出来る。すぐに組合中に知れる。皆んなは急いで、その家に馳けつける。そして医者を呼びに行くとか、近親の家々へ知らせにゆくとか、その他の使い走り、看病の手伝いなど親切に働く。病人が少し悪いとなれば、二三人ずつは代り合って毎晩徹夜をしてついている。それが一週間続いても十日続いても熱心につとめる。

人が死んだという場合でも、方々への知らせや(これは以前には十里もある処へでも出掛けて行ったそうだ)その他の使いはもちろんの事、墓穴を掘ること、棺を担ぐ事、葬式に必要な一切の道具をつくる事、大勢の食事の世話、その他何から何まで組合が処理する。

子供が生れるという場合には組合の女達が集る。産婦が起《おき》るようになるまで、一切の世話を組合の女達が引きうける。

その他、何んでも人手が必要だという場合には何時でも文句なしに組合で引きうけてくれる。

組合の中の家でも、もちろん皆んなから好かれる家ばかりはない。何かの理由から好く思われない家が必ず二軒や三軒はある。

けれども、そんな家の手伝いをする場合でも、皆んなお互いに蔭口もささやき合えば不平も云う。しかし手伝っている仕事をそのために粗末にするというような事は決してない。その家に対して持つ銘々の感情と、組合としてしなければならぬ事とは、ちゃんと別物にする。

六

組合の事務、というようなものはないも同然だが、ただ皆んなで金を扱ったという場合にその出入は、皆んなで奇麗《きれい》にその時その折にキマリをつける。

組合員は時々懇談会をする。それは大抵何処か一軒の家に集まって午餐の御馳走を食べたり飲んだりする会で、米何合、金幾何《いくら》ときめて持ち寄る。

一年に一度は、この会食が二三日或は四五日も続く風習がある。そんな時の後始末はかなり面倒そうに思われるが実際には割合に故障なく果される。集めただけの金で足りなければ皆んなで出し合う。あまればみんなその場で使ってしまうか、何かの必要があるまで誰かが預って置く事になる。

酒飲み連がうんと酒を飲んだ、そして割合いに酒代がかさんで、予定の金では足りない場合がよくある。そんな時には飲む者は飲まない者に気の毒だというのでその不足分を自分達だけで出そうと云う。しかし、そんな事は決して取りあげられない。飲む者は、御馳走を食べない。飲まない者は盛んにたべる。それでいいじゃないかというので結局足りない金はみんなで等分に出す。

他家の葬式、病人、出産婚礼、何んでも組合で手伝った場合には大抵の買物は組合の顔で借りて済ます。そこで、何時でも手伝いの後では計算がはじまる。この計算には皆んな組合中の者が集まる。そして一銭の金にも間違いがないように念入りに調べる。それで、いよいよ間違いがないと決まれば、はじめてその調べを家の人に報告する。それで、組合の仕事は終ったのだ。こうして何があってもその度《た》びに、事務らしい事は関係者総てが処理する。

たまに、何か連続的にやらなければならぬような仕事があっても、大抵一番最初に相談をする際に、順番をきめ置くから、何んの不都合もない。

この皆んなが組合に対して持つ責任は、決しておしつけられて持つ不承不承のものではない。自分の番が来てすべき事、と決った事を怠っては、大勢の人にすまないという良心に従って動いている。だから何の命令も監督も要らない。

七

火の番、神社の掃除、修繕、お祭というような、一つの字を通じての仕事の相談は、六つの組合が一緒になってする。この場合にはどの組合からも都合のいい二三人の人を出して相談する。相談がきまれば、組合の人達にその相談の内容をしらせ、自分達だけできまらない事は組合の皆んなの人の意見を聞いて、また集まったりもする。

相談が決って、いよいよ仕事にかかる時には、組合の隔てはすっかり取り除かれる。小さな組合は解体して、聯合が一つの組合になってしまう。聯合の単位は組合ではなく、やはり一軒ずつの家だ。

みんなで代りあって火の番をしよう、という議が持ち上る。一つ一つの組合でするもつまらないから字全体でやろうという相談がきまる。するとすぐ、各組合の代表者達が、おおよそ何時から何時までくらいの見当でやろうという事を決める。毎晩何軒ずつが組んで、何回まわるか、北側から先きにするか南側からはじめるか、西の端からか、東の端からか、というような具体的な事をきめる。もし、北側の西の端から三軒ずつ毎晩三回という事にでもきまれば幾日という最初の晩に、その三軒の家からは誰かが出て村中を太鼓を叩いたり、拍子木を打ったりして火の番をする。

翌日になると、その太鼓や拍子木や提灯が次ぎの三軒のどの家かに渡される。そしてだんだんに、順を逐《お》うて予めきめられた通りに間違いなく果される。

八

神社の修繕費などは、なかなか急には集まらない。そこで皆んなで相談して貯金をする。一つの箱をつくって、字全体の戸主の名を書いた帳面と一緒に、毎日一戸から三銭とか五銭とかいうきめた金高を入れるためにまわされる。これも、毎日間違いなく隣から隣へとまわって行く。

学校へ通うのに道が悪くて子供達が難儀する。母親達がこぼし合う。すると、すぐに、誰かの発議で、暇を持っている人達が一日か二日がかりで、道を平らにしてしまう。

一つの家でそれをやれば他の家でもまた、お互いに誰が通るときまった道でもないのに、彼処の人達にだけ手をかけさせては済まないというので、各自に手近かな処を直す。期せずして、みんな道が平らになってしまう。

こうしてすべての事が実によく運んでいる。大抵の事は組合でする。他との協力が要る場合には組合の形式は、撤回されて字全体で一つになる。

この組合や家の自治について観て見ているると、村役場は一体何をしているのだろう？と不思議に思われるほどこの自治と行政とは別物になっている。組合や家の何かの相談には熱心に注意をする人達も、村会議員が誰であろうと、村会で何が相談されていようと、大部分の人は全く無関心だ。

役場は、税金の事や、戸籍の事や、徴兵、学校の事などの仕事をしている処、というのが大抵の人の役場に対する考え方だ。

九

村の駐在所や巡査も、組合のお蔭で無用に近い観がある。

人間同志の喧嘩でも、家同志の不和でも、大抵は組合でおさめてしまう。泥棒がつかまっても、それが土地の者である場合はもちろん、他所《よそ》の者でも、なるべく警察には秘密にする。

最近にこういう事があった。或る家の夫婦が盗みをした。度々の事なのでおおよその見当をつけていた被害者に、のっぴきならぬ証拠をおさえられた。

盗まれた家ではこの夫婦を呼びつけて叱責した。盗んだ方も盗まれた方も一つ組合だったので、早速組合の人も馳けつけた。彼方《あっち》でも此方《こっち》でも、この夫婦にはよほど前から暗黙の中に警戒されていたので、皆んなから散々油を絞られた。

しかし、とにかく、以後決してこんな事はしないからとあやまるので、被害者の主人も許す事になった。組合では再びこんな事があれば組合から仲間はずれにするという決議をして、落着した。

この事件に対する大抵の人の考えはこうであった。

「盗みをするという事はもとよりよくない。しかし、彼等を監獄へやった処でどうなろう。彼等にだって子供もあるし、親類もある。そんな人達の迷惑も考えてやらなければならぬ。彼等も恥を知って居れば、組合の人達の前であやまるだけで充分恥じる訳だ。そしてこの土地で暮そうという気がある以上は、組合から仲間はずれになるような事はもう仕出かさないだろう。そして、みんなはまた、彼等にそんな悪い癖があるならば、用心して機会を与えない様にする事だ。それでうまく彼等は救われるだろう」というのだった。

十

実際彼等は慎しんでいるように見える。警戒はされているが、彼等に恥を与えるような露骨な事は決してしない。そこはまた、田舎の人の正直なおもいやりがうまくそれを覆っている。

この話は、字《あざ》中の者の耳には確《たしか》にはいっている。が巡査の手には決してはいらないように充分に注意されている。どんなにふだん巡査と親しくしていても、他人の上に罪が来るような事柄は決してしゃべらない。もし、そんなおしゃべりをする人間があれば、たちまち村中の人から警戒される。

こういう事も、ずっと遠い昔から、他人の不幸をつくり出す事ばかりねらっているような役人に対して、村の平和を出来るだけ保護しようとする、真の自治的精神から来た訓練のお蔭《か》げだと云っても、間違いはあるまいと私は信じている。

組合の最後の懲罰方法の仲間はずれという事は、その土地から逐われる結果に立ち到るのである。

一つの組合から仲間はずれにされたからといって、他の組合にはいるという事は決して出来ない。

組合から仲間はずれにされるというのは、よくよくの事だ。事の次第はすぐにそこら中に知れ渡る。この最後の制裁を受けたとなればもう誰も相手にしない。結局は土地を離れて何処かへ出掛けるより他はない。

が、みんなはこの最後の制裁を非常に重く考えている。だから、よほどの許しがたい事がない以上は、それを他人の上に加えようとはしない。私の見聞の範囲の私の村では、この制裁を受けた家の話を聞かない。そのくらいだから、もし此度何々したら、という条件で持ち出されるだけでも非常に重大だ。従って効目は著しい。

十一

実際田舎の生活では、組合に見放されてはどうする事も出来ない。組合の保障がありさえすれば、死にかかった病人を抱えて一文の金もない、或は死人を抱えて一文の金もない、という場合でも少しも困る事はない。当座を切り抜けるのはもちろんの事、後の後まで心配して事情を参酌して始末をしてくれる。

組合の助けを借りる事の必要は、ほとんど絶対のものだ。殊に、貧乏なものにとってはなおさらの事だ、貧乏人は金持よりはどんな場合でも遥かに多くの不自由を持っている。その大から小までのあらゆる不自由が、組合の手で大抵は何んとかなる。

私はこれまで、村の人達の村のつまらない生活に対する執着を、どうしても理解する事が出来なかった。一たん決心して村を離れた者も大抵はまた帰って来る。都会に出て一かどの商売人になる事を覚えた青年達までが、何んにもする事のない村に帰って来て、貧乏な活気のない生活に執着しているのを不思議に思った。

けれども、この村の組合というものに眼を向けた時に、私ははじめて解った。村の生活に馴れたものには、他郷の、殊に都会の利己的な冷やかな生活にはとても堪え得られないのだ。成功の望みはなくとも、貧乏でも、この組合で助け合って行くあたたかい生活の方がはるかに彼等には住み心地がいいのであろう。

書簡　伊藤亀吉宛(1)（一九二三年二月推定）

宛　先　福岡県糸島郡今宿
発信地　東京市本郷区駒込片町一五番地

久しく御無沙汰を致しました。その後皆様お変りもございませんか。叔母やエマがいろいろお世話になっている事と存じます。実はもっと早くおたより申上げるはずのところ、実は私が突然帰りましたのは大杉外遊のためで、旧冬中はその準備に忙殺され、出立と同時に子供が代りばんこに病気を致しまして、一月中は人手なしのところに、赤ん坊の病気でほとんど不眠不休に続いて、雑誌の編輯という訳けで、今までほとんど寸暇もない有様でしたので、気にかかりながらも失礼してしまいました。

大杉は旧冬中に立って、先月末ヨオロッパに到着しましたはずで、来春帰る予定です。

何分急の事でしたので、後々の事もろくに相談が出来ず、内外一切のことを委《まか》されていますので、今までの呑気《のんき》に引きかえて急に責任が重くなり弱っています。（以下紛失してなし）

野枝

父上様

書簡　林倭衛《しずえ》(1)宛(一九二三年五月一七日)

宛　先　フランス、パリ
発信地　東京市本郷区駒込片町一五番地　労働運動社

久しぶりのお手紙拝見。三月末リオンからたよりがあって、それでほぼあなたの消息も分っていました。でも、お体のいいのは何よりです。私もひとりで留守をしている間にすっかり肥りました。

なかなかお帰りになりそうもないようですね。しかし、帰れる手筈がついたら、つまらなくそちらにいらっしゃるよりは早く帰っていらっしゃい。あなたも、今度はいい事が待っているかも知れませんよ。もうお互いに三十になるのですね。ちょっと考えますね。

二三日前の新聞で見ると、二科会と春陽会で、あなたをひっぱりだこにしているようですね。あなたも、すばらしい人気者になったわけですね。あんまり出鱈目をやらないで描いていらっしゃい。

半月ばかり前に浅枝(次郎)さんがひょっこり出て来ました。「もう七八年目ですね」と云ったら苦笑していました。あの人も随分フケましたよ。びっくりするくらいに。あなたも、今度はちっとは苦労しましたか。これだけはどうも私共の力の及ばない事ですから、いい知慧も出ませんけれど。何にしろ、いやになったらさっさと帰っていらっしゃい。やっぱり日本人だから、日本での方がいい事が待っている可能性がありますよ。若い女の人達もこの一二年の間にびっくりするほどキレイになりましたよ。私はしばらくひっこんでいましたけれど、今度東京に住んでみてつくづくそう思いました。

あなたのわるい噂さなんて、何にも聞きませんよ。尤《もっと》も、パリでは、酒と女とケンカで暮していらしたという事は聞きましたが、そんな事は格別悪事でもないようですね。私は、あなたが人殺しをしたって聞いても、別に驚きはしませんよ。「信じやしないと思うから」なんて、つまらない事を云っちゃいけません。あなたがたとえ絵が描けなくなったって、どんなになったって、私共だけはちゃんとあなたを知っています。つまらない事を気にするひまに、いいけしきでも楽しんで見ていらっしゃい。絵なんか、描けない時に無理に描く事はありません。あなたも、一枚のお土産絵を持たずに帰って来た、なんて事になるとちょっと痛快ですけれどね。やっぱり正直に描こうとしているのでしょう。

Oがメーデーにパリで捕ったという通信が此方《こちら》の新聞にありました。いろんな事情からおして多分本当だろうと思いますの。それで、リベルテールの方からも何んとか云って来てくれる事と思って、実は待っているのですが、何んの沙汰もなし、新聞にもその後なんの通信もはいらないという事です。もちろん放還される事と思いますが、でも、何かの理由でしばらくでも牢にでも入れられる事も、ないとは云えません。事情がいくらか分るようでしたら、知らして下さいませんか。

それと、五月七日に正金銀行から二百円だけ電報為替でリベルテール社内エイ・オスギとして送りました。その金が本人の手に入っているかどうかを知らして頂きたいのです。その金は日仏銀行支払となっています。リベルテールは、前とアドレスが違っていますす。あなたがパリにいらっしゃらないとすれば、厄介ですが誰れか知人の方にでも頼んで、日仏銀行を調べて貰って下さい。送って寄越す通信がまるで来ないので、金もなかなか送れません。捕った時には多分無一文だったのではあるまいかと思っています。

和田[2](久太郎)さんも、近藤[3](憲二)さんも、村木[4](源次郎)さんも、相変らずです。よそのグループには、どんどんと目まぐるしい変化がありますが、今度の社ばかりは十年一日で、そして皆んな若い若いと思っているうちに、いつかもう三十がらみの者ばかりになって、若い元気のいい人達から煙《けむた》がられはじめているのです。本当に今更ながら、月日というものは早いものですね。

今年二十九という私共の同年はかなり多いので、今年の暮には、一つ三十代忌避の会でもしようではないかという相談が持ちあがっています。まだなかなかだと思っていた三十という年が、目の前までおし寄せて来たのです。本当にいやになりますね。

それから、五月中旬に着くはずの伏見丸で、二つの小包がリオンに着きます。〇の体の成り行き次第では、その処分もあなたにお願いします。

五月十七日(大正十二年)

野枝

林　倭衛　様

禍の根をなすもの

『中央公論』第三八年第六号、
一九二三年六月号

最近非常に、やかましく騒がれている性の問題、殊に若い未婚の婦人達のそれに対して、保護者達の間に捲き起されている大きな憂慮については、私はその子女の教育の方針が根本的に改められない以上は、決して、取り除く事の出来ないものだと信じて居ります。

今日までの女は、何のために、どういう目的で教育されて来ているでしょうか？　女を育てる人々はただ男の妻として、出来るだけ高価に売りつける事しか考えては居りません。女は、出来るだけ男の要求に応じる事の出来るように、大事にされて育てられて来ているのです。大抵の若い娘の夢は、みんな、自分の未来の、男を対象にした夢ばかりです。それがあたりまえの事とされているのです。人間としての自分の将来を考える事は、不正規な事としてあるのです。家庭での教養も学校での学問も、みんなお嫁にゆくために、その目的でばかり受けさせられるのです。そうして貰い手、もしくは買い手のつくのを待っているのです。そしてその大事な売り物が無事に「片付く」までは、その保護者はなみなみの心配ではありません。そこであらゆる機会から娘の売物としての価値を傷つけるような事のないように庇《かば》います。

けれども、これが本当の保護の仕方でしょうか？　私はそれを、最も危険な保護の方法だと思います。その保護の方法は、必然に多くの危険を持っているのです。こういう保護の下にある娘達に、結婚というものが、どんな概念を滲み込ませているかという事を考えると、私は恐ろしくなります。若い娘達は死力をつくして護らなければならぬ自分の大事な処女性というものが、自分にとって、何故それほど大事であるかという、真の疑問に答える何物を持っているでしょうか？　彼女はただ盲目的に、処女性を捧げた男に自分の一生を捧げなければならぬという道徳を信じていはしないでしょうか？　そしてそれが最も恐るべき彼女の過ちのもととなるのではないでしょうか。

本当に大事に保護されている処女の持っている一番の危険は、その隔絶された異性に対する憧憬です。その憧憬は全く純な、そしてまた無知なものです。が、この憧憬は、その本体にぶつかった時には全く自分を盲目にしてしまいます。同時にその無知はあらゆる判断力を奪うものです。女を玩弄視する男性の無恥は、この女の盲目を、その無知をどれほど愛するでしょう？　大事にかけて保護された室《むろ》咲きの花のような女を要求する男の、女に対する要求は、そのわがままなねがいにあるのです。もし、その大事な花が、無事に、保護者達の望みどおりな買手の手に渡れば問題は起りません。けれども、それが甘《うま》くゆかず、娘の夢のような憧憬が異性を求めて近づいて行ったとき、そこに大きな破綻が来るのです。

異性に対する憧憬は、男性のそれと、女性の場合とでは非常な相違のあることを私は信じて居ります。女性の(もちろん処女の)憧憬には大方の場合、非常にぼんやりしたもので、何んの欲情をも伴わないのが普通なのです。これに反して、大抵の男には、必ず欲情が伴っています。しかしながら、もし男が本当にその欲情に純な場合には、女の一途なしかし淡い憧憬をよく知っていて、女の純な心に恥じて、容易にその欲情を表わす事がありません。けれども、男が既に女の処女性に対する尊敬を失っている場合には、彼女はすぐに男の自由にされてしまいます。もし各自にこの二様の傾向を持った二人の男が一人の処女に近づいた場合に、彼女が無知で、その異性に対する憧憬が深ければ、女はきっと厚顔な男のものになるでしょう。彼女の心の中に第一の男に対するどれほどの尊敬が炎《も》えていても、異性というものに対する微妙な憧憬を生み出す彼女の体は、第一に彼女の体に手をかけたものに委《まか》されるのです。一度でも彼女の処女性が犯されれば、その犯したものに自分を委すのが、彼女の唯一の道徳なのです。そこに悲劇が生じます。もしその男が女の保護者の気に入れば幸いだが、気に入らなければ、いろいろなもつれが生じます。同時にまた、男に、女を引き受ける意志がないときにも同様です。

これは一体、誰《だ》れの罪でしょうか？　男の誘惑によるのでしょうか？　女の弱さによるのでしょうか？　何方《どちら》にしろ、余計に責められるのは女です。そして男が女のたよりにならない場合には、女は一層惨めなのです。けれども、その女の弱さは何処から来たのでしょうか？　女は、弱くあれ！と育てられて来たのではないでしょうか？　どんな男の傍におしつけられても、その男に自分の一生をまかさねば生きて行く道はないのだというように惨めな運命を、よくよくのみ込ませられているのではないでしょうか？　そうして、機会が来さえすれば、誰れとでも一緒になるように訓練されているのではないでしょうか？　処女には、「拒絶」という事は教えてないのではありますまいか？「拒絶」の代りに、その保護者は「隔絶」をもって間に合わせているのではないでしょうか？

無知と、憧憬は、ただ「隔絶」の賜物です。「隔絶」された魂は、憧憬でフラつき出した時に、自分で自分をどうする力も持ってはいないのです。そんな教養は一つも持っていないのです。その中味のないフラフラな魂に向って、何を責める事が出来るでしょう？　その魂が悪いとは云えません。その魂をつなぎとめておく教養を少しも与えなかったものにむしろその罪を負《おわ》すべきだと私は思います。

性的道徳とか、性的教育とかいう事がしきりに流行する言葉になっています。が、この傾向が、どれほど若い人達をあやまらせているでしょう？　それは性というものに対して、常に不純な考えのみしか持つ事の出来ない、一部の人達の余計な杞憂です。それは、異性から無理に「隔絶」した保護物をもっている人達の手前勝手な杞憂です。その人達のその意識的な性別の高調こそ、最も危険な傾向を募らしているのだと私は信じます。

何故もう少し、自由に男の子と女の子とを一緒にする事が出来ないのでしょう？　今まで仲よくして来た男の子と女の子と、何故無理無理に引き離さなければならないのでしょう？　無分別な「隔絶」のみがすべての悪い結果を持ち来すのです。その不自然な「隔絶」の意味を知ろうとする好奇心が、若い子女を害《そこな》います。

私は声を大きくして云います。性問題を危険な傾向に導いたのは、みんな老人共の不純な精神だと。彼等自身まず性の差異に対する恥ずべき意識を消すべきです。年若い子女達につまらない好奇心をわざわざ引き起さすような「隔絶」を止《よ》すべきです。男も女も、性別を意識するより先きに、まず「人間」に対する識別を教えらるべきです。娘達は男の妻として準備される教育から解放されなければなりません。男と女との差異を画然と立てた教育がまず打破されなければなりません。子供の頭に、性の差別を激しく印象させる事が止《や》められなければなりません。少年少女の間にある性別の意識を伴わないフレンドシップが自然に育てられなければなりません。

異性に対する危険を多分に含んだ好奇心や、憧憬は、性教育や、監督と称する隔絶ではそれを助長するとも、失くすことは出来ません。現在のすべての若い男女間の不純な関係は、ただ両性の間の理由のない隔絶が生む無知と憧憬に根を張っているのです。その両性間の無知無理解は、ただに、未婚の男女関係を害うばかりでなく、一たんは、周囲に祝福された、いわゆる正しい道程を踏んだ夫婦関係をも害う原因となって居ります。

女の保護者によって取りきめられる結婚の相手の男に対する最大の条件は、女の一生をどれほどよく扶養して行くことが出来るか？という事です。これは子供を愛する保護者としては無理のない感情でしょうが、一般にこの事実は結婚当事者達の真の生活、内的生活の条件を疎外して選ばれる傾向を持っています。

男も女も、結婚の当座は、即ち相手に対する好奇心がなくならないうちは無事にゆきます。また、幸いにして、理解や愛が生じた場合にはそんな事もありませんが、男か女かが、そのおしつけられた生活に、何の興味も持ち得ない事になれば、それは悲惨な結果を生じます。そしてただ室咲きの花のように育てられて来た女には、大抵の場合に、自分自身の生活の中心意義さえ把めない消極的な人間が多いのです。すべてがただ、与えられる生活を与えられるままに享《う》けてゆくというより能のない人間の方が多いのです。そういう女は、男の生活に対して何の興味も持つ事が出来ず、何の理解も出来ないのです。そして相手の男はたちまちその女に対する興味を失って、その興味の対象を他へ求めるようになります。これは、その成立から推して行っても当然の結果だと云わなければなりません。

が、最も強く、男女を「隔絶」することの不可を証拠立てるのは、自由意志で結婚した夫婦関係の破滅です。彼等に叛かれた保護者や教育者の地位にある人々は、これを以て、若い者の自由な選択が間違っていることの証拠にしていますが、事実は全く反対で、彼等はただ、保護者や教育者の厳重な干渉に対する反抗から、冷静を欠く場合が多いのです。若い男女の結合はただお互いに持つ好奇心だけで充分に成り立つのです。放っておけば、好奇心もそれほどの原因になるほどは募らず、やがてお互いの人間を理解し合って、無分別な行為から自分を救い出すだけの事が出来る場合でも、周囲の干渉は、一途に若い者の好奇心を煽り立てて盲目にするのです。そこで、一度は得意の自由意志を誇ったその結婚生活もやがて、惨めなものに代ってしまうのです。

私は繰り返して云いますが、現在の女の教育の方法が間違っているのです。それが現在のあらゆる男女関係の上に大きな禍根となってたたっています。

放っておけば、女はふしだらになる、と信じている人達がたくさんあります。現在のように、ボンヤリした、自意識のない、そのくせ非常にセンティメンタルで、物事を正しく観察したり批判したりする事の出来ない、決して自分で自分のしまつをする事の出来ないような女達を手放しておくのは危険です。女がもっと在来の「女」というものの持っていた概念から切り放されなくては駄目です。

処女性というものが、本当にはどれほどの価値をもったものか私は知りません。けれども、少くとも、それを保護する場合に、他人まかせが安心か、自分での保護が強いかということになれば、私は後者をずっと頼みにします。保護者達が心配するように、女は自分の処女性を粗末にはしません。もし、つまらない好奇心などに妨げられる事なしに、男性に対する本当の眼識が具われば、その処女性は何よりも完全に保護されるでしょう。

女の処女性が、本当にどれほど価値のあるものか?と私は今云いました。それは何故か?と云えば、一方にはそうして室咲きの花のように大事にされて保護されて居る処女がある一方に、私はその処女性を残るところなく踏みにじられている女達がどれほど多いかをあまりによく知っていますから。

結婚――というものに最後の望みをつないでいるのは、現在のすべての女に共通した事です。中分のない教養を受けて相手を待っているのも、その目的なら、自分の才能を売って、労力を売って生活している多くの女達の目的もやはりそれなのです。さらに悲惨な事は、男の暴虐な欲情にその体をまかせて生きてゆく多くの売笑婦達ですらも、やはり一人の男の手に自分をゆだねて、「家」をもつ事が最後の望みなのです。

高い教養を受け、立派な才能を持って、男子とおしならんで働く職業婦人の中で、結婚を思わぬものがどれほどあり得るでしょう。何百万という多数の可憐な婦人労働者の中に、現在の資本家の酷使の鞭から、機械の虐げからのがれる方法として結婚を望まないものが幾人あるでしょうか?　しかもこの自ら自分の口を糊しなければならぬ不幸な娘達は事ごとに、その節操を保つ事の困難にブツかるのです。彼方《あちら》にも此方《こちら》にも、自分の欲情のため、或《あるい》は金のために彼女をねらっている男共に出会うのです。彼女達は正当に働いて、むしろ酷使されて、しかもその上にその節操を蹂躙《じゅうりん》されなければ生きてゆけないのです。或はまたつらい労働からのがれるために、節操を売り物にしなければならないのです。

一つ目的に向って、同じように大事にされなければならぬものが、何故一方には大事で、一方には大事でないのでしょうか？　他人の娘がどれほどひどい屈辱を被《こうむ》っても、否、時によれば平気で他人の娘の節操を犯す人達が、自分の娘の節操に関する場合には何故あれほど騒ぎ立てるのでしょうか？　これが富裕な人々の贅沢な手前勝手でなくて何んでしょうか。未婚の娘の処女性は、ただ富裕な階級の人々にとってのみ大事なのです。貧しい家の子には、そんな貴い節操の持ち合わせはないのです。その節操は、否応なしに踏みにじられます。

が、この不当な行為は、決して富裕な階級に報いられる事はないのでしょうか？　それは確かに報いられて居ります。踏みにじられた女達は何よりも早く、男に対する鑑識眼を持つようになります。そうして能動的に男を動かすようになります。男は、室咲きの花では満す事の出来ない興味をそれ等の女に見出します。現在私共の周囲に見る事実は、妻以外の女が、どれほど多くの男を自由にしているかという事を、よく証拠立てます。そして、それは直ちに、踏みにじられた女達の、一種の復讐とも見れば見る事が出来ると思います。

少数の或る階級の人々が、いかによく教育され、いかに自分の幸福を求めるための準備がよく出来たとしても、大多数の人間が不用意――にむしろ侮蔑にみちた不用意の中に置かれていて、どうしてそのよき準備や教養が正しく役立ち得ましょう。

私は人間がいかに教育され、いかに準備されて世間へ送り出さるべきか、という事については、勝手な事を云う事が出来ます。けれども、それが少数の人にだけあてはめられるのでは、何んの効果もない事を必ず附《つけ》加えて云って置かねばなりません。

最後に、私は性教育という事について一言したいのです。あの問題も、私は今騒ぎまわっている女学校の先生方や、保護者達が、自分等の利己的な立場からする教育には反対します。まだしも放っておく方がいいくらいです。あの人達はとうてい冷静に、性の秘密を話して聞かせる資格を持ちません。ただ、危険に対する憂慮ばかりが、あの人達の心持を領しています。それ故、あの人達は冷静に根本問題に触れる事が出来ません。

おもうに、性教育というものは、それほどに大さわぎをする必要のない事ではありますまいか。私は最近フランスの科学者のアンリ・ファブル(1)が子供へ科学知識を与えるために書いた書物を翻訳しましたが、その間に、たくさんのありがたい暗示にふれました。殊にありがたいのは、生物の繁殖についての微妙な説明です。就中《なかんずく》、植物の花粉と結実の関係は、立派にそれを人間の生殖の上に移して来られます。性の差別について、何の不純な考えも持たぬ子供達に、純粋な科学の立場から、生物の繁殖という事についての事実をよくのみ込ませておきさえすれば、必要の場合には僅かの冷静な言葉で、適確に人間の生殖の真意義をつかませる事が出来ます。生理も、衛生も、充分に、言葉をつくして説明する事が出来るでしょう。

私は、それだけの事で充分だとおもいます。それ以上は、子女自身の処理にまかせていい事ではないでしょうか。ただ不用意に、眼前の危険にあわてて、そろそろ不純な差別意識に災されだしているような若い男女をとらえて、不純な立場にいる人達が、いい加減に、何を説明しても、充分な効果をあげることはむずかしいだろうとおもいます。それどころか、そんな事が公然の問題になるほど若い子女の異性に対する好奇心は煽られるのではあるまいかと気づかわれます。

要するに、問題の根本にあって禍するものは、不自然な男女の「隔離」です。それが異性の好奇心をお互いに昂めます。第一に、保護者、或は教育者の位置にある人達自身が、まずはなはだしい性別の意識にこだわることから解放されなければなりません。男も女もおんなじに、一人前の「人間」をつくる事をまず心がけなければなりません。

「人間」が立派に出来あがりさえすれば、他人のために余計な心配をする必要はありません。自分の育てた、或は教育した、息子や娘に対して抱く不信と不安とは、その教養が未完成であるという事を立派に証拠立てます。自分の娘や息子を、自分の教え子達を、何故に信ずることが出来ないのか？　どうして世間の人達はそれを教育者や保護者達に向って云えないでしょう。

今の世の中では、片輪な人間ばかりが住んでいるのです。そしてお互いに、他人の片輪を気にやんでいます。けれど、何がそう人間を片輪にするのか？　そんな事は誰れも考えようとはしないのです。

「人間」をつくる事にまず努力されなければなりません。けれども片輪ばかりの、世の中で、それが可能な事でしょうか。いかに立派な道が示されても、それがすべての人の歩き得る道でなければ、とうてい最善の道とは云えません。性道徳の道ばかりではありません。あらゆる事がみんな人間の教育の根本方針の改革を要求します。が、どうしたらあらゆる人々が妨げ合わずに、その教育を受ける事が出来るかがまず考えられなければなりません。

内気な娘とお転婆娘

『改造』第七巻第八号、
一九二五年八月号

「女はしとやかでなくてはいけない、おとなしくなくてはいけない」という訓《お》しえははなはだ結構な事です。一時「新らしい女」というものが盛んにはやった時には、大変なお転婆がいろんな奇抜な真似をして人目をおどろかしました。しかし、どんな勝手な真似をしても気持の上に、或るデリカシイを持っていなければならないという事は、その当時そのお転婆の一人であった私すら痛切に感じたほどでした。私達は「新らしい女」の本家本元のように云われていましたけれど、その頃世間に輩出したいわゆる新らしい女の思い切った行為には驚異の眼を見はったものです。それは本当に馬鹿馬鹿しい、苦々しい事をたくさん見せられたり聞かせられたりしました。そして、そういう人達の行為が皆んな私達のした事として、見当違いな非難攻撃を皆んな受けなければならなかったというような苦い経験は、いよいよ私達に、エセ新らしがり屋を浅間《あさま》しがらせたのです。

あの当時問題になった吉原行きとか五色の酒とかいう事を、まるで私達のすべてであるかのように云いなした世間の馬鹿共よりは、それをまた麗々と真似をする連中に至ってはお話にもなんにもなりません。何の考えもないただの模倣ということが、それほど馬鹿らしく見えた事はありません。

ところがまた私は、本場の女性のデリカシイという事がその意味を取りちがえられて、むやみと恥かしがりの模倣をする事が、旧い考えで奨励されているのをも同様に馬鹿馬鹿しいと思わずにはいられません。

よく見もし、聞きもしますが、活動写真の中とか電車の中などで、おとなしくとりすまして、はずかしがっている女の弱味につけ込んで、飛んでもない不都合を働く男があります。少ししっかりしているものなら、たとえ口へ出して詰責しないまでも、態度で詰《なじ》れば大抵逃げて行くものなのです。しかし、黙ってただ迷惑そうに、恥かしそうに体をねじったりしざったりするくらいでは、そういういたずらでもしてみるくらいの図々しい男は益々図に乗るくらいのものです。私などは、そういう不都合な図々しい奴は大勢の中で赤恥をかかして以後そんな真似をさせないくらいのつもりで、詰責する事くらいは当然だと思いますが、普通の女らしいしおらしさを捨てかねる人達には、そうも思い切ってやれないのが当然でしょう。けれども、とにかくしっかりした態度をとる事は是非必要な事と思います。

私はよくこみ合う電車の中などで、こみ合うのをいい幸にして、わざと身体をすりよせて来たりする不都合者に時々出遇います。そんな場合には、どうも表立ってとがめる訳にゆきませんから、何時もその男の顔を見ながらわざわざ足を踏んでやるとか、出来るだけ強硬にひじをつっ張って押し返してやるとか、黙って、出来るだけしかえしをしてやります。それからよく人の顔をジロジロ無遠慮に何時までも見ている者があります。これは男に限らず女でもです。私は大抵長い間睨み返してやりますが、幾度も幾度もあんまり長い事見られると癪にさわりますからその人に云ってやります。

「さっきからあなたは私の顔ばかりジロジロ見ているが、私の顔に何かあるんですか」

大抵はそれで赤面して止めてしまいます。それに何にかさかねじを喰わすほどの本当の図々しい人にはまだ出遇った事はありません。

何事も、内輪に、控目にという事は一面に必要な事ですが、目のあたり馬鹿らしい侮辱を受けたり、迷惑を感じたりした場合にまでもじっとそれを我慢しているという必要は少しもないと思います。むしろそういう場合には少しも我慢をしない事が必要だと思います。

或時、私は電車の中で、品のいい二十ばかりのおとなしそうな娘さんと一緒に乗り合した事があります。その時には電車の中の半分は空席でした。すると或停留場から一人の酔っぱらいが乗りました。それほどひどくよっていたのか、それとも酔ったふりをしたのかは知りませんが、その酔っぱらいはよろけながらぴったりとその娘さんの傍に腰を下ろして、電車がゆれるたびにその大きな体をかぼそい娘さんの方にもたれかけて行きます。娘さんは、迷惑そうに眉をよせて少し体をずらしましたが、酔っぱらいはすぐにまたその間をつめてやはりぴったりよりそってしまいます。二三度そういう事をしていました。私はそれを見ていて、よくその娘さんが思い切って他の場所にうつってしまえばいいのに、と思いましたが別にそんな事もなしに、その酔っぱらいの傍に小さくなって何時までも腰かけています。私はそれを見ていて、酔っぱらいの無作法よりも、その娘さんの理由ない我慢強さの方がよほど腹が立ったくらいでした。

或る人々は、お転婆な娘だけが誘惑に堕《おち》り易い危険性をもっていて、おとなしく内輪な始終恥かしがってひっこんでばかりいるような娘にはそういう危険性はないもののように考えています。しかしそれは大変な間違いです。こういう話があります。

それは或る地方での事ですが、その市では中流以上の暮らしをしている家に二人の娘がありました。年は二つほど違っていましたが、姉は女学校の四年、妹は同じ学校の三年だったのです。姉は快活な明るい性質をもっていました。妹はおとなしい両親にもろくに口もきけないような子でした。

或る日、姉は友達の家に遊びに行って夜になってから帰って来ました。そして、母親に挨拶をすますとすぐ、真紅《まっか》にほてった頬をなでながらさも愉快でたまらないような声で笑いながら母親に話かけた。

「母さん、それゃおかしい事があったんですよ」

娘のかえりが遅くなったので少々ふきげんになっていた母親は、いく分か眉をしかめながら
「何んですそんな頓狂な声を出して。そうむやみとげらげら笑うもんじゃありませんよ。話をするんならもう少し尋常になさい」

と云ってたしなめました。

「だっておかしいんですもの、母さんったらすぐに、私が何にか云うとお小言ね、だけど今日は本当に私いい事をしたんですよ面白くって仕方がない、ねえ美佐ちゃんそれ

ゃおかしいのよ」

姉は母親の渋い顔には頓着なしに此度はそこに居合わせた妹をとらえて話し出しました。

「何あに？」

妹はニッと笑って静かに聞き返しました。

「ね、私今交番に男を一人引き渡して来たのよ、おまわりさんにほめられちゃったの」

「えっ」

母親も妹も呆気《あっけ》にとられて姉の顔をながめていました。姉は得意そうに笑いながら説明しました。

友達の家を出て、もう暗くなった道を歩いて県立病院の塀にそうて歩いて来ると、後から突然男が歩みよった。

「御散歩ですか？」

顔を見ると知らない男なので、だまって歩いていると、なお追いすがって来ていろいろな事を云う。

「そしてね、私の事を何んでも知っているのよ、お兄さんの事も美佐ちゃんの事も知っているの、私気味が悪いから大急ぎで歩いてるとね、ついにグッと私の袂をつかんでね、」

「ええっ、袂をつかんだね？」

母親は眼をまるくして娘を見ました。

「ええそうなの、そしてね、もう先《せん》から私にちかづきになりたいと思って様子を見ていたんだって、」

「まあ飛んでもない！」

母親は聞くごとに呆《あき》れるのみです。

「でね、今日は本当に思い切ってお願いするんだがどうか私と交際をしてくれって云うんですの、私何んだか恐くって体がブルブルふるえちゃったわ、逃げ出そうにも袂をしっかりつかまれているし、うっかりすると何をされるか知れないし、本当にどうしようかと思ったわ、」

「でどうしたの？」

「誰か通ったら助けて貰おうと思うのに誰も通らないんでしょう。ようやく通ったかと思うと頼みにならないような子供だのお婆さんなんですもの、仕方がないからもっと人通りのどっさりある賑やかな処で逃げようと思って、『私遅くなって急いでるんですからまた今度にして下さい考えときますから』ってやっとの事で云ったの、そしたら

『そんな事云って逃げるつもりなんでしょう、けれど、逃げられるものだかどうだか、まあ今日の処はかんべんして上げましょう』って云ってニヤニヤ笑ってるの。私だんだん恐くなって来たから急いで歩き出そうとすると『お待ちなさい、あなたのお家まで送って上げます』って云って此度は私の手を握っちゃったんです。そして道々もいろんな事云って私をおどかしてるの、私どうして逃げようかと思っているうちに橋の処まで来て、ひょっとあすこの交番に気がついたもんだから、あのおまわりさんにたのんで逃げようときめちゃったの。そして今度は私の方がしっかりその男の手を握って交番のすぐ前におまわりさんが立っていたのでいきなり『何卒この人を捉えていて下さい』って云ってやったもんだからおまわりさんがびっくりしたんだか何んだか『何だっ』ってそりゃ大きな声で云ったの」

「その男はどうしたんだい？」

「ね、知らん顔して大急ぎで行っちゃいそうにしたのをおまわりさんが呼びとめたもんだから仕方なしに引き返して来て、私の顔をそりゃ恐い眼してにらんだわ。おまわりさんが、どうしたんだって云うからすっかり云おうと思ったんだけれどすぐと人が五六人たったから、きまりが悪いでしょう、それでお父さんのお名前を云ってね、今うちから電話でお話しますからって断って逃げて来たの、」

「そうかい、じゃあまだその人は交番にとめられているんだね」

「え、そうでしょう?」

「どんな様子の人間です?」

「二十五六の書生よ、自分じゃ医学校の生徒だって云ってたわ」

「まあ、とんだ心得ちがいをしたものだね、だけど、お前も悪いんですよ、暗くなって外を出歩いたりするからそんな目に遇うんです。もうこれからは決してむやみと外を出歩いてはいけません。それにしても、そんな交番になんか連れ込んだのは困ったねえ、どうしたらいいだろう?」

「どうして困るんです? いいじゃありませんか、おまわりさん待ってるでしょうきっと、私電話でよく話しますわ」

「お待ち、今にお父様がおかえりになったらよく御相談してからにしないじゃ、そんな性根の男を交番になんか渡して、後で、どんなあだをされるか知れやしない。そういう時には何とかうまく云っておとなしく別れてくればいいんです。なまじっかな事をするほど悪い」

「だって、じゃどうすればいいんだろう? 構やしない、あんな奴うんと警察ででも叱られるといいわ憎らしい奴。それよりか本当によく電話をかけないじゃおまわりさんに怒られるわ、私本当にすぐ電話をかけるって約束で帰して貰ったんだから」

「まあお待ち、後でお父様に叱られるような事があっちゃいけないから。お前が一体出過ぎ者だからいけないんです余計な事をして。今日はおとなしく帰すってのだから、帰って来れば、また後の事はどうにでもなります。余計な交番になんか連れ込むから倍心配しなくちゃならないじゃないか。そんな奴に眼をつけられるんだって、やはりお前がおきゃんだからです。もう子供じゃないんだからもう少し気をつけて、万事落ちついて女らしくなくっちゃ――」

「またお小言なの――厭《い》やだわ、母さんは何んでもあたしの事っていうとすぐお小言なんだもの」

やがて、父親からの電話での話で、男は説諭を受けて帰され、姉娘はその後学校と家庭の特別な注意のせいか、何事もなく卒業をしました。

この事件以来卒業するまでの、姉娘に対する母親の心配といったら大変なものでしたが、無口でおとなしい妹娘に対しては母親は全く楽観していました。

「あの子に限っては間違はない。」

母親は固くそう信じていましたので、すべての点で姉娘よりずっと寛大に取扱われていました。しかし、この母親の楽観が恐ろしい結果を齎《もた》らしたのです。

姉娘が卒業して、毎朝妹一人で通学するようになって二ケ月ばかりたつと、毎日学校の往復共、後をつけて来る若い男のある事に妹娘はすぐ気がつきました。恐い、とは思いましたが、口重な彼女は、それを誰にも話《はな》しませんでした。実際は話をしてまた母親がやっと姉が卒業して安心した処に、また気をもませるでもないという遠慮と、ただ自分の後をつけるだけで何んでもないのを何にかのように云い立てるのが後《うしろ》めたくもあるし、男につかれる等という事が恥かしい事のように思われるので誰にも黙っていました。しかし、もう夏休みも間近くになった頃には妹娘はすっかりその男の術中に堕っていたのです。男はその市での不良少年仲間では有数な一人だったのです。

彼は妹娘のおとなしい、内気な性質をよく知りぬいていました。で、出来るだけその気の弱い点につけ込んで脅迫したのです。彼女のふだんのおちつきは何の用もなし得ませんでした。姉娘ほどの気持もなく腹もなく、ただ気の弱い彼女は、相手の男の思う存分翻弄されたのです。彼女はそうならぬ先きに母親に話さなかった事を悔いました。けれども一たん男のままになった以上は、それを思い切って、何んにも知らぬ家人に打明ける勇気はさらにありませんでした。彼女はただひそかに自らを果敢《はか》なみながら、男の指図のままになっているより他はありませんでした。そして彼女は何時か、姉や母を偽わって幾何《いくばく》かずつの金をねだる事さえしなければなりませんでした。

母親はすっかり娘を信じていました。姉娘にはきびしい監督の眼を見はっていましたけれど、妹娘にはまるで何の注意もしませんでした。

秋になって、誰れからともなく校内でやかましく、その事について噂されるようになりました。彼女の受持教師が聞きかねて、彼女にその真偽をたしかめようとしました。しかし、その時にも彼女は素直に事実を述べる勇気を持ちませんでした。受持教師はただ或る訓戒の言葉を与えただけでその時はすみました。

しかし、教師に知れたという事は、彼女にとっては両親に知れたよりはもっと恐ろしい事でした。彼女はどうかして今後あの悪魔の手からのがれようと企てました。彼女はようやくの事で、近頃自分につきまとう者のある事を告げて、学校の寄宿舎に、卒業まで入れて欲しいと頼みました。

「えっ？　お前にも？　まあ、どうしたらいいだろうねえ、じゃよくお父様と相談して上げるよ、心配おしでない。」

母親は真蒼《まっさお》になりながらも娘を慰めて、父親や学校と相談の上で寄宿舎に入れました。しかし、どうしてはいって来るのか、二日おき、三日おきに、教室の机の中に恐ろしい脅迫の言葉をつらねた手紙がきっとはいっていました。

「何日何処に何時までに来い。来なければ今までの事を学校に告げるのはもちろん、お前もお前の父親の面目をも維持の出来ないような方法をとるから。」というような手紙に脅かされては、彼女は泣く泣く外出しました。彼女の決心は何んの役にも立たなかったのです。

一方、男の方では、彼女が避《さけ》ようとしている事を知るとますます惨酷に彼女を扱い出しました。出来るだけ無理な要求を持ち出しては彼女を困らして喜んでいるというような有様でした。しかし、とうとう最後に流石《さすが》の彼女も死を期して、悪魔たちの要求を退けました。彼は彼女に盗みをすることを命じたのです。たとえ親のものとはいえ何一物も無断で持ち出すという事は正直な彼女の忍び得ない事でした。今まで散々に彼等のままになっていたのも、ただ、しばらくでも母の心を案んじ、父の体面を重んじてただ在校中に問題を起すまいとの心持からだったのです。しかもそれすら日夜良心に責め苛《さいな》まれているのにこの上盗みをするほどなら死んだがましだ。彼女はそう決心するとその要求をはじめて退ける気になりました。しかしその最後まで、彼女はやはり気弱でした。彼には承知したむねを答えて、自宅に帰ったのです。そしてその夜は気分が悪いと云って寄宿舎には帰らず造花用の染料を多量に服《の》んで苦悶している処を発見されて、命だけは取りとめましたが、可愛想な彼女はとうとう気が触れてしまったのです。

寄宿舎にはいって以来は、安心しきっていた母親にはすべての事がただ夢としか思えませんでした。娘の遺書には最初からのすべての事が書かれてありました。母親は気のふれたその可愛《かわ》いい娘を抱いて、今も油断のならない世間の悪者を呪っている事でしょう。

理屈の上では、現在女学校などでも、ただ一ずにおとなしい、淑《しと》やかだというだけでは済まない、非常時に際して充分適当な態度をとれるようしっかりした女にならなくてはいけないというような事も教えます。しかし実際には、みんなおとなしいすなおな一方の女にしようとします。そうした風な女を尊敬するように仕向けます。抽象的にいう場合には、そういう風に進歩的な口調をまねても実際には家庭本位の教育をしているのですからなるべく、総ての点で自分の考えなどはどうでもいいような、決断のにぶい、従属的な傾向を帯びた女の方が歓ばれます。そして出来るだけそういう風に仕込まれます。その結果は、何時までたっても、女の生活は向上しませんし、男の生活までも堕落させるだけです。そういう風な女は、どんな境遇へでも導かれれば導かれるままにゆきます。どんな危険な暗示にもすぐにかかります。どんな誘惑にもすぐ乗ります。こういう種類の女子が一番多くの危険性を具えているものと私は思います。

世間の人達は、よくお転婆だおきゃんだと攻撃しますが、私はそれよりも、おとなしい淑やかだとほめられる女の方が、どのくらい多く攻撃される価値があるか知れないと思います。そして、私はそういう人を意久地《いくじ》なしと云います。

書簡　代準介宛（一九二三年九月三日）

宛　先　福岡市住吉花園町
発信地　豊多摩郡淀橋町字柏木三七一番地

未曽有の大地震で東京はひっくりかえるような騒ぎです、しかし私共は一家中無事ですから御安心下さい。恐ろしい地震につづいて三日にわたる火事で東京の下町は全部焼けてしまいましたそうです。火の手は私共の家からもよく見えました。私共も二日間は外にいました。今日は雨ですから家にはいっています。恐いのは食物のない事です。お米はもう玄米しかなくそれをやっと二斗手には入れましたがそれさえもあとはもうないのです、一升八十銭とか九十銭とか云っているそうです。何もかもまたたく間になくなってゆきます、御都合がつきますなら出来るだけ早く白米を二三俵か四五俵鉄道便で送って頂きとうございます、当分の間は恐ろしい食糧難が来ると思います。

（『福岡日日新聞』第一四三四七号、一九二三年一〇月四日二面）

書簡 伊藤亀吉宛（一九二三年九月三日）

宛　先　福岡県糸島郡今宿
発信地　豊多摩郡淀橋町字柏木三七一番地

大変な大地震でしたが私共は幸いにみんな無事でした。東京市中は三日にもわたって目貫きの処が全部焼けてしまいました。全くの野原です。私共の方は市外なので火事をのがれたので無事にすんだのです。

それでもまだ揺れるのはやみません。二日はそとにいましたが今日は昼から雨で家の中にいます。もう心配はあるまいとおもいます。またくわしくはあとで手紙をかきます。とにかく私共は無事で本当にしあわせです。九月三日

（『長崎新聞』第六二三〇号、一九二三年一〇月一〇日二面）

Ⅲ　大杉栄との往復書簡

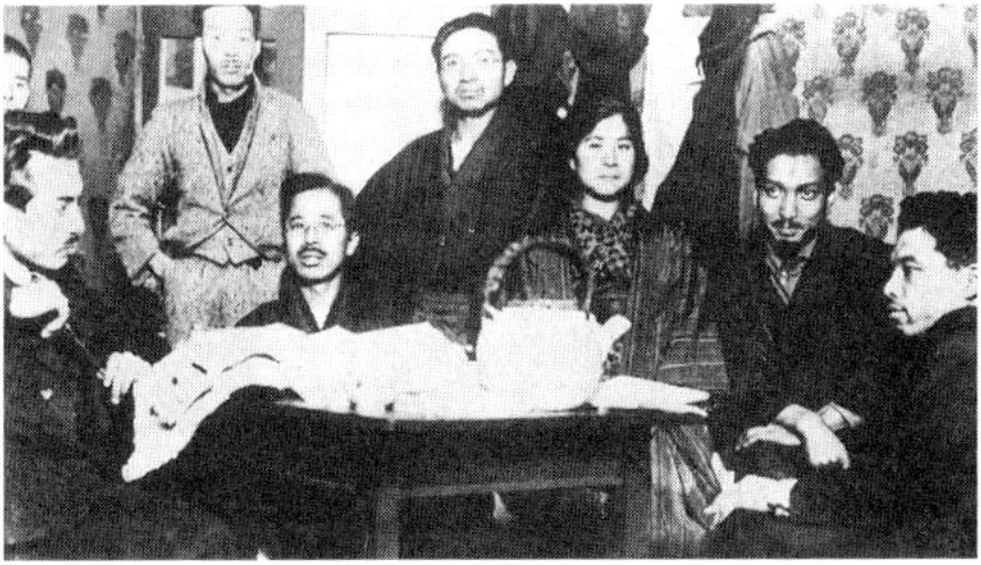

第二次『労働運動』創刊の頃（1921 年 2 月撮影）
左から中村還一，近藤憲二，竹内一郎，岩佐作太郎，高津正道，伊藤野枝，大杉栄，近藤栄蔵

一九一六年四月下旬、野枝は生まれたばかりの次男流二をつれ、長男一《まこと》を残して辻潤の家を出た。千葉、御宿《おんじゅく》の上野屋旅館に滞在したのは、かつて平塚らいてうと奥村博がそこにいたことがあるからだ。大杉には妻の堀保子、恋人の新聞記者、神近《かみちか》市子がいたが、新たに野枝という恋人を得て、大杉は御宿を訪ねた。

第Ⅲ部ではこの時期の恋の往復書簡を収録。野枝は恋に集中しながらも、残してきた子供への愛情に引き裂かれ、どんな時にも個人として生きる孤独の修練を積む。結局、流二は土地の漁師の若松家に預けられたまま、実の父母の元に戻ることはなかった。長男はユニークなイラストレーター、文章家、登山家、辻まことなった。

他に、一九二〇年の手紙を収録。出会いののち五年経っても、野枝の大杉への愛情は変わらなかった。二人の間には四人の娘と一人の息子が生まれ、両親が虐殺されたのちは、養女に行った次女エマ（幸子）を除き、祖父母に育てられた。

伊藤野枝から大杉栄宛(一九一六年四月三〇日　一信)

ゆうべ、つくとすぐに手紙を書き出しましたけれど、腰が痛んで気持が悪いので止めました。つきますとすぐに雨が降り出して、風がひどいので外には出られません。真暗な風の強いさびしい晩でした。停車場からここまで歩いてくるうちに、泣きたくなってしまいました。停車場のすぐ前ときいていましたけれども、少し離れています。海の近くです。かなり広い家です。家のまわりはあんまり感じがよくありませんが、そんなに悪くもありません。

私の今いる室《へや》は一番奥の中二階みたいな室です。かけ離れていて、宿屋にいるようないやな気はしませんが、そして人変仕事をするにはいい室ですが、押入れがないので他に移りたいと思っています。四畳半ですから本当にいいのですけれども。今朝は私の気持がすっかりおちついています。汽車の中も随分さびしゅうございました。千葉からは二人きりになりました。

こうやって手紙を書いていますと、本当に遠くに離れているのだという気がします。あなたは昨日別れるときに、ふり返りもしないで行っておしまいになったのですね。ひどいのね。私はひとりきりになってすっかり悄気《しょげ》ています。早くいらっしゃれませんか。それだと私はどうしたらいいのでしょう。こんなに遠くに離れている事が、そんなに長く出来るでしょうか。お仕事の邪魔はしませんから、早くいらして下さいね。

こんな事を書いていますと、また頭が変になって来ますから、もう止します。四時間汽車でがまんをすれば来られるのですもの、本当に来て下さいね。五日も六日も私にこんな気持を続けさせる方は——本当にひどいわ。私はひとりぽっちですからね。この手紙だって今日のうちには着かないと思いますと、いやになってしまいます。

伊藤野枝から大杉栄宛(一九一六年四月三〇日　二信)

ひどい嵐です。ちょっとも外には出られません。本当にさびしい日です。けれど今日は、さっきあなたに手紙を書いた後、大変幸福に暮しました。何故かあててごらんなさい。云いましょうか。それはね、なお一層深い愛の力を感じたからです。本当に。

こないだ、あなたに云いましたね、あなたの御本だけは持って出ましたって。今日は朝から夢中になって読みました。そして、これがちょうど三四回目くらいです。それでいて、何んだかはじめて読んだらしい気がします。あなたには前から幾度も書物を頂くたびに、何にか書きますってお約束ばかりして書きませんでしたわね。私は書きたくってたまらないくせに、どうも不安で書けませんでしたの。それは本当に、あなたのお書きになったものを、普通に読むという輪廓だけしか読んではいなかったのだという事が、今日はじめて分りました。何んという馬鹿な間抜けた奴と笑わないで下さい。

私が無意識の内にあなたに対する私の愛を不自然に押えていた事は、思いがけなく、こんな処にまで影響していたのだと思いましたら、私は急に息もつけないようなあなたの力の圧迫を感じました。けれども、それが私にはどんなに大きな幸福であり喜びであるか分って下さるでしょう。あんなに、あなたのお書きになったものは貪るように読んでいたくせに、本当はちっとも解っていなかったのだなんて思いますと、何んだかあなたに合わせる顔もない気がします。けれども、それは本当の事なんですもの。それをとがめはなさらないでしょうね。今は本当に分ったのですもの。そしてまた私には、あなたの愛を得て、本当に分ったという事はどんなに嬉しい事か分りません。これからの道程だって真実たのしく待たれます。

今夜もまたこれから読みます。一つ一つ頭の中にとけて浸み込んでゆくのが分るような気がします。もう二三日くらいはこうやっていられそうです。一ぱいにその中に浸っていられそうです。でも、何んだか一層会いたくもなって来ます。本当に来て下さいな、後生ですから。

嵐はだんだんひどくなって来ます。あんな物凄いさびしい音を聞きながら、この広い二階にひとりっきりでいるのは可哀そうでしょう。でも、何にも邪魔をされないであなたのお書きになったものを読むのは楽しみです。本当に静かに、おとなしくしていますよ。でも、ちょっとの間だってあなたの事を考えないではいられません。こうやっていますと、いろいろな場合のあなたの顔が一つ一つ浮んで来ます。

大杉栄から伊藤野枝宛（一九一六年五月一日）

きのう、あの手紙を書いてから、それを出しに行くついでに、しばらく目でお湯にはいった。ガッカリしてしまった。もう、いやな電話をかける勇気も出ず、なるようになれと思いながら、下宿の番頭を呼んで、十五日までの支払い延期を申し渡した。

夕飯までグッスリと寝た。それでもまだ眠り足りないで、また横になっていると、五十里[1]が来た。あの晩またおしげさんのところへ行ったのをひやかしたりして笑っていたが、やはり眠いのでツイうとうとしていると青山君[2]のところへ行くと云って出掛けて行った。

するとそれといれちがいに、こんどは神近[3]が来た。四五日少しも飯を食わぬそうで、ゲッソリと痩せて、例の大きな眼をますますギョロつかせていた。社（東京日日新聞）の松内（則信）にもすっかり事実を打明けたそうだ。松内の方では、それが他の新聞雑誌の問題となって、社内に苦情の出るまでは、いっさいを沈黙しているということであったそうだ。しかし、神近の方では、他に仕事の見つかり次第、辞職する決心でいる。新聞社の仕事にはもう飽き飽きしているようだ。

あの女も、この頃は、本当にえらくなった。あの立派なからだを見ても知れる、その強烈な性欲を、近頃ではほとんど征服してしまった。十時頃まで水菓子などを食べて饒舌《しゃべ》っていたが、何のこともなく、おとなしく寝て、おとなしく起きて、そしてまたおとなしく社へ出て行った。可哀そうな気もするが、しかしそれでなくては、あの女は本当の道を進んで行くことができないのだ。

もう、あなたからの手紙も、見せてくれとは云わない。また内容を聞きたがりもしない。ただ僕がそれを読んでいる間、だまって眼をつぶって何事かを考えているようだったが、その顔には何の苦悶も見えなかった。本当に、このまま進んでくれればいいが。

きのう、あなたへの手紙を書いてしまってから、それまでは妙に落ちついていた心が、急にまた物さびしさに堪えられなくなった。

うとうと眠っている間にも、眼をさますと、何だか胸のあたりに物足りなさを覚える。そして、ただひとりいる、あなたのことばかり思い出す。神近が来てからも、この胸の欠カンは、少しも埋められない。

あなたの手紙は、床の中で一度、起きてから一度、そして神近が帰ってから一度、都合三度読み返したのだが、少しも胸に響いて来る言葉にぶつからない。早く来い、早く来い、という言葉にも、少しもあなたの熱情が響いて来ない。

本当にあなたは、この頃、まったく弱くなっているようだ。そしてその弱さは、単にいじらしいという感じをのみ、僕に与える。僕には、それが、堪らなく物足りないのだ。

三度目に手紙を読んで、しばらくして落ちついてから、第一のはがきを書いた。それから仕事に取りかかるつもりで、本のところへ手を延ばしてみたが、急にさびしさがこみあがって来て、その手はこめかみのところに来てしまった。

逢いたい。行きたい。僕の、この燃えるような熱情を、あなたに浴せかけたい。そしてまた、あなたの熱情の中にも溶けてみたい。僕はもう、本当に、あなたに占領されてしまったのだ。

しかし、僕のこの状態も、渡辺(4)のところにいる一友人(村木源次郎)の来訪によって、まったく打ち壊されてしまった。その友人というのは、横浜の同志で、赤旗事件の時に一緒に入獄して、その後一二度会ったきりで、ずいぶんしばらく目だったのだ。入獄する時には、まだ二十歳ばかりの、本当に文字通りの美少年であった。出獄後肺を病んで、この頃はもうほとんどいいとは云っているのだが、頰に赤みをさしているところなぞは、どうしてもまだ本当ではない。いい職業がないので、仕方なしに、あま酒を売ってあるいていると云う。けれどもさっきの気持の打ち壊されてしまった不快さが、どうしても、この男と快談することを、僕に許さない。昼飯を食わせて、少しの間話しているうちに、僕はまた横になってツイうとうととしてしまった。

その友人はすぐに帰った。第二のはがきはこの男にポストへ入れて貰ったのだ。不快は依然として続いている。そしてその間にまた、さびしさがだんだんと食いこんで来る。四たび、あなたからの手紙を引きだして、読み返す。そして、また、眠ってしまった。

女中に起されて夕飯の膳に向ったが、まずくって食えない。そして、あなたのことが思い出されて仕方がないので、この手紙を書き出した。

今から、神田方面へ、散歩に出かける。一軒、心あたりの本屋にも寄って見るつもりだ。

子供の守を頼むという婆さんは、いい婆さんであればいいがね。どう？

伊藤野枝から大杉栄宛（一九一六年五月二日）

会いたくない人に無理に会わなくてもよろしゅうございます。何卒御随意になさいまし。一生会わなくったって、まさか死にもしないでしょうからねえ。そんな人に来て頂かなくても、私一人で結構です。何故あなたはそんな意地悪なのでしょう。

今ここまで書いて、あなたの第二のお手紙が来ました。宮島（資夫《すけお》）さん(5)のハガキと一緒に。会いたい会いたい、という私の気持がなぜそんなにあなたに響かないでしょう。今日は、朝から私は気が狂いそうです。昨日も一日、焦れて焦れて暮しました。蓄音機をかけてみても、三味線をひいてみても、歌ってみても、何の感興もおこっては来ません。だんだんにさびしくなって来るばかりです。煩《うるさ》くなって来るばかりです。あなたの事ばっかりしか考えられません。他の事はとても頭の中にじっとしてはいないのですもの。私だって、あなたがたやすくいらっしゃれない事だって知っているんですけれども、それだからって、だまってはいられないんですもの。それにあなたは、あんな意地悪を云っては私を泣かして、それでいいんですか。

さっき郵便局までゆきましたら、東京と通話が出来るんです。うれしいと思ってかけようと思いましたら、他の人が今かけて出るのを待っているんだと云いますので、なかなか駄目らしいのでよしました。明後日の朝かけますからお宅にいらして頂だいな。五分でも十分でも、こんなに離れていてお話が出来るんだと思うとうれしいわ。それをたのしみにして、今日とあしたを待ちますわ。

神近さんは何んだかお気の毒な気がしますね。でも、それがあの方のためにいいというのならお気の毒というのは失礼かもしれませんのね。でも、本当にえらいのね。そこまで進んでいらっしゃれば、でも、もう大丈夫でしょうね。あなたと神近さんのためにお喜びを申しあげます。

さっき、あんまりいやな気持ですから、ウイスキイを買わせて飲んでいるんです。だんだんに変な気持になって来ます。あさってはあなたの声がきけるのね。何を話しましょうね。でも、つまらないわね、声だけでは。ああ、こうやっている時に、あなたがフイと来て下さったらどんなに嬉しいだろうと思いますと、じっとしてはいられません。本当にはやくいらしって下さいね。

婆やは目が少しわるいので困りますが、他には申分ありません。子供(辻流二)を大事にしてくれますから。でも、あなたは子供の事を気にして下さるのね。いいおじさんですこと。

書いているのが大ぎになって来ましたからやめます。さよなら。

あなたの手紙は二度とも六銭ずつとられましたよ。でも、うれしいわ、たくさん書いて頂けて。

大杉栄から伊藤野枝宛(一九一六年五月二日)

けさ、あの雑誌や新聞をポストに入れて帰って来ると、三十日と一日との二通のお手紙が来ている。

本当にいい気持になってしまった。僕はまだ、あなたに、僕の持っている理屈なり気持なりを、ほとんど話したことがない。それでも、あなたには、それがすっかり分ってしまったのだ。二カ月間というものは、非常な苦しさを無理に圧えつつ、まったく沈黙してあなたの苦悶をよそながら眺めていたのも、決して無駄ではなかったのだ。

しかし、一時は僕も、まったく絶望していた。そして僕は、せめては僕の気持もあなたに話し、またあなたの気持も聞いて、それで綺麗にあなたのことはあきらめてしまおうと決心していた。あなたのことばかりではない。女というものにはまったく望みをかけまいとすら決心していた。そして、それと同時に、僕自身の力にもほとんど自信を失っていた。僕が、いつかのあなたの手紙を貰ってから、ひどく弱り込んでしまったのも、まったくそのためであった。

あなたは、僕に引寄せられたことを感謝すると云う。けれども、僕にとっては、あなたの進んで来たことが、一種の救いであったのだ。それによって僕は、僕自身の見失われた力をも見出し、またそれの幾倍にも強大するのを感得することができたのだ。

きょうの、あの二通の手紙は、まだ多少危ぶんでいた僕を、まったく確実なものにしてくれた。本当に僕はあなたに感謝する。あなたの力強い進み方、僕はそれを見ているだけでも、同時にまた僕の力強い進み方を感じるのだ。

本当に僕は、非常にいい気持になって、例の仕事にとりかかった。昼飯までの、二時間ばかりの間、走るように筆が進んで、いつもの二倍ほども書きあげた。

また邪魔がはいった。正午頃に、労働者の一同志が来た。新聞配達の労働組合をつくりたいと云うのだ。しかも、もうほとんど、その準備ができているというのだ。一時間ばかりは、その話で大ぶ面白かったが、やがて下らないその男の身上話や何かに移って、せっかくの興も大ぶさめた。

三時頃にようやく帰る。あくびが出て仕方がない。また、けさの手紙をとり出して見る。そしてこの手紙を書き出した。

御宿の浜というのは、僕の大好きな浜らしい。僕には、浜辺が広くって、そこに砂丘がうねうねしていないと、どうも本当の浜らしい気持がしないのだ。僕の育った越後の浜というのがそれであった。

あなたの、早く来てくれという言葉も、何の不快もなしに、というよりはむしろ、非常に快く聞くことができた。本当に行きたい。一刻でも早く行きたい。今にでも、すぐ、飛び出して行きたいくらいだ。ゆうべは、神田の一軒の本屋に寄ってみた。ごく小さな本屋でもあり、それに今ある雑誌をやりかけてその方へ全部の資金を注いでいるので、あなたの本の話は駄目だった。もう一軒、これならばと思って行ってみたが、その主人がきのうとか軍隊に召集されて行ったとかで、これまた駄目。まだもう一軒、望みをかけている本屋もあるが、ちょっと行ってみる気にならない。

『文章世界』[6]はそんな話はまったく駄目。孤月[7]は少しも顔を見せない。

とにかく、往復の旅費さえできたら、せめては一晩泊りのつもりで行く。そして、第二土曜にあなたが上京した際には、必ず何とか都合して、一緒に御宿へ行けるようにする。

あなたが大きな声で歌うというその歌い声を聞きたい。

大杉栄から伊藤野枝宛（一九一六年五月六日）

発車するとすぐ横になって、眼をさましたのが大原の次の三門。そこで尾行が代った。たぶん大原から新しいのが乗り込んだのだろう。また、本千葉まで眠った。そこでも新しい奴が乗り込んで千葉で交代になった。最後にまた亀戸で代った。都合三度、四人の男が代った訳だ。御苦労様の至り也。

電報と手紙と一通ずつ来ている。今その手紙を読んでみて、あんなに電話をかけるのをたのしみにしていたのを、本当にすまなかったという気が、今さらながらにしきりにする。どんなに怒られても、どんなに怨まれても、ただもう、ひた謝りに謝るつもりで出掛けたのであったが、会ってみると、それも何だか改まり過ぎるようでできなかった。しかし本当に済まなかったね。

もう一つ済まなかったのは、ゆうべとけさ。病気のからだをね。あんなことをしていじめて。あとでまた、からだに障らなければいいがと心配している。

けれども本当にうれしかった。本千葉で眼をさまして、おめざめにあの手紙を出して読んで、それからは、たのしかった三日間のいろいろな追想の中に、夢のように両国に着いた。今でもまだその快い夢のような気持が続いている。

『東京朝日』（けさ宿でかしてくれたあの新聞にも、この記事があったのじゃあるまいか。ツイうっかりしていたが）と『万朝』と『読売』との切抜を送る。きょうの『万朝』には何も出ていない。もう終ったのだろうか。

孤月は「幻影を失った」のだね。余計な幻影などをつくったから悪いのだ。あきれ返った馬鹿な奴だ。

伊藤野枝から大杉栄宛（一九一六年五月七日　二信）

今朝あなたへの手紙を出してしまうとすぐに仕事にかかるつもりで居りましたが、何んだかグルーミーな気持になってしまって、机の前に座るのがいやで仕方がありませんので、障子を開けてあすこから麦の穂を眺めながら、あなたの事ばかり考えて、五六本煙草を吸ってしまうまで立っていました。ひどい風で、海岸から砂が煙のように飛んで来るのが見えるようなのです。

こちらでも、あなたの評判がまた馬鹿にいいんですよ。そんないやな処にいないで、早くいらっしゃい、こちらに。お迎えにゆきましょうね。あなたが私とすぐにいらっしゃるおつもりなら、土曜日の昼頃そちらに着くようにゆきましょう。そして日曜の、あなたのフランス語がすんだらすぐに五時のでこちらに来るようにしては如何です。それまでには、私の方でも少しはお金の都合は出来ると思います。そうしましょうね。大阪の新聞の方、神近さんの名をそのままに書きましたよ。社の方で差支えがあれば頭字にでも直すようにしましょう。

保子さんには、もう少し理解が出来るようにはお話しになれませんか。私は何を云われてもかまいませんが、もう少しあなたという事をお考えになれないでしょうか。私には、何んだかもっとあなたがよくお話しになれば、お分りにならない方ではないような気がします。けれど、あなたは保子さんによくお話しをなさる事を、面倒がっていらっしゃるのではありませんか、もしそうなら、私は出来るだけもっと丁寧にあなたがお話しになるようにお願いします。どうでもいいというような態度はお止しになった方がよくはありませんか。もちろん、私はまだ何にもあなたにそんな事はお聞きしませんから分りませんけれど。そうでなければそれ以上仕方はありませんが、あなたが神近さんに対して、また私に対して、さしのべて下さったと同じ手を、保子さんにもおのばしになる事を望みます。

私は神近さんに対しては、相当の尊敬も愛も持ち得ると信じます。同じ親しみを保子さんにも持ちたいと思います。保子さんは私に会って下さらないでしょうか。私は何んだかしきりに会いたい気がします。あなたの一昨日のお話しのように、触れる処まで触れてみたい気がします。私も保子さんを知りませんし、保子さんも多分よく私というものを御存じではないだろうと思います。触れるところまで触れて、それでも私の真実が分らなければ仕方がありませんけれど、知らないでいるのは少し不満足な気がします。尤《もっと》も、保子さんが私に持っていらっしゃるプレジュディスはかなり根深いものであるかも知れませんけれども、この私のシンセリティとそれとが、どちらが力強いものであるかを見たい気も致します。もし保子さんがお許し下さるなら、私は今度お目に懸りたいと思います。

けれどもまた、もしその結果が保子さんに大変な傷を与えるような事になるとすれば、これは考えなければならない事であるかも知れません。けれども、私達の関係は、知らない人同士で認め合うというような、いい加減な事は許されないだろうと思われます。今会うことは出来ないとしても、一度は是非お目に懸らなければなるまいと思います。あなたのお考えは如何でございますか。

それからもう一つ気がついた事ですが、経済上の事は、私は、保子さんにとっては一番不安な事ではないかと思います。私は私だけでどうにかなりますから、あなたの御助力はなるべく受けたくないと思います。で、その事も出来るだけ本当の事をお話しになって下さい。私は多分一人きりになれば、その方はどうやらやって行ける事と思います。ああいう風に思われている事は、私には大変不快ですから。これも小さな私の意地であるかも知れませんが。私は、どこまでも自分だけの事は自分で処理してゆきます。あんな事を云われて、笑ってすますほどインディファレントな気持ではいられないのです。あなたはお笑いになるかも知れませんが。

その事は、私がお八重《やえ》さん⑨に話をした時に一番に注意された事でもありました。お八重さんはその問題については絶対に何の交渉も持ってはいけないと思うとさえ云いました。お八重さんが私に持った不快の第一は、万朝にあったあの記事によって、すぐにもう私があなたにその助力を受けたという事を知ったからだと思います。殊に、保子さんの私に対する侮蔑はすべてがそこにあるようにさえ私には思われます。国民の記事にしても、万朝のにしても。今のところ、私にはそれが一番大きな苦痛です。何卒、私がそんな下らない事にこだわっている事を笑わないで下さいまし。私は自分で自分を支える事が出来ないほどの弱い者でもないつもりです。いよいよする事に窮すれば、私は女工になって働くくらいは何んでもない事です。体も丈夫ですし、育ちだって大して上品でもありませんからねえ。まあこれくらいの気持でいれば大丈夫喰いっぱぐれはなさそうです。何卒そう云って説明して上げて下さいね。

何んだかいやな事ばかり書きましたね。御免なさい。もう一週間すれば会えますね。

肩がはったなんて云いながら、あなたへの手紙は夢中になって書けるんですね。勝手なのに呆《あき》れます。今少し嵐が静かになって来ました。いくらでも書けそうですけれども、もうおそいようですから止めましょう。今頃あなたは何をしていらっしゃるのでしょうね。

伊藤野枝から大杉栄宛(一九一六年五月九日　一信)

昨日のあらしがひどかったので、別荘の掃除が大変だと云って、おひるから婆やがひまを貰いたいと云いだしましたので、今日は午後からお守りをして暮しました。それでも午前に十枚ばかり書きました。夕方、子供を寝かしてからぼんやりしていますと、急に淋しさがこみ上げて来ていても立ってもいられないようになりました。

今日の夕方は、ここへ来てからはじめての静かな夕方でした。風がちっともなくて、ひっそりしていましたので、妙に憂鬱になって仕方がありませんので、夜になると支店のおかみさんを呼んで、女中たちと一緒にお酒を飲んで騒いでみましたけれど、少しも酔わないで、だんだん気がめいって、自分ながらどうする事も出来ないのです。今もう一時近くですが、頭が妙にさえて眠れないので、少し書こうと思いましたけれど、あなたの事ばかりが思われて仕方がないのです。今頃はいい気持に眠っていらっしゃるでしょうね。私がこうやってあなたの事を思っているのも知らないで。憎くらしい人!

今朝の手紙、いやな事ばかり書いてすみませんでしたのね。気を悪くなさりはしませんか。余計な、書かなくてもいい事を書いてしまって、何んとも申訳けがございません。何卒おゆるし下さいまし。（八日夜）

今日は一緒に勝浦へ行った日を懐《おも》わせるようないいお天気です。昨夜あんまりさえたせいか、今朝はぼんやりした頭で何にも出来そうにありません。これから少し山の方へでも歩きに行こうかと思っています。

私達のことが福岡日日新聞へも九州日報へも出たそうですよ。板場の話しでは都にも出たそうです。大ぶ騒がれますね。何んだか、何を聞いてももう痛くも痒《かゆ》くもありませんね。隅から隅まで知れた方がよござんすね、面白くって。

昨日も書きながらそう思いましたの。辻と二人の間こそ少しは自由でもあり、かなり意識的に考える事も出来ましたけれど、その他の私のこの五年間の生活は、そしてかなりその苦痛に堪え得るという事に誇を持っていたのですから、本当にいやになってしまいます。自覚どころの騒ぎではなかったんです。まあ本当にどうしてあれでいい気になっていたかと思うのです。あなたは私のそうした暗愚を見せつけられながら、どうして嫌やにおなりにならなかったのでしょう。私はそれが不思議で仕方がありません。本当に私はあなたによって救い出されたのです。そして、まだこれからだって一枚一枚皮をはいで頂かなくてはなりません。これからは真直ぐに歩けそうな気がします。

　少し頭がよくなって来ました。また続きを書きます。あなたもお仕事はお出来になりますか。今日のようだと本当にいい気持です。土曜日には会えるのですね。それを楽しみにして仕事をします。さよなら。

伊藤野枝から大杉栄宛（一九一六年五月二七日）

今日私はあなたがおたちになる前に、二三日前からの私の我儘《わがまま》をお詫びして許して頂こうと思いましたの。それで、幾度も幾度もあなたの処に行くのですけれど、何んだか自然であなたに話しかける事がどうしても出来ませんでしたの。そうして、とうとうまたあなたの方から口をお切りになりましたのね。そうして、私があなたに向って云おうとする事を、あなたが私に仰云《おっしゃ》ったのですもの、私本当に自分の小さな片意地がいやになって、あなたに申訳けがなくて、それで泣きましたの。

自分で、我儘な事も片意地も何も彼も皆なよく解っていて、そしてつまらない事に拗《す》ねて、気持の悪い思いをする事が、どんなに馬鹿馬鹿しいかという事も知りながら、それでどうしても素直でない自分が忌々《いまいま》しくて仕方がないのです。一昨日から、私は自分のその悪い癖をあなたに話して、もう決してそんなまねをしないようにしようと幾度思ったか分りません。そしてすっかりあなたにお話しする事も出来ていながら、今度は本当にあなたにお話しようとしますと、前からきめて話す事はいかにも不自然らしくて厭《い》やになってしまうのです。それでつい黙ってしまうのです。そうすると今度は、なお一層いけない私の癖が、また私を怒らすのです。

　自分の頭で考えた事をすぐに決して話さないということ。私はそのためにどんなにあなたにいやな思いをさせたかを知っているのです。知りながら、その癖に打ち勝てない自分に反感を起さずにはいられないのです。それを考えますと、私はすぐメランコリイになるのです。それをあなたが御覧になると、あなたもすぐ不快におなりになるし、それが今度は私の方にはまた一層強く来るのです。そうして、だんだんに気持が妙に外れて来るのを見ていますと、私はもうたまらなくなるのです。

　私が、昨日だか一昨日だか、パウル・ハイゼのラ・ビヤタの話を持ち出しました時、私はあの主人公と女主人公の事をふと思い出して、私があれをどんなに興味をもって読んだかをお話して、そして私の片意地をお話しようと思いました。けれども、そう思うと同時に、頭の中ではあなたにお話しようとする事は綺麗に整ってしまいましたけれど、さてそれをそのまま話す事は、もう何んだか不自然な気がして、素直に口にする事が嫌やになって、そのまま黙ってしまいましたのです。

　そんな風で、昨日山を一人で歩いています時にも、その事ばかり考えていましたの。

自分で自分に手のつけようがないのですもの。しばらく私はあの池の岸で考えていました。そうしてしまいには泣きそうになりました。それからまた焦《じ》り焦りして来ましたので、山に登り始めましたの。そして急な道を一足一足用心しいしい登っているうちに、何時かその方に気をとられて、頂上の平らな道に出ました時には、ぼんやりしていましたの。そして少ししゃがんでいるうちに、急にまたあなたの事を思い出して、あなたがまたいやな顔をして本を読んでいらっしゃるのだろうと思いますと、すぐ大急ぎで歩き出しましたの。そして帰ったら、今度こそ本当にすっかり私のいけない事をお話しなければならないと思って息を切らして帰って来るとすぐに二階へ上って見ましたら、あなたはお留守なのですもの。本当に私かなしくなってしまいました。それからしばらくしてあなたがお帰りになった時には、もうすっかり先きのような無邪気な心持は失くしていました。

今日あなたがお帰りになることは分りきった事ですし、直きお会い出来るのも分っていますから、それは何んともなかったのですけれど、この二三日の私の我儘から、あなたに不快な日を送らせて、それをお詫びしようと思いながら、反対にあなたからお詫びを云われて、まだ自分では何にも云えなかった事を考えますと、私は自分にいくら怒っても足りないのです。あなたが俥《くるま》に乗っておしまいになった時、私はまた涙が出そうになりました。

さっき、あなたのお乗りになった汽車の発車するのを聞きながら、小熱いお湯の中にひとりで浸っている内に、私はすっかり落ちつきました。今も大変静かにしています。今頃はあなたはもう東京の明るい町を歩いていらっしゃるでしょうね。ここは今、私がこうやって書いているペンの音だけしかしません。雨もやんだようです。明日からは仕事が出来そうな気がします。

あなたがこちらにいらっしゃる間に神近さんから手紙が来て、あなたがそれを読んでいらっしゃる時、私は本当に淋しくなってしまうのです。ゼラシイじゃないんです。本当にただ淋しいんです。じっと私は、私のまわりを見まわしたくなるんです。そして、だんだんに沈んでしまうのです。それが、何時でも自分ひとりでいる時のように、用心深く自分を見ていないからだということがよく分ります。うっかり、あなたと一緒にいるといい気になってしまうのです。そうしては、そういう場合になって、自分のその弱味を見る事が、私には口惜しくて仕方がないんです。それでつい黙ってしまうのです。

ひとりでいますと、総ての事が非常にはっきりしますから、すきを持たずにいられます。ですから、あなたが神近さんの傍にいらしても保子さんの処にいらしても、何んのさびしさも不安も感じません。本当に、一緒にいますと、離れている事が苦痛ですけど、こうしていますとかえってその方がいいような気がします。出来るだけ離れている事にしましょうね。早く仕事をすまして九州へゆきます。そうして、一二ケ月後にあなたに会える事を楽しみにして勉強します。

今夜はもう止めます。私は今日お湯にはいってから急に足が痛んで困っています。昨日の疲れだろうと思います。

つまらない手紙を書きましたね。でも、何かしら書いたので少しいい気持になりました。おやすみなさい。

大杉栄から伊藤野枝宛(一九一六年五月三一日)

電報の返事をしなかったせいか、ちっとも手紙をくれないね。

きょう、安成二郎⑩のところで、あなたからの手紙の内容を聞いた。『毎日』の方のも、もう済むそうだね。ひとりになったら、ばかに仕事がはかどるじゃないか。やっぱり僕が邪魔になったのだね。

ところが、『毎日』の方は、はたしてあれを載せるかどうか、どうもあぶないようだ。こちらの『日日』でも大ぶ異論があるそうだ。それに、『女の世界』⑪がきのう発売禁止になったので、なおむずかしかろうと思う。だから、早くしなければいけない、とも云っておいたのだが、しかし今さらもう仕方があるまい。けれども、ともかく向うからの注文で書いたのだから、原稿を送れば金を出さないということもできまい。どうなるかね。

『女の世界』の発売禁止は、向うでもずいぶんの損害だろうが、僕等にとっても、少なからざる影響がある。第一には、世間の奴等は僕等を何と罵倒しようが勝手だが、僕等にはそれに対して一言半句も云う権利がなくなった訳だ。実は、『中央公論』で例の高島米峰[12]の奴が、「新しい女を弔う」とか何とかいう題で、大ぶ馬鹿を云っているし、『新潮』でもケタ平[13]の奴が妙なことを云っているし、向うの悪口を肯定しておいて「それがどうしたと云うのだ」とウンと威張ってやりたかったのだが、それもできそうにない。また、『実業之世界』から少々の借金をするつもりでもいたのだが、今日行って見ての弱り方を見ると、それも云い出せなかった。せめては、来月号のあなたが書くものの原稿料でも前借りしようと思ったが、それすらもできなかった。

それでやむをえず、ようやくのことで春陽堂から前借りして来た二十円だけを、電報為替で送っておいた。しかもその為替料は、安成に出して貰ったのであった。宿屋にいて、金もロクに払えないのは、つらかろうが、これも仕方がない。僕の下宿の分と保子の分とは、いずれも半分ずつの支払いのつもりで、今神近が奔走していてくれる。

僕も、あしたからは大車輪で仕事をやる。

こう暑くなっちゃ、着物にも困るだろう。大阪の方も、どうかすると当てにならないし、それに九州の方もまだ何の返事のないところを見ると大して当てにもならぬようだ。

あなたの方も本当にお困りだろう。しかし僕の方では、一週間以内にはまだ多少の金ができるだろうと思われるから、とにかくあなたの方で入用なだけの額を知らしておいて戴きたい。着物の方のことも、お指図を乞う。

安成のところでは、子供のことについて、まだ返事が来ていないそうだ。そちらの方での話はうまく行きそうなのか。

早く仕事を済まして、早くそこを引上げて来るといいね。僕の移転は見合わした。当分はやはりこの下宿にいる。四谷から来たときには、大ぶ気も張っていたし、何もかも我まんして平気でいたが、こんどそちらから帰って見ると、たべ物から何やかまでいやで仕方がない。しかし、例の通り観念している。

あしたからは、当分面会を謝絶して、下宿で仕事をしているから、急な用事があったら電話してくれ。仕事が済んでもただ金のないために来れないようだったら、本当に遠慮なくそう云ってくれ。僕の方でも、できない場合には、もちろんできないがね。

何だか、いやな金の話の話ばかりになっちゃったね。また「不快」になったりしちゃいけないよ。

岩野のお清がね、先日山田の家で女王会とかのあった日、保子のところで夜の十二時頃まで話しこんで行ったそうだ。

保子があの人のところへ行ったことはかつてなし、あの人が保子のところへ来たのは初めて。そして保子は、お清さんもずいぶんいやな女だとは思っていたが、会ってよく話をしてみれば、なかなかいいところもある、などと云っていた。同病大いに相憐んでいる訳なのだね。

『女の世界』を見てからの保子は、僕に対しては、もう何のいやみも皮肉も云わないようになった。しかし自分のことはもう何にも書かないでくれ、という注文だ。あなたや神近に対しては、まだ、少しも好意のある顔付を見せない。

神近の例のことはどうも事実らしい。

平塚が、夫婦子供女中の四人づれで、もう四、五日間こちらに来ているらしい。月曜の夜は山田に来たそうだ。そして今日も、僕が行く少し前に安成のところへきたそうだ。安成と青柳(14)との云うところでは、また妊んでいるらしいそうだ。しかし、少し早すぎるね。

ひとりポッチでいるのは、まだやはり、静かでいい気持かい。ちっともさびしくはならないのかい。いいね。少しは僕を思い出させるように、もしあしたの朝うまく金がはいったら、お望みのハムと何か御菓子を送ろうと思っている。

大杉栄から伊藤野枝宛（一九一六年六月二二日）

馬鹿に暑いもんだから、ひるのうちは出る気になれず、ウンとひる寝をして、今ようやく下宿に帰ったところだ。用事はやっぱり本のことだった。都合によると、六冊ばかりの、下らない伝記物を引き受けることになるかも知れない。

あれからどうした？　僕は、あなたにあんまり泣かれたものだから、妙に頭痛がして来て、汽車の中でも、いつものようには眠れないで、例の眼と眼との間のところを左の中指のさきで圧えたまま、渋い顔ばかりしていた。途中でこちらへ電報をうつつもりで、頼信紙を一枚用意して来たのだけれど、大原を通ってからは頭痛がますますはげしくなって、ついにその気にもなれなかった。

神近の家へ行ってからも、神近はしきりに何やかやと話ししたがるのだが、済まないとは思いながらも、それに乗る気持にはなれなかった。汽車のつかれも大ぶ手伝ってはいたのだろうが、そしてついには、大きな声を出して、怒鳴りつけさえもした。

けさ起きてからも、まだその頭痛がとれないで、やはりしきりに話ししたがるのを圧えつけて、黙って、寝ころんで本ばかり読んでいた。そして、神近の旧作ものを、初めて三つ四つ読んだ。

今、この手紙を書きながらも、少しも気持の回復ができない。ハッキリと物事を考える、したがって書く力すらも出てこない。

あしたの朝は、眼をさますとすぐ、あなたの手紙が枕元に来ていることと思う。そして、それを読んではじめて、いい気持になれるのだろうとたのしんでいる。ゆうべは、お願いしておいたように、きっと手紙を書いたのだろうね。今はもうあしたの朝のそれをたのしみにして、早く寝たい。床にはいって、留守の間の新聞でも拾い読みしながら、眼を疲らして、早く眠りたい。

大阪の方も九州の方も、今日はまだ、たよりがなかったろうか。何だか僕には、都合のわるそうな予感ばかりされる。とにかくここまで帰って来るのに、本当にいくらあればいいのか。今こちらでは三十円ほどなら、すぐにもできそうな気がする。あしたかあさってかは一つ当ってみるつもりだ。もしあさってまでにどこからの返事もなかったら、電報を打ってくれ。そして日曜日までには、きっと帰るようにしてくれ。

僕はもう、あんなところに、とてもあなた一人を置けない。

伊藤野枝から大杉栄宛(一九一六年六月二二日)

ゆうべ、また、二階の室《へや》に行って、ひとりであの広い蚊帳《かや》のなかにすわって手紙を書き続けようとしましたけれども、いろんな事を考え始めましたら、苦しくなってとても続けられませんでしたから止めて、じっと目をつぶって一時頃まで考えていました。

四五日すれば会える事が分っていながら、こんなにかなしい思いをするなんて、どうした事でしょう。これで二た月も会わずにいられるでしょうか。私はもう何処へも行きたくない。やはり東京であなたの傍にいたい。かじりついていたい。ただ私は何時でもしばらく東京から離れていたいというのは、私の腹立ちむしが、東京にいて、あなたに会いたい時に会えなかったり、お留守にぶつかったり、来て下さらなかったりした時に、すぐに騒ぎ出しそうなのですもの。だから、もう少し離れていたいと思うのです。そんな事は何んでもないのですね。もう少しの間やはりあなたと一緒でなくては、私はちっともおちつきませんの。それに昨日は、神近さんの手紙をあなたが読んで聞かして下すってから、余計に気がふさいだんです。私だってあの人がどんなに苦しんでいるかは解りますけれど、ああして他の人に聞いたりすればそれが強く来ますもの。

そして私の一番心配になるのは子供なのです。あの人(辻潤)が何時でもそのようでいれば、本当にあの子が可哀そうなのですもの。今まで本当に大事にして来たのですから、他家の厄介になんかなっていると思いますと堪《た》まりません。

私は預けた子供よりも、残して来た子供を思い出すたびに気が狂いそうです。あの子供のために、幾夜泣いたでしょう。私の馬鹿を笑って下さい。こんな愚痴を何んだってあなたになんか書いたのでしょう。御免なさい。本当に、あなたは馬鹿馬鹿しくお思いになるかも知れませんけれど。今まで、あんな、これ以上の貧しさはないようなみじめな生活に四年も五年もかじりついていたのだって、皆んなあの子のためだったのですもの。そしてそのみじめな中から自分だけぬけて、子供をその中に置いて来たのですもの。こんな無慈悲な母親があるでしょうか。でも、私がどんなにあの子を大事にして来たかを知っているあの人は、私がいなくなってからの子供の可哀そうな様子を見たら、少しは考えてくれるだろうと思ったのは、私のいい考えだったのでしょうか。忘れようとするほどあの子のためには泣かされます。ああもうこんなつまらない愚痴は止しましょう。

あなたに、もう前から云おうとして云い得ないでいる事があります。それはお金の事です。私ははじめっから、ああして厄介をかける事が苦しくて仕方がないのです。それにあなただって余裕がおありになるのでもないのに、本当にすみません。何卒何卒お許し下さい。神近さんからまで、ああして下さる事は、本当に申訳けがなくて仕方がありません。大阪に行きましたら、すぐ叔父に話してどうかするつもりではありますけれど。私は本当につらくてたまりません。あなたもどんなにかお困りになるのでしょうに、本当にすみません。

一緒にいるのは本当にいけませんね、別れる時にいやですものね。もうこれから甘えない事にしましょうか。あなたはちっとも私を叱らないからいけないのですよ。此後甘えたら叱ってね。神近さんは怒ってらっしゃりはしませんでしたか。もしか、今度会ったら私がおわびします。よろしく。左様《さよう》なら。

こんな手紙を書くつもりではなかったのですけれど妙な手紙になりました。怒らないで下さいね。あとでまた書きます。

大杉栄から伊藤野枝宛(一九一六年六月二三日)

朝起きて見ても手紙は来ていないし、ガッカリして、仕方なしに仕事でも始めようかと思っているところへ、来た。

本当にあなたは、どこへも行かずに、東京にいるのが一番いいのだ。僕にも、そのことが、しきりに考えられていた。今のあなたと僕とは、とても永い間離れていることはできないのだ。大阪や九州へは、もし是非とも行かなければならぬものであったら、半月ぐらいの間にいっさいの用を済まして来ることはできないものだろうか。そしてあなたは、できるだけ早く、あなたの勉強なり仕事なりに取りかからなければいけない。あなたがブラブラしている間は、僕もやはり、なんにも手がつかない。そして二人は、恋の戯れにのみ惑溺していなければならない。

しかし僕は、少なくとも今日までは、あなたとの恋の惑溺に、少しも不快や悔恨を感じているのではない。むしろ溺れるだけ溺れてみたいと思っているくらいなのだ。僕は、あなたとの惑溺には何の不安をも持たない。けれども、もうお互いにその惑溺から出てもいい時期じゃあるまいか。その恋の戯れを、一日のうちのある時間とか、一週のうちの幾日とかに短縮してもいい時期じゃあるまいか。

僕も、僕自身の仕事を始めるという自分への約束の時が、もう大ぶ間近に迫っている。早く、いろんな俗事の整理をつけてしまわなければならない。いつかもあなたに云った、あなたに冷淡になるときがいよいよ来たように思う。

辻君や子供のことは僕には少しも愚痴だとは思えない。よし愚痴だとしたところで、何の遠慮もいらない愚痴だと思う。そして僕は、そのいわゆる愚痴を、折があらばあなたの口からもらして貰いたかったのだ。いつかも、上の児のことを話し出してあなたを泣かしたことがあったが、そしてそれはあなたばかりの問題ではなく、等しくまた僕自身の問題なのだと云ったことがあったが、あの時にも僕はあなたに十分に話して貰いたかったのだ。先日辻君のことを話し出したのも、やはり同じ意味からであったのだ。

あなたと辻君とは、またあなたと子供とは、他人になってしまう必要は少しもない。あなたは、辻君に対しては、十分にあなたの気持を話しておかなければいけない。下の児を預けた通知を出すときには、是非ともそれをしなければいけない。そしてこんど東京に帰ったら、何よりもさきに、辻君とも、子供とも会ってみるがいい。少なくとも子供とは、今後も始終会うようにするがいい。そしてもしできれば、あなたの手許におく方法を講じるのが一番いい。

僕は、あなたに十分愚痴を聞いて、そしてこんなことまでの相談をしてみたかったのだ。あなたとしては、そんな相談をしかけられることは、不快な侮辱のようにも感ぜられるかも知れないが、しかしそれは少々コンヴェンショナルな感じ方じゃあるまいか。少なくともあなたは、あなたの愚痴は、誰よりもさきに僕にもらさなければいけない。

金のことだってそうだ。そんなつまらない遠慮をされていてはいやだ。いつも云うように、僕は決して、自分でいやな無理はしない。神近だって、あなたのためではなく、僕のためにしたことなのだ。そしてまた、そのために、僕が帰らなければならぬということは少しもなかったのだ。現にあの朝も神近への手紙に、土曜日までは帰れないと云っておいたのだ。

神近はよほど怒っていた。御宿へ来た手紙などは、その気焔当るべからざるものがあった。しかしそれも、けさは帰れるか、あすは帰れるかと、ツイ手紙を出すのを怠った、僕の罪なのだ。事情が分らなければ、誰だって怒るのに無理はない。

宮田からの辻君の仕事は、ミルの『婦人論』にきまったそうだ。

いつまでもいつまでも書いていると、仕事の方がおくれるから、いい加減でよそう。

仕事も、すっかりなまけてしまったので、今日からはまた夢中になって始める。こんどこそは、よしあなたが帰って来ても、あなたのことは向いの室に閉じこめておいて、ロクにお相手もしないでコツコツやってみせる。その覚悟で、金ができたらすぐに、本当に早く帰っておいで。

伊藤野枝から大杉栄宛(一九一六年七月一五日　一信)

昨日はとうとうはがきを書く事も出来ませんで失礼してしまいました。何卒あしからずおゆるし下さい。

停車場に和気《わけ》(律次郎)さん⑮が思いがけなく見えていましたのにびっくりしました。あなたが電報を打って下すったのですってね。午後から社に伺う約束をしてすぐこちらにまいりました。叔父(代準介)は午後から旅行するのだと云って、かなり混雑している処でした。もう一と足で後れてしまう処でした。午後から社にゆきましたら、菊池氏は小説執筆中で休んでいました。しばらく和気さんとお話して心斎橋《しんさいばし》まで一緒に行きました。

叔父は三時にたつと云っていたのですけれども九時まで延ばしていろいろお話をしました。何か云おうと思いますけれども、何を云っても駄目なのでいやになってしまいました。叔父はアメリカにすぐに行けと云うのです。そして社会主義なんか止めて学者になれと云うのです。とにかく二十日ばかり留守にするからそれまでいろと云いますから、いる事にはしましたが、叔母が何にも分らないくせに、のべつにぐずぐず云うのを黙って聞いているのがいやで仕方がありません。要するにあなたと関係をたてと云うのですけれども、それをはっきり云わないのです。

もうあなたのそばを離れて今日で三日目ですね。何だか長いような気がします。東京駅では何んだかひどく急がされたのと、不意に多勢の中にまぎれたのとで、何だか気持が悪くてどきどきして、本当にいやになってしまいました。鶴見あたりを走っている時分にようやく落ちつきますと同時に、本当に、あなたのそばからだんだんに遠ざかってゆくのだという意識がはっきりして来て、すっかり心細くなってしまいました。沼津までは随分込んでいましたので体をまげる事も窮屈でしたけれど、沼津でボーイが席を代えてくれましたので少し眠りました。でも、天竜川を渡る時分はいい月で、ほんとにいい景色でした。いろんな事を考えながら眺めていました。労働運動の哲学を持っていた事は本当に嬉しゅうございました。よく読みました。いろいろな事がはっきり分りました。だんだんにすべての点が、あなたに一歩ずつでも半歩ずつでも近づいてゆく事を見るのは、私にとってどんなに嬉しい事でしょう。

大垣のあたりで明けた朝は本当におどり上りたいようにいい朝でした。関ケ原辺には、いい色をした緑の草の中に可愛らしい河原なでしこがたくさん咲いていていました。私の好きなねむの花も。

こうして離れていると堪《たま》らなくあなたが恋しい。私のすべてはあなたという対象を離れては、何物をも何事についても考え得られない。それでいて非常に静かにしていられます。あなたが今何をしていらっしゃるかしら、と考える私の頭の中にどのような影像が出来ても、私の心はおちついています。本当に平らに和《やわら》いでいます。私はこの静かな心持があなたと一緒にいる時にどうして保っていられないのだろうと思います。

あなたに何時か話しましたね、私が何時でも私たちの交渉がうるさくなって来ると関係を断ちたいと思うって。でも、それが断っても断てなくても同じだという事も云いましたね。本当にこうしていればそれが出来るようにも思います。けれども、私にはどんなに静かな平らかな気持であろうとも、これが単純なフレンドシップだとは思えませんわ。肉の関係を断つ事だけで総べてのことを単純に考えられるように思うのは間違いだという気がします。自分の内に眠っていた思いもよらぬ謬見を、一つ一つあなたの暗示を受けては探し出してゆくことの出来るのを見ては、私はあなたに何を感謝していいか知りません。いろいろな点で私はただあなたの深い、そして強い力に向って驚異の眼を見はって居ります。どのような事であろうとも、私は今、あなたのそばを離れる事がどんなにいけない事だかが、本当によく分ります。

神近さんはどうしていらっしゃいますか。本当に私はあの方にはお気の毒な気がします。私は毎日毎日電話がかかって来るたびに、辛らくて仕方がありませんでした。私がどんなにあの方の自由を害しているかを考えると、本当にいやでした。そしてまた、あなたのいろいろな心遣いがどんなに私に苦しかったでしょう。私はかなしいような妙な気がして仕方がなかったのです。今度も帰えりましたら、直ぐに家を探しておちつきたいと思っています。

お仕事は進みますか、心配しています。本当によく邪魔をしましたね、おゆるし下さいまし。

大杉栄から伊藤野枝宛(一九一六年七月一六日)

きのう出した手紙が二通ついた。

大ぶ弱っているようだね。うんといじめつけられるがいい。いい薬だ。あれほどの悪いことをしているのだから、それくらいは当り前のことだ。本当にうんといじめつけられているがいい。そして、ついでのことに、うんと喧嘩でもして早く帰って来るがいい。その御褒美には、どんなにでもして可愛がってあげる。そして二人して、力をあわせて、四方八方にできるだけの悪事を働くのだ。

それとも、この悪事はあと廻しにして、叔父さんの云う通りにアメリカへでも行くか。そして二年なり三年なり、語学と音楽とをうんと勉強してくるか。

人間の運命はどうなるか分らない。何が仕合せになるのか、不仕合せになるのか、どちらとも判断がつかない。ただ後の方は今のところではあまりにつらすぎる。あっけなさすぎる。まだまだふざけ足りない。かじりつき足りない。しかし、そんなことも云っていられない場合なのかも知れない。いずれにしても野枝子の勝利だ。

僕はもう、野枝子だけには、本当に安心している。もし行こうと思うのなら、あと一と月か二た月かかじりつかしてくれれば、どこへでも喜んで送る。野枝子がどこへ行ったところで、野枝子の中には僕が生きているんだ。僕の中にも野枝子が生きているんだ。そして二人は、お互いの中のお互いを、ますます生長さすことに努めるのだ。

何だか、こんなことを書いていると、本当に今野枝子が遠くへ行ってしまうような気がする。そしてそれを送るの辞でも書いているような気がする。ヒロイックな、しかしまた、悲しい気がする。そして無暗に野枝子のことが恋しくなってくる。

帰るのなら、いつだって決して早いことはない。すぐにでも帰って来るがいい。来た上でのことは来た上で何とでもなる。とにかく、都合ができたらすぐ帰って来たらどう？　本当に、そんな叔母さんと二人ぎりでいるのじゃ、とてもたまるまい。僕だって、可愛いい野枝子をそんないやなところに置くのは、とても堪らない。帰っておいで。早く帰っておいで。一日でも早く帰っておいで。

手紙を開封したような形跡があったら、警察へおしりをまくってあばれこんでやるがいい。

伊藤野枝から大杉栄宛(一九二〇年一月三一日)

中野に落ちついたそうですね。でも、昨日近藤(憲二)さんに行って頂いて様子も分りましたので安心しました。御起居いかに。寒さは随分きびしそうですね。東京とは十度も違いますとの事、さぞかしとお察し致します。私は今日でもう三日床の中で過しています。それにつけても、ただあなたの様子ばかりが思いやられてなりません。

お別れ致しました日、服部⑯から裁判所まで歩いて行くのが、ずいぶん苦しいように思いましたが、帰りには一層体のアガキがつかないのでまた服部で少し休んでようやく帰ってまいりました。御飯をすましてから皆んなは早速に校正にかかりましたが、私は何となく気持が悪いので先きにふせりましたが、一時間もたたぬうちに少しおなかが痛み出して変ですから、二時間ばかり経過を見て十時半すぎ頃に電話をかけてそう云いますと、安藤さん(産婆)が助手をつれて来てくれました。この前と同じ経過で、何時までたっても駄目なんです。お産婆さんは二人とも、私のおなかの上につっぷして眠ってばかりいるのです。私は苦しくて本当に何と云っていいか分りませんでした。痛んで来るごとに、私は眼をつぶっては頭の中一ぱいにあなたの顔を見つめて、じっと自分の胸を抱いては苦しみを忍んでいました。すると二度ばかり不意にひどい痛みが来ました。本当に目がくらむようでした。するると、三度目に子供は出たのです。後の経過は大変いいのですから御安心下さい。皆んなの評判によりますとマコよりはずっと別嬪になる条件が具《そな》わっているそうです。しかし何んだか泣いてばかりいます。

雑誌はまた昨日禁止になりました。一昨夜十二時すぎに、和田さんが電車もないのに納本にゆき、昨日の朝近藤さんが行って見ると、ボルガ団の記事がいけないというので、皆んなで一段ばかり削る事になりました。主にあの落書きがいけないのだそうです。この工合だと初版禁止改訂再版が毎号のつきものになりそうだと皆んなで話しています。

(二十九日)

二十九日の夜といっても、もう三十日の午前三時頃に、ようやく雑誌を渡辺まで運び込んだそうです。それから折って三十日の四時の急行で和田さんは大阪に帰えりました。そしてその晩ひと晩ぎりで後を折って三十一日に配本を終りました。近藤さんは風邪で苦しがりながらあちこちと本当に大変でした。皆んな、大変な努力でした。

伊藤野枝から大杉栄宛(一九二〇年二月二九日)

いやなものが降り出して来ました。監獄はさぞ冷えるでしょうね。此間お会いしてからあの寒そうな姿が目について仕方がなくなりました。あんなならもうお目に懸りにゆくのも本当にいやだと思います。それにあなたは大変あの日御機嫌が悪かったんですね。

和田さんは先月末大阪に帰りましたが、どうも例の病気がよくないので弱っています。あの飛びまわりやさんが、歩く事がまるで出来ないのですから。久板さん⑰は相変らずコツコツ歩いています。皆んなまだウチにいます。

もう半分すみましたね。ずいぶん辛いでしょうね。奥山さん⑱(医師)が本当に心配していらっしゃいます。ただ寒いのと違って煉瓦や石は冷えるからと云っていらっしゃいました。出ていらしてからなら、少しくらい寝込んでおしまいになってもかまいませんから、何卒《どうぞ》そちらでは病気にならないようにして下さいまし。

私は、本当に、私達がどんな接触を一番深くしているかという事を今度つくづく感じました。もう長い間、私は友達というものを持ちません。そしてまた欲しいとも思いません。まるで孤独というものを感じた事はありません。けれど今度あなたが御留守になってから、私は本当に、ひとりだという事にしみじみ思いあたりました。あなたは、私にとっては一番大きな友達なのだという事を、本当に思いあたりました。大勢と一緒にいましても、私は私の感じた事、考えた事の何一つ話す事が出来ません。内面的な出来事もあればあるほど、私は全くひとりで考えているより他はないのです。私には今、それが一番さびしく思われます。

私はじっとして家の中に引込んでいると、本当にコンベンショナルな家庭の女になり切ってしまいます。そして、なりたがります。あなたのする事、考える事が、いちいち気になります。外へ出かけても食事時には帰って来て欲しいし、出先きもいちいち知りたい。家で仕事をしていらっしゃる時だって、あんまり仕事に熱中して食事時もろくろく相手になって貰えなければ、私は不平なんです。つまり自分が家庭のコンベンショナルな夫婦になりたがるように、あなたにもやっぱりいい家庭の旦那様になって欲しいのです。そして私は自分のそういう傾向や、あなたに対するこの要求が、私達の生活には無理である事をよく知っています。別にいて、私が私自身の生活を静かに送っている時、私はあなたの生活をそう一から十まで気にしないで済みます。あなたの生活と自身の生活を判然と区別する事が出来ます。そしてそこに、私のあなたに対する本当の強味が出来て来ます。私は巣鴨でそんな話も珍らしくしました。私達は出来るだけ別にいる方がいいのです。けれど、考えてみますと今日まで、私達はたった一ケ月半別れていて、それで私はろくな話し相手もなくて寂しがっています。この意久地《いくじ》なしを笑って下さい。少し肩がいたくなりましたから今夜はこれで止します。(二月八日)

先達《せんだって》はまた、ツルゲネエフ⑲のオン・ゼ・イヴを読みました。あなたはあれを読んだ事がありますか。私はエレーナやインザロフに対して、特別に興味を引かれる何ものも見出しはしませんでしたけれど、ただ、病人のインザロフを守って祖国の難に行く途中のエレーナの気持には、ひどく引きつけられました。そしてまた、インザロフを失ったエレーナの気持にも引かれました。続いて私はまたロオプシン⑳という人の書いたごくつまらないものですが、その中でもあるテロリストのラヴァツフェアに強くつきあたりました。

私達は生きている間は、どんなに離れていても、お互いの心の中に生きている一つのもので結びつけられていますけれど、私達は何時の日死《しに》別れるかしれない、と考える時に、私は心が冷たく凍るような気がします。私が先きに死ぬのだったら、私は何んにも思いません。きっと幸福に死ねるでしょう。でも、残される事を考えると本当にいやです。そして私達の生活には何時そんな別離が来るかも知れないなどと考えます。馬鹿な話ですけれど。小説はこんな妙な事を考えさせますからいけませんね。

オン・ゼ・イヴにつづいてバザロフやルーディンも読んで見ましたけれど、つまりませんね。何んの感激も起りません。すぐ物足りない気持がするだけです。私の感じは余りプロゼイックになりすぎたのでしょうか、それとも他の理由からでしょうか。私はこの頃毎日のように、仕事の日割を考えています。毎日、日の経つのを待っているのはいやですけれども、これからあなたが帰えっていらっしゃるまでにすべき仕事の事を考えますと、日数が足りないくらいに思われます。けれど、中にいらっしゃるあなたにとっては随分長いのでしょうね。

十日の日にそちらにゆきました時、門の控所で他所《よそ》のおかみさんが話していました。「私共では日曜が二十三すぎると出て来ますので、私はコヨリをこしらえて日曜が来るごとに一本ずつそれを抜きます。そしてその数はもう数えなくてもよく分っているくせに、しょっちゅう数えずにはいられませんのですよ」と。

本当にそれは誰れにでも彼処に来ている人には同意の出来る話です。

二月号の新小説にクロの自伝の中の城塞脱走が出ます。先達て春陽堂で今村さんに会いましたら「先生が出てお出になったら、ぜひ今度の獄中記を書いて頂くようにお願いして下さい」なんて云っていました。そして今度それを増補してまた獄中記の版を重ねるのだからなどとも云っていました。今度は中野の巻がはいるのですね。しかし、帰って来てすぐに書けなんて仰言《おっしゃ》ったって駄目ですよ、と云っておきました。ついでの時に書物をたくさん読んで来て新小説に書く材料をウンとつくって来て下さいですってさ。まるで、新小説のお抱えの原稿書きででもあるようですね。

堺さん(21)も何時行けるか分りませんね。旅行券が下らないし、それに船がないでしょうし、行けたところで、夏ゆけたら早い方でしょうね。マガラさんを連れて行くのですって。

出獄の時の事について、伺って置かねばならぬ事がいろいろありますから、二十日頃にお目に懸りに行きます。お手紙は、これを御覧になりましたらすぐにお書きになって下さいませ。

二月二十九日

野枝

栄様

注

雑音

(1)**青鞜**　一九一一年九月、平塚らいてうが中心となって創刊された、日本初の女性のみによる文芸雑誌。次第に女性解放をテーマに据える。一九一五年一月より伊藤野枝が編集兼発行人となる。一九一六年二月終刊。

(2)**平塚氏**　平塚らいてう(一八八六—一九七一年)。『青鞜』の主たる発起人。『青鞜』発刊の辞「元始女性は太陽であった」は広く知られる。後に出る「明子《はるこ》」は、らいてうの本名より。終刊後、評論家として、新婦人協会で婦人参政権運動を起こす。戦後は平和運動に挺身。日本婦人団体連合会初代会長。

(3)**哥津子**　小林哥津《かつ》(一八九四—一九七四年)。版画家・小林清親の娘。野枝と同世代で、『青鞜』編集を手伝いながら戯曲や小説を発表。のちに八人の子を産み育てる。

(4)**物集さん**　物集《もずめ》和子(一八八八—一九七九年)。国語学者・物集高見《たかみ》の娘。夏目漱石に師事。『青鞜』発起人の一人、脱退後は別名藤岡一枝で執筆。晩年の著書に『東京掃苔録《そうたいろく》』。

(5)**紅吉**　尾竹紅吉《おたけこうきち》(一枝、一八九三—一九六六年)。日本画家・尾竹越堂の娘。『青鞜』に詩やエッセイ、挿絵を発表、表紙絵も描く。『青鞜』同人だったが「女だてらに五色の酒を飲む」「マントを着てタバコを吸う」「社会見学と称して吉原遊郭に登楼した」などのスキャンダルの火元になったことで脱退を勧告される。のちに富本憲吉と結婚、別居して富本一枝の名で評論や随筆、童話などを多く書いた。

(6)**西崎さん**　西崎花世《はなよ》(一八八八—一九七〇年)。詩人・横瀬夜雨《やう》に師事、『青鞜』で評論などを執筆。長曽我部《ちょうそかべ》菊子の名でも書いた。詩人・生田春月と結婚した後は生田花世を名乗る。『青鞜』誌上での「貞操論争」のきっかけを作る。生田春月は瀬戸内海で入水自殺を遂げ、独りとなった晩年は『源氏物語』を講義。

(7)**小笠原さん**　小笠原貞《さだ》(一八八七—一九八八年)。小説家。代表作に「客」など。絵がうまく、『青踏小説集』の装丁も手がけた。

(8)**保持**　保持研《やすもちよし》(一八八五—一九四七年)。『青鞜』発起人の一人。「白雨」号で俳句、また短歌を発表。主に雑誌の事務方を務め、「小母《おば》さん」と呼ばれる。

(9)**岩野さん**　岩野清子《きよこ》(一八八二—一九二〇年)。旧姓遠藤。『青鞜』にて小説や評論を発表。岩野泡鳴《ほうめい》の妻。泡鳴と別れるまでの顚末を描いた『愛の争闘』がある。画家・遠藤達之助と再婚。新婦人協会(後述)にも加わった。

(10)**純一**　辻潤(一八八四―一九四四年)のこと。評論家、翻訳家。ダダイストとして知られる。上野高等女学校の英語教師をしていた時に生徒である野枝に出会い同棲。辻まことなど二人が生まれる。辻は野枝が大杉に奔ってのち、太平洋戦争末期に餓死。

(11)**荒木さん**　荒木郁子(一八九〇―一九四三年)。神田三崎町にあった旅館、玉名館の娘。『青鞜』創刊号より小説や戯曲を発表、「手紙」が、『青鞜』最初の発禁処分の原因となる。岩野清子の遺児・民雄を引き取って育てる。

(12)**東雲堂の若主人**　西村陽吉(辰五郎、一八九二―一九五九年)のこと。歌人でもあり、土《と》岐《き》善麿《ぜんまろ》による雑誌『生活と芸術』などに参画。東雲堂《しののめどう》は一九一二年九月から翌年一〇月まで『青鞜』の発売所を引き受けていた。

(13)**中野さん**　中野初子(一八八六―一九八三年)。二六新報記者。『青鞜』発起人の一人。『青鞜』創刊号―一九一四年一二月号までの編集発行人。結婚後は遠藤はつを名乗り、のち『馬酔木《あしび》』同人となる。

(14)**奥村さん**　奥村博(のち博史、一八九一―一九六四年)。洋画家。のち、平塚らいてうと籍を入れずに共同生活を営む。

(15)**小野さん**　丸善社員小野東のこと。結核療養所、茅ケ崎南湖《なんこ》院《いん》で保持と出会い、『青鞜』に丸善の広告を出す。のちに結婚。

乞食の名誉

(1)**Y氏(夫妻)**　山田嘉吉(一八六五―一九三四年)、わか(一八七九―一九五七年)夫妻。山田嘉吉《かきち》は在欧米二十余年で語学がよくでき、サンフランシスコの娼館につとめていたわかを妻とした。帰国後、四谷《よつや》で語学塾を開き、らいてう、野枝はじめたくさんの『青鞜』関係者がここで学ぶ。以下、本作に登場するイニシャルは、H＝平塚らいてう、N＝野上彌生子、S＝斎賀琴、W夫婦＝渡辺政太郎・若林八代、機関誌『S』＝青鞜。

(2)**エンマ・ゴルドマン**　一八六九―一九四〇年。一般的にはエマ・ゴールドマン。リトアニアに生まれ、アメリカ他で活動したアナーキスト、女性解放活動家。著書『婦人解放の悲劇』を野枝が翻訳。

(3)**ソフィア・ペロヴスカヤ**　一八五三―八一年。一般的にはペロフスカヤ。貴族の娘として生まれたが、ロシアの革命組織「人民の意志」に属し、皇帝アレクサンドル二世暗殺を指揮、処刑される。

(4)**ネクラソフ**　一八二一―七七年。ロシアの詩人。民衆の苦難を共感をもって描く「市民詩」で知られる。雑誌『同時代人』などの編集人も務めた。

(5)**チェルニシェフスキイ**　一八二八―八九年。一般的にはチェルヌイシェフスキー。ロシアの小説家・思想家。ナロードニキ運動の提唱者。小説『何をなすべきか』が著名。

(6)**ジョン・モスト**　一八四六―一九〇六年。一般的にはヨハン・モスト。ドイツ生まれの革命家、アナキスト。ドイツ社会民主党で活動したのち、ロンドンで『自由』を発刊、一八八二年の渡米後も刊行を続けた。

(7)**アレキサンダア・ベルクマン**　一八七〇?―一九三六年。一般的にはバークマン。リトアニア生まれのアナキスト。エマ・ゴールドマンのパートナーであった。

(8)**フリック**　一八四九―一九一九年。鉄鋼業で成功したアメリカの実業家。蒐集美術品を展示した美術館、フリック・コレクションが有名。

(9)**レオン・ツオルゴオズ**　一八七三―一九〇一年。一般的にはチョルゴッシュ。アメリカのアナキスト。一九〇一年九月、第二五代アメリカ大統領マッキンレーを暗殺。

書簡　木村荘太宛

(1)**木村荘太**　一八八九―一九五〇年。小説家・翻訳家。木村曙の弟、木村荘八や荘十、荘十二の兄。『青鞜』で伊藤野枝の文章を読み、恋愛感情を手紙に書き送る。やり取りの顛末を野枝は小説「動揺」に書いている。自死。

(2)**叔父**　代準介《だいじゅんすけ》(一八六八―一九四六年)のこと。野枝の父・亀吉の妹キチの夫。実業家で、玄洋社の頭山満《とうやまみつる》とも親交があった。ずっと野枝を援助し、最後は遺体の引取人にもなった。

(3)**私の夫となるべき人**　末松福太郎のこと。一九一一年一一月二一日に野枝と入籍、翌年三月末に野枝は帰郷して末松家に入るが、九日後に東京へ出奔した。

(4)**私の従姉**　代千代子のこと。代準介の娘。野枝と上野高等女学校に通う。

(5)**エレン、ケイ**　一八四九—一九二六年。スウェーデンの小説家・思想家。男女同権、自由恋愛、自由主義的教育などの主張で知られる。『恋愛と結婚』は平塚らいてうが翻訳。『恋愛と道徳』を野枝が翻訳。

(6)**生田先生**　生田長江《ちょうこう》(一八八二—一九三六年)のこと。評論家、翻訳家、小説家。ニーチェの翻訳などで知られる。『青鞜』発刊を後押しした。

編輯室より(一九一四年一一月号)

(1)**安田皐月**　一八八七—一九三三年。『青鞜』に小説・評論などを寄稿。のち音楽家・原田潤と結婚、原田姓に。生田花世の「食べることと貞操と」に反論した「生きることと貞操と」で貞操論争を起こす。四六歳で自死。

(2)**平民新聞**　一九一四年、大杉栄と荒畑寒村が発刊した月刊『平民新聞』のこと。

『青鞜』を引き継ぐについて

(1)**木内**　木内錠子《ていこ》(一八八七―一九一九年)。『青鞜』発起人の一人。小説を七篇載せる。若くして死去。

(2)**Y氏**　保持研のこと。

青山菊栄様へ

(1)**青山菊栄**　一八九〇―一九八〇年。『青鞜』において、野枝と「廃娼論争」を戦わす。のち、社会運動家の山川均と結婚し山川姓に。らいてうらと「母性保護論争」も戦わし、社会主義陣営の論客として知られる。第二次世界大戦後は、片山内閣の労働省婦人少年局初代局長となった。著書に『武家の女性』『おんな二代の記』『覚書　幕末の水戸藩』。

(2)**矯風会**　アメリカ・オハイオ州発祥のキリスト教婦人矯風会《きょうふうかい》を、日本では一八九三年、矢島楫子《かじこ》らが中心となって組織。禁酒・廃娼・平和を訴えた。

編輯室より（一九一六年一月号）

（1）野上さん　野上彌生子（一八八五―一九八五年）。作家。『青鞜』では「ソニヤ・コヴァレフスキイの自伝」などを連載。野枝とは、互いの家に往き来するなど、親交が深かった。作品に『真知子』『迷路』『秀吉と利休』『森』など。

（2）岡田八千代　一八八三―一九六二年。小山内《おさない》薫の妹。『明星』に「めぐりあひ」を発表、以後、小説・戯曲・劇評などを多く書く。洋画家・岡田三郎助と結婚。『青鞜』には賛助員として参加。

（3）長谷川時雨　一八七九―一九四一年。小説家・劇作家。小説家・三上於菟吉《おときち》の妻。『青鞜』には賛助員として参加。長谷川時雨と『女人芸術』創刊。一九二三年七月より文芸雑誌『女人芸術』を主宰。

嫁泥棒譚

（1）シャルル、ルトゥルノ　一八三一―一九〇二年。フランスの人類学者。『男女関係の進化』は大杉が翻訳。

彼女の真実

（1）中條百合子氏　一八九九―一九五一年。小説家。一七歳で『貧しき人々の群』でデビュー。『伸子』『二つの庭』『道標』など。宮本顕治と結婚、宮本姓に。第二次世界大戦後「新日本文学会」を結成。民主主義文学運動の代表的存在。
（2）広津氏　広津和郎（一八九一―一九六八年）。小説家・文芸評論家。
（3）田中氏　田中純（一八九〇―一九六六年）。小説家・評論家。

階級的反感

（1）Mさん　村木源次郎（後述）のこと。

山川菊栄論

（1）与謝野晶子　一八七八―一九四二年。歌人・詩人・評論家。『青鞜』賛助員でもあり、多くの詩を寄稿。『青鞜』創刊号の巻頭言「山の動く日来る」は広く知られる。
（2）太陽　一八九五年一月創刊、博文館発行の月刊誌。政治・社会の論評や文芸など幅広く取りあげ、明治から大正前半を代表する総合雑誌であった。一九二八年二月終刊。

ざつろく

(1)新婦人協会　一九二〇年三月、平塚らいてう、市川房枝、奥むめおらが結成した女性団体。婦人の政治活動を禁止した治安警察法五条の撤廃請願運動などで知られる。一九二二年解散。

婦人の反抗

(1)赤瀾会　一九二一年四月、堺真柄《まがら》らが世話人、野枝や山川菊栄が顧問格となり組織した、日本最初の女性社会主義団体。一九二二年三月、「八日会」に改組。

書簡　伊藤亀吉宛

(1)伊藤亀吉　野枝の父。一八六六―一九三六年。

書簡　林倭衛宛

(1)**林倭衛**　一八九五―一九四五年。画家。大杉らと親しく、一九一九年、大杉を描いた「出獄の日のO氏」を二科展に出品、警視庁から撤回を命じられる。のち渡仏、セザンヌの影響を受ける。

(2)**和田**　和田久太郎(一八九三―一九二八年)。大杉のアナキズム運動に参加、『労働運動』同人。一九二四年九月、関東大震災時の関東戒厳司令官であった陸軍大将福田雅太郎を、同志大杉や野枝が戒厳令下に憲兵隊によって殺されたことの報復として狙撃するも、未遂。逮捕され、獄中で自死。

(3)**近藤**　近藤憲二(一八九五―一九六九年)。アナキスト、『労働運動』同人。大杉死後のアナキズム運動を牽引した。著書『一無政府主義者の回想』はよく知られる。のちに『大杉栄全集』を編集。妻は堺利彦の娘、真柄。

(4)**村木**　村木源次郎(一八九〇―一九二五年)。アナキスト、『労働運動』同人。和田久太郎とともに福田狙撃を試み、逮捕される。予審中に病死。

禍の根をなすもの

(1)**アンリ・ファブル**　一八二三―一九一五年。フランスの昆虫学者。大杉と野枝の共訳に『科学の不思議』がある。

大杉栄との往復書簡

(1)**五十里**　五十里《いそり》幸太郎(一八九六―一九五九年)。小説家・評論家、アナキスト。

(2)**青山君**　青山(山川)菊栄のこと。

(3)**神近**　神近市子《かみちかいちこ》(一八八八―一九八一年)。女子英学塾(津田塾)に在学中から『青鞜』に参加。そのため、青森県立弘前高等女学校の教師となるも、免職。その後、東京日日新聞記者。大杉栄とその妻・保子、さらに野枝との四角関係がこじれるなかで大杉を刺し、重傷を負わせた(日蔭茶屋事件)。刑期を終えたのち、戦後は社会党議員として売春防止法成立に尽力。

(4)**渡辺**　渡辺政太郎(一八七三―一九一八年)。社会主義運動に入り、片山潜、田中正造、大杉らの活動を支え、後進を育てることにも尽力した。

(5)**宮島さん**　宮嶋資夫《すけお》(一八八六―一九五一年)。小説家。大杉栄を知りアナキズムに接近、一九一六年、小説『坑夫』を発表するが発禁処分となる。後年、仏門に入る。
(6)**文章世界**　一九〇六年三月、田山花袋を中心に創刊された文芸雑誌。のち、自然主義文学の中心的な活躍の場となった。一九二一年一月『新文学』と改題するも、同年廃刊。
(7)**孤月**　中村孤月(一八八一―?年)のこと。小説家・文芸評論家。『文章世界』に文芸時評を連載。
(8)**保子さん**　堀保子(一八八三―一九二四年)。堺利彦の最初の夫人の妹。当時の大杉の妻。
(9)**お八重さん**　野上彌生子のこと。
(10)**安成二郎**　一八八六―一九七四年。歌人・ジャーナリスト。『読売新聞』『毎日新聞』記者、『実業之世界』編集長、『女の世界』編輯兼発行者などを務めた。
(11)**女の世界**　一九一五年五月、実業之世界社から刊行された女性雑誌。
(12)**高島米峰**　一八七五―一九四九年。評論家・宗教家。新仏教運動を唱える。のち東洋大学学長。
(13)**ケタ平**　赤木桁平《こうへい》(一八九一―一九四九年)のこと。本名、池崎忠孝。「鈴木三重吉論」「夏目漱石論」で文芸評論家として注目されたが、のち実業界から政界に転身。
(14)**青柳**　青柳有美《ゆうび》(一八七三―一九四五年)。評論家。『女学雑誌』主幹、『女の世界』主筆などを務めた。
(15)**和気さん**　和気律次郎(一八八八―一九七五年)。小説家・評論家。『近代思想』『生活と芸術』などに寄稿。

(16)**服部**　有楽町にあった服部浜次(一八七八―一九四五年)の店、日比谷洋服店のこと。服部は日本社会主義同盟の創立に参加した。

(17)**久板さん**　久板《ひさいた》卯之助(一八七八―一九二二年)のこと。社会運動家、第二次『労働運動』同人。一時、野枝・大杉の家に同居していた。一九二二年一月、伊豆天城山中にて凍死。

(18)**奥山さん**　野枝と大杉のかかりつけ医師、奥山伸のこと。

(19)**ツルゲネエフ**　一八一八―八三年。イワン・ツルゲーネフ。ロシアの小説家。『猟人日記』『初恋』『その前夜』などが著名。日本では二葉亭四迷の翻訳によって知られる。

(20)**ロオプシン**　一八七九―一九二五年。本名、ボリス・サヴィンコフ。ロシア・社会革命党の活動家、小説家。『蒼ざめた馬』が著名。十月革命後、ソ連政権に捕らえられ自死。

(21)**堺さん**　堺利彦(一八七一―一九三三年)。社会主義者。幸徳秋水らと『平民新聞』を創刊。日本社会主義同盟を組織、日本共産党初代委員長となった。「マガラさん」は娘の堺真柄。

＊注作成にあたっては、底本『定本　伊藤野枝全集』『大杉栄書簡集』を参考とした。

解説

嵐の中で夢を見た人——伊藤野枝小伝

森まゆみ

今宿《いまじゅく》の浜に立っていた。

風はぼうぼうと吹き、海ぞいの家の塀をゆらした。嵐のときは、伊藤野枝の家を大波がかぶるときもあったという。玄界灘の見えるこの小さな村から、少女の野枝ははるばる東京へ向い、雑誌『青鞜《せいとう》』にかかわり、辻潤、大杉栄という二人の男とつながりを持った。最初の上京は一九〇九年、大逆事件の前年のことである。

「野枝さんの家は福岡県糸島郡今宿村の旧家である。今宿というのは、福岡市から西に三里ばかり、昔、福岡と唐津の城下をつないだ街道に沿うた村で、今はもう昔の繁栄のあとはないが、陸路の交通の不便な時代には、一つの港だった。野枝さんの生家は萬《よろず》屋《や》と云って、明治の初年、即ち祖父の代まで、そこで海産問屋、諸国廻漕問屋を営み、数代続いて富み栄え、萬屋の名は界隈に響いていた。しかし、野枝さんの生れる前に既に家産を失って、父は町内の瓦工場へ稼ぎに行っていた」

年譜とは思えない、このなだらかな名文は、一九二五(大正十四)年十二月、『大杉栄全集』の別冊として『伊藤野枝全集』が刊行されたときのものである。おそらく近藤憲二が書いた。二年前、官憲にくびり殺された同志への悼みに満ち、なお前近代の今宿をうかがわせる民俗誌的な懐かしい筆致をもつ。それから野枝の全集は二度出た。

本書は二〇〇〇年に刊行された『定本　伊藤野枝全集』全四巻(學藝書林)を底本とし、伊藤野枝という大正を駆けぬけた女性思想家を、より多くの人々に知ってもらう目的で編んだ。

郷里今宿という村

野枝の生れた一八九五(明治二十八)年一月二十一日とは日清戦争がたけなわとなったころで、四月終結して和平が成った。清国より割譲された遼東半島は、露独仏三国の干渉によって返還を余儀なくされ、日本国民は煮え湯を呑まされた感じとなった。以後、臥薪嘗胆の言葉がはやったと聞いている。

同い年生れに、先の近藤憲二、のちに「出獄の日のO氏」を描く画家林倭衛《しずえ》、若き日アナキズムに影響を受けながら新内語りとして大成した岡本文弥《ぶんや》がいる。文弥師匠とは晩年の十年ほど交際したが、野枝さんが生きていたらこんなにお元気でもおかしくないんだ、と思ったことを覚えている。

野枝の父伊藤亀吉は家の没落後、瓦焼き職人としての腕はよかったが、あまり働いたようではない。漁、挿花、料理、人形造り、音曲、舞踊すべて素人離れした趣味の人であった。いなりおろしと称する呪術のようなこともしていたらしい。母ムメも土地の出で温順で気丈な人だった。野枝の死後、遺児エマやルイズを黙って育てた偉い母である。

それよりも亀吉の母サトが野枝に大きな影響を与えた。野枝は母よりも父になじみ、さらに父よりも祖母サトになついたおばあちゃん子であった。気性がはげしくしっかり者のサトの面影は、本書所収の「白痴の母」はじめ野枝の作品に登場する。「嫁泥棒譚」では伊藤家に嫁に来る前のサトが、略奪婚にあい、子をなしたことが語られている。

五つまで、野枝はたあちゃんというやさしい子守りに育てられた。

「私は小さい時から海が好きだった。松原ぬけて砂丘の上にたって、たあちゃんは背をゆすぶりながら、

椎ーのやーまゆーけばー

椎がボーロリボーロリとー

と透きとおるような声で歌ってくれた」(「日記より」一九一二年、本書所収)
この子守歌の記憶を野枝はくり返している。白痴がおり、狐つきがおり、火つけがいて、略奪婚が行われるような前近代的なムラ。それは野枝にとってたしかに因習(コンベンション)そのものであった。因習の打破は野枝の生涯のテーマである。それを最も体現していたのはとりあえず父母だった。
「実際私の親くらい、自分達の下らない、満足を願うために可愛《かわ》いいと、口癖のように云っている、子を苦しめるという、矛盾した勝手なまねをする親は、ないだろう」(同上)
これは最も反抗的になる年頃の満十七歳の野枝が、東京で因習打破ののろしをあげた『青鞜』第二巻第十二号に載せたもので、激しい故郷と生家への攻撃となっている。
しかし九年後に書いた「無政府の事実」(本書所収)では、故郷今宿村の「松原」と呼ばれる六十戸の集落は、「行政」とはまるで別物の六つの「組合」からなる自治連合として、積極的に評価されている。その組合は平時のさいは何の仕事もないが、冠婚葬祭、ある家に病人が出たとき、子どもが生れたとき、喧嘩や泥棒があったとき、非常時にはまたたくまに集り機動して、物事を解決してしまう相互扶助組織である。
「学校へ通うのに道が悪くて子供達が難儀する。母親達がこぼし合う。すると、すぐ

に、誰かの発議で、暇を持っている人達が一日か二日がかりで、道を平らにしてしまう」(無政府の事実)

ここには何でもお上頼みにする「陳情主義」ではない、自立自尊の暮らしが描かれる。無政府共産は実現不可能な空想だというが、私の生れた村はずっとそれをやってきた、と。この論文はいまの「市民社会論」「自立協助論」「まちづくり」などを考える助けになる。

野枝は今宿尋常小学校に通い、泳ぎが得意で、向いの能古島《のこのしま》(残島)まで抜き手を切ったという。のちに昭和無頼派の作家、檀一雄《だんかずお》が晩年に住んだ島である。

郷里から東京へ

野枝の体は今宿という小さな服に合わない。脱出願望は日ましに強くなった。

一九〇八(明治四十一)年、父の妹キチの嫁いだ代準介《だいじゅんすけ》の許にあずけられ、隣村の周船寺《すせんじ》高等小学校から長崎の西山女児高等小学校に転校する。代準介は同郷の人で、玄洋社の頭山満《とうやまみつる》の遠戚に当るが、当時、三菱造船所に出入りし、木材関係の納入などをして裕福に暮らしていた。

一人娘千代子の話相手になると考えたらしい。長崎時代のことを野枝は全くといっていいほど書いていない。しかし六十戸ほどの今宿村から、明治維新を準備した大都会に出て、刺激は多かったであろう。本屋で本を立ち読みすることを覚えたといわれる。知識欲はすさまじかった。

やがて代一家は東京へ移住することになり、野枝は今宿の実家に戻され、ふたたび周船寺高等小学校へ通うことになる。学校までは一里弱ほどの道のりだった。それよりさらに半里先の波多江《はたえ》の小学校に旧師Hがいた。野枝の家のすぐそばに住んでいたKという女の先生もそこに勤めていたので、テニスをしたりオルガンを弾いたり、週に一度や二度は遊びに行ったという。

ある日、急に大変な嵐になり、帰れなくなった野枝は、K先生と共に学校のそばの宿に泊まった。男のH先生は学校の宿直室に泊まった。このことを翌日、正直に学校で話したところ、図画担当のS先生に詰問され、校長によび出される。「あなたは一体つつしみを知らない。女はもう少し女らしくするものです。第一もうあなたくらいの年になれば遊ぶことよりも少しでも家の手伝いでもすることを考えなくてはならない」

「私は何にも悪いことは一つもしません」と野枝は抗弁したが聞き入れられなかった。野枝はここで因習を打破しようとすれば、出る杭は打たれること、そして大人の嫉妬や虚偽を知った。

野枝はただただ学校へ行きたかったわけではない。この事件のあと、「明日から学校にゆかない決心をした」。当時としては珍しく、野枝は立身出世型の学校幻想からは早く醒めていたといえよう。この嵐の夜は、今宿をよく嵐がおそったこともあって、野枝の一生を暗示する事件であった。「吹けよ　あれよ　風よ　あらしよ」という野枝の言葉は、子ども時代の実体験に根ざしているのかもしれない。

高等小学校卒業は、当時の田舎とすれば高学歴である。卒業後、野枝は今宿郵便局の事務員をつとめた。野枝が東京の根岸にいた代準介に、三日にあげず長い手紙を出し、上京したいと頼んだのは、向学心というより、今宿脱出の願望であろう。もちろん「東京で勉強すれば、私はきっと叔父さんや両親に御恩返しができるだけの人物になれる」と書いた。自恃《じじ》と、思い込んだら命がけの執拗さは野枝のものであった。

代準介の隣家に作家村上浪六《なみろく》がいなかったら、野枝の一生はよほど違ったものになっていたであろう。村上浪六は樋口一葉の男友だちでもあった人で、時代物を書いて人気があった。根岸という土地は江戸のころから文人墨客の地として酒井抱一《ほういつ》や亀田鵬斎《ほうさい》が暮らし、明治になると饗庭篁村《あえばこうそん》、幸堂得知《こうどうとくち》、森田思軒《しけん》、幸田露伴ら根岸党の清遊地であって、そんな土地柄から村上浪六も住んだものであろう。ついでにいうとその息《そく》が、先駆的に女性史にとりくんだ村上信彦である。

ともあれ、浪六は隣家の姪の「気ちがいじみた」手紙を見て、「この娘は見どころがある、文章といい文字といい、とても十三、四の娘のものとは思えない」と感心し、その望みを叶えることをすすめたので、野枝は念願の東京行きを果たした。

辻潤との出会い――上野高女時代

一九一〇(明治四十三)年春、野枝は叔父の娘千代子と同じ上野高等女学校四年に編入する。一年から三年までの授業内容を徹夜して二カ月でマスターして編入試験を受けたという逸話が伝わっている。そのために野枝はひどい近眼になり、学校の集合写真には小太りな体に丸い眼鏡をかけ、不遜なほどに背をそらして写っている。

上野高女はいま上野学園となって神吉町(現・東上野四丁目)に移転している。これを建てたのは徳島生れの佐藤政次郎(号は在寛《ざいかん》)という人。徳島の師範学校を卒業して小学校の訓導(正規の教員)をしていた在寛は向学心に燃え、一八九九(明治三十二)年、上京して哲学館(現在の東洋大学。井上円了創立)に学んだ。卒業後、〝巣鴨の聖者〟といわれた新井奥邃《おうすい》の謙和舎の門を叩き、その教えを受けた。一九〇五年、香川出身の辻本シカノと結婚、上野桜木町の印刷工場跡に「鶯溪女学校」を開き教頭となった。授業料月二円で五十人ほどの下町の女子を教える学校で、野枝が入学したのは創立五年目ということになる。

古びた狭い校舎、しかし理想は高かった。佐藤と生徒たちは二百坪ほどの庭に花を植え、豆腐屋から買った卯の花（おから）で床を拭き、地の利を生かして上野の帝室博物館、動物園、谷中《やなか》墓地で課外授業をした。夏は佐藤一家の海辺での一カ月ほどの避暑に生徒十四、五人が付いてきた。付近の名所旧跡をたずね、雨が降れば、佐藤はレ・ミゼラブル、クオ・ヴァディス、小公女などを読んできかせた。少女たちはバイオリン、胡弓《こきゅう》、明笛《みんてき》などを携え、しばしば即席演奏会となった。

「飽くまでも自由の教育をなす」それが佐藤の考えであったが、「ただ一言誤解のない為に言い添うる、我教育は世間一般に伝うる例の新しい婦人とか、破壊専門のお転婆婦人の養成とは根底に於て違う」。この「胸中往来」（一九二〇年）は卒業生の一人で、アナキスト大杉の同伴者として知られた伊藤野枝を念頭に書かれたものかもしれない。

それだけに上野高女の教師たちもユニークであった。一八八四（明治十七）年、浅草区向柳原《むこうやなぎはら》（現・台東区浅草橋）に幕臣の家の子として生まれ、開成中学中退、神田錦町の国民英学会に学んだものの、ことさら正規の教育を受けたわけでもない辻潤が、二十八歳で英語教師となっていたのは、実力本位の教頭の眼鏡にかなったからだろう。佐藤は『実験教育指針』の編集者で辻はその常連執筆者であった。

「いかにも江戸ッ子らしい磊落《らいらく》さと、先生というような堅苦しさのない新鮮な感じに受け取れましたので、たちまち子供っぽい女学生達の人気の的になってしまったのは当然でした。私達も大好きでした。新しい英語の教え方に、皆は酔ったように英語の時間が好きになりました」(花沢かつゑ「鶯谷の頃から」)

のちにダダイストとなり、放浪ののち餓死する辻潤も、このころはまだ若々しく、やる気のある教師であった。辻は音楽室でピアノを弾き、英語の讃美歌を生徒に教えたりした。花沢は同級生の野枝についても貴重な証言をしている。

「野枝さんは素晴しく目のきれいな人で、いかにも筑紫乙女のそれらしく、重厚そのものといった感じの方で、又一面、粗野な感じの所もありましたが、何しろ文才にかけては抜群で、私共は足許へも及ばない程でした」(同上)

書も文章も達者で、学内新聞「謙愛タイムス」編集の中心であった。演芸会で野枝は「ベニスの商人」のベラリオ博士を演じた。

しかし十六歳の野枝は卒業前の夏休みに帰郷して、親が話をまとめた結婚をしなくてはならなかった。相手はアメリカ帰りの男、末松福太郎だが、会ったこともなかった。その苦痛を打ちあけた辻との間に恋が生れる。

この間の事情は、長すぎて本書に収録できなかったが、野枝の小説「わがまま」(一九一三年)「出奔」(一九一四年)に詳しい。上野の美術展を見たあと森の中で抱き合い愛を確かめた二人、野枝は汽車の時間に遅れ、いったんは帰郷して祝言を挙げたものの、再び逃げ出して辻の家を頼る。俠気ある辻の母ミツは「おいておやり」といい、しかし嫁入り先の末松家からは「ノエオカエサネバウツタエル」と電報を送ってきた。そして辻はこのことが問題になり、学校を辞職させられた。

「僕はだがその頃もうつくづく教師がイヤだったのだ」。そうして「とうとう野枝さんというはなはだ土臭い襟アカ娘のためにいわゆる生活を棒にふってしまったのだ」(「ふもれすく」一九二三年)

これが辻の述懐。

しかし野枝にとって最初に愛した男が辻潤だったというのはラッキーだった。辻は独学だが、じつに幅広い知識と自由な感性を持っていた。人生の意味を問う深い思索者でもあった。ここで長く触れる余裕はないが、辻潤の著作をぜひ読んでほしい(全集は五月書房刊)。大正に書かれたとは思えないほど新しい。行動力はともあれ、文章の面では私は野枝が次に愛した人杉栄に優るとも劣らないと思う。

「私はいい男にぶつかったのです」「彼と結婚をするまではまるで無知な子供であった私は足掛け五年の間に彼れに導かれ、教育されて、どうにか育って来たのです」(「成長

が生んだ私の恋愛破綻」一九二二年）

辻は野枝に創刊されたばかりの女性による女性のための雑誌『青鞜』の存在を教えた。『青鞜』は発行部数一千ほどの雑誌なので、当時十七歳の野枝がこれと出会い、また編集部に手紙を出し、訪ねて社員となっていった経緯は、奇跡のような確率である。と同時に明治の終りから大正のはじめの方が一つの雑誌のもつインパクトが大きく、いまより作り手と書き手、読み手の関係はもっと近く生き生きしていた。うらやましいことである。

『青鞜』の時代

創刊同人の平塚らいてう、保持研子《やすもちよしこ》、木内錠子《ていこ》、中野初子は当時としては最高学府の日本女子大学校の卒業生であった。もう一人、物集《もずめ》和子は東京帝国大学教授の令嬢で、姉の芳子が小学校でらいてうの同級生だったが、結婚するため、跡見高等女学校卒業の和子が代わりに参加した。恵まれた家の都会のインテリ女性たち、その中に十七歳の野枝は果敢にとび込んでいく。

戸籍名のノヱを野枝と書くようになったのはこのころかもしれない。野性的で、ときに田舎の土臭さで、スマートな同人と合わなかったひとにこれはぴったりの表記だった。

同じく十代の尾竹紅吉《こうきち》、小林哥津《かつ》と仲よしになった。その辺の編集部の生き生きとした様子が、本書所収の「雑音」に描かれている。「『青鞜』の周囲の人々『新らしい女』の内部生活」と別題がついているとおりの内容で、これは『大阪毎日新聞』一九一六(大正五)年の一月三日から四月十七日まで新聞小説として連載された。『青鞜』についてはずっと後になってからの平塚らいてうの回想はあるが、リアルタイムに近い証言として、貴重なものである。野枝の実感的な、物事をありのままに見て、見たとおりに、感じたとおりに表現する素朴な良さが出ている。

「女梁山泊」などと批判された『青鞜』編集部の、意外に静かで地道な日常を描く。五色の酒、吉原登楼など、誤解を生む言動によって退社せざるを得なかった尾竹紅吉の、少年のような無邪気な姿が印象的だ。それをバッシングする社会と最も果敢に闘ったのは十代の野枝だった。

女だけのサークルにあって、また家父長的な男を恃まないプライドから当然の結果、同性愛的感情がうまれる。そこに初々しい青年たちが混じり、ほのかな愛、年下の男へのからかいが起り、女たちの愛と友情が壊されていく。そのデリケートな風景をよく伝えている。もちろん『青鞜』のクロニクルとしても興味深いし、マントを着、夜遅くまで外出し、ときには友人宅に泊まり、女同士酒を飲み、指に煙草をはさむという「新らしい女」の生活スタイルの記録ともなっている。

『青鞜』にかかわることによって、野枝は「書く女」になった。そのデビューは『青鞜』第二巻第一一号（一九一二年）掲載の「東の渚」、

東の磯の離れ岩、
その褐色の岩の背に、
今日もとまったケエツブロウよ、
何故にお前はそのように
かなしい声してお泣きやる。

で始まる詩である（本書所収）。七五調の叙情的な詩で、瀬戸内晴美（寂聴）氏が『美は乱調にあり』（一九六六年）で「幼稚」と評して以来、そういう評価が定着してしまったのだが、あらためて読み直すと、十七歳の少女の切羽つまった気分がよく出ている。「東の渚」は故郷、今宿の玄界灘に面した磯であろう。その荒い波に揉まれる小さな鳥ケエツブロウは、故郷を捨て、親を捨て、決められた結婚を壊して一人都会に出てきた寄る辺ない野枝と重なる。

ともあれ、明治の終り、女性たちはようやく筆を持ったばかり。野枝のみならず、多くの同人の作品はたしかに幼い。書くことの素人なのだから当り前だ。訓練によってしか、文章も上達しない。そのためには読むこと、そうして一生懸命に生きること。野枝はそれを実践した。

しかし一方、伴侶の辻は消極的で、職を失ってから生活を立てようと努力したあとがない。長い教師生活の疲れをいやすかのように読書にいそしみ、尺八をふき、生活は逼迫する。姑はじれる。「その間だんだんに苦しくなって来る家の中の重荷は皆んな、自然に逸子にかかって来たのだった」(「惑い」一九一八年)。この逸子とは、野枝のことであろう。

能力はあるのに社会に必要とされない。その伴侶の悲しみ。しかもそもそも職を失ったのは自分のせいだった。その上、貧乏の中で長男一《まこと》が生まれる。

「本当に何の用意もなしに、子供を産んだ」

自らの成長のために選んだはずの結び付きが桎梏となっていく。

「何《な》んだ、まだこれを読んでしまわないのか、こんなものを幾日かかるんだ?」

と夫はいう。

「毎日毎日、用にばかり追われていて、読む事も何も出来るもんですか、あなたとは違いますよ」

「皆んなはずんずん勉強しているのに、私ひとりは取り残されてゆくんだわ」

辻には野枝を伸ばそうという気持は十分にある。しかし眼高手低というべきか、ならば野枝が自分を伸ばす時間をつくるため、家事でも育児でも担って、勉強の時間を保障しようとまではしなかった。

「自分というものが、家庭の中に、育児の中に、何故見出せないのであろう」

これはこれが書かれて百年後の私たち女が、いまも抱え込んでいる問題ではないだろうか。

「諦めて引き返すか、思い切って前に進み出るか?」

いまでいえばストーカーの一青年というべき木村荘太のラブレターに、第一子を妊娠中の野枝があれだけ「動揺」したのは、辻との生活が満たされなかったからであろう。このとき野枝わずかに十八歳。野枝と荘太はいかにも大正的に、大まじめに愛と自己の成長を語りあい、二人とも直後に不首尾に終わった恋を私小説化している。「動揺」と「牽引」である。これはあまりにも長く、紙幅の関係で収められなかった。しかし荘太は生涯、野枝を忘れず、戦後、自死する直前にもこの事件を『魔の宴』(一九五〇年)に書いている。

野枝は子連れで山田嘉吉・わか夫妻のもとへ語学の勉強に通う。いまの東京のように地下鉄やバスが縦横には走っていない。ふりしきる雪の中で二十分も市電を待ってさらに乗り継いで巣鴨の奥まで帰る。自己実現の願望と、生れた子どもへの愛情と。

このころ野枝はアメリカで活動した女性アナキスト、エマ・ゴールドマンと出会い、『婦人解放の悲劇』を訳している。

家庭内の矛盾も激しくなっていたのに、一九一五年一月より、野枝はらいてうから『青鞜』をひきついだ。そのころ、らいてうは奥村博との恋愛生活に集中しており、もともと内省的ならいてうはグループのカリスマとはなりえても編集事務は不得手だった。

「Hからその仕事を持っていては勉強が出来ないから止めるという決心を話されて、折角持ち続けて来たものを止めるという事が惜しいのと、他の一方にはこの仕事を利用して、自分の勉強の時間を、仕事の時間から出そうという魂胆もひそんでいた」(「乞食の名誉」一九一八年、本書所収)

ごく正直な説明であろう。しばしば『青鞜』の譲渡は、野心ある野枝がらいてうから雑誌をもぎとったように書かれるが、そうではない。主宰者が男と御宿《おんじゅく》に出かけたきりでは、残され、仕事を任された方も責任の取りようがなくて困るだろう。らいてうにはらいてうの事情が、野枝には野枝の事情があった。

『青鞜』も足かけ四年目に入り、二十代の同人たちは人生のいちばん変化の激しい季節を生き、創刊時と状況は変わっていた。野枝は同情ある協力が得られず、孤軍奮闘せざるを得ない。らいてうの立場で考えれば、歴史的使命を果たした雑誌を人の手に渡すより、自分で幕を引いた方がよかったと思う。野枝は「青鞜は今後無規則、無方針、無主張無主義です」と宣言し、ここを舞台に貞操論争、堕胎論争、廃娼論争が行なわれる。案の定、『青鞜』は二十歳の野枝に受けつがれたが一年と少ししか、つづかなかった。

大杉栄のもとへ

野枝は不活性で社会に対し冷たい辻を乗り超える。それと対照的な行動的アナキスト、「眼の男」大杉栄と出会い魅かれていく。アナキズムは無政府主義と訳され、権力を持つ人々が「危険思想」のように宣伝したため、また二十世紀初頭にアナキストと称する人々が暗殺などに走ったため、偏見が持続しているが、そもそもアナルシイとはギリシア語で「支配がない」状態を示す。十九世紀からプルードン、バクーニン、クロポトキンなどの思想家が出たが、主張はバラエティがあり、基本的には一切の権力・権威を認めず、個人が自由に発言する相互扶助社会を作ろうという思想である。大逆事件で幸徳秋水が明治の末に刑死して以来、大杉栄は日本の代表的アナキストとなった。

古河財閥のもつ足尾銅山の鉱毒事件、その下流の農村部で苦しむ人々の実態を聞いて衝撃を受けた野枝を、辻は「幼稚なセンチメンタリズム」だと冷笑した。
大杉は、逆にその野枝の「生々しい実感こそが尊い」といった。
野枝はよりよく自分を理解し、ともに伸びてゆける同志をここに見出した。「愛による信頼というよりは、信頼によって生れた愛であった」(「転機」一九一八年)
野枝は二人の子を置いて辻と別れることを決意する。「彼と別れる事も、子供と別れる事も、本当に自分の行くべき道の、障礙《しょうがい》となる場合にはやむをえない」(「惑い」一九一八年)
いまでも結婚するより離婚する方がはるかにエネルギーがいる。離婚がバツイチなどといってその数も増え、そう人生のマイナスにならなくなったのは、昭和が終わるころのことである。
いったん結婚したからには一生を夫に捧げ、子どもを産んで、家を守ることを求められ、ときに夫に性病を移され、ときに子を生《な》さないために里に帰される、といった一方的な「離縁」が主流であった時代に、伊藤野枝は「自分の成長のために夫を捨てる」解放としての離婚を実践してみせた。
しかし女の側に身を寄せるあまり、辻潤を「伊藤野枝に去られた男」とだけ記憶するのはもったいない。辻はロンブローゾ『天才論』、シュティルナー『唯一者とその所有』を翻訳し、多くの名文を書き、尺八を持って放浪し、野枝が残した一《まこと》を育てた。あといく人かの女に愛され、国家には一切加担せずに一九四四(昭和一九)年、戦争末期にアパートで餓死。これも一つの自己を貫いた見事な生であったといえる。

辻と別れた野枝は新たな葛藤の中に入っていくことになる。大杉は野枝との関係を始めながら、堀保子《やすこ》、神近《かみちか》市子との関係も切る気はない。保子は堀紫山の妹、堺利彦の亡妻美知子の妹であり、大杉が着物に火をつけてまで迫って妻とした女性、それまでも獄中の大杉を助け、大杉家の人びとにも頼られていた。神近市子は女子英学塾(津田塾大学)出身の新聞記者、かつて『青鞜』の社員であって野枝も知らない仲ではない。このうち経済的に自立していたのは神近一人である。

大杉は多角恋愛を提案した。もちろん女性たちにも性的自由を保障する。しかし一度に複数の女を愛せる大杉と、大杉一人しか愛せない女たちの間に矛盾が生じた。その中で野枝は大杉の提案を正面から受けとめ、なんとか経済的にも自立しようとする。

本書におさめた往復書簡は、一人になって勉強しようという野枝が辻とのあいだに生れたばかりの子、流二をつれ、千葉の海辺の町御宿から東京の大杉にあてた手紙にはじまる、大杉との応答である。こうして並べて読むと、恋愛の高まりがよくわかる。手紙は毎日のようにせわしく書かれ、ときに空中で飛びちがった。

「でも、何にも邪魔をされないであなたのお書きになったものを読むのは楽しみです」

ゲーテが「離れているものの幸福」という、距離による愛の自覚がここに見られる。野枝は三人の中で自分が一番愛されていることも知っていた。神近市子と堀保子に対してはやや優位に立った物言いをしている。

「あなたが神近さんの傍にいらしても保子さんの処にいらしても、何んのさびしさも不安も感じません」

少なくともソウデアリタイ、と野枝は努力した。

「例え大杉さんに幾人の愛人が同時にあろうとも、私は私だけの物を与えて、欲しいだけのものをとり得て、それで自分の生活が拡がってゆけば、それでずんずん進んでゆければ私にはそれで満足して自分の行くべき道にいそしんでいられるのだと思います」（「申訳だけに」一九一六年）

男と女、その愛は不変ではない。「結婚」という制度に再び入ろうとは思わない、「独占」ということにもすでに魅力を感じない。恋愛、家、嫁姑、結婚、破綻、子ども、因習、世間、女の人生をめぐる一つ一つの要素を野枝は検証していく。修羅場をくぐることによって、自らの思想を鍛えた。思想とか哲学が、よりよく生きることの模索ならば、野枝はその意味で、じつに正直な実践者であり、思想家であったといえる。かわいいさかりの一《まこと》を辻家に残し、流二は御宿の漁師に里子に出した。そしてそのままになった。「私は預けた子供よりも、残して来た子供を思い出すたびに気が狂いそうです」自分のため、恋のためにこどもを捨てた。そのことに苦しみもした。

多角恋愛は、一九一六(大正五)年十一月、神近市子が大杉栄を刺すという、葉山の日蔭茶屋事件によって終わりを告げる。このとき野枝は、市子に同情する宮嶋資夫《すけお》に病院でなぐられている。以降、大杉と野枝は同志たちからも孤立した。

『文明批評』以後

翌一九一七(大正六)年、大杉は保子と別れ、市子は獄に入り、野枝は大杉と同居し、辻との離婚が成立、大杉との最初の子が生まれ魔子と名付けられた。まさに疾風怒濤である。『青鞜』という場は失なわれたが、野枝は自立をめざして新たな場を求め、健筆をふるう。

「評論家としての与謝野晶子氏」「平塚明子論」(どちらも一九一七年)などは二十代前半の野枝の評論の代表的なものだが、本書ではより実感的な「嫁泥棒譚」(一九一七年)の方をとった。また翌年早くに書かれた「彼女の真実――中條百合子氏を論ず」(本書所収、一九一八年)も注目される。「貧しき人々の群」「禰《ね》宜《ぎ》様《さま》宮田」を書いて天才少女現わるとものめずらしく喧伝されながらも、その真価を認められなかった中條百合子に対して、野枝らしい率直な共感とフェアな評価をしている。

一九一八年元旦、大杉栄は『文明批評』を発刊、野枝は印刷人を引き受けた。三号で押収により廃刊。翌年出した第一次『労働運動』も六号で廃刊。大杉の伴侶となることは、運動の中に入り、常に発禁や、官憲の尾行や、伴侶の下獄といった弾圧の中を生きぬくことであった。

「階級的反感」(本書所収、一九一八年)には「ヴ・ナロード」(人民の中へ)をめざして労働者街亀戸に暮らした野枝が、東京モスリンの女工たちに反感をもたれた経験を書いている。プロレタリアートの女工たちには自分たちとは違うプチブル・インテリの見分けはすぐにつく。

「この敵愾心《てきがいしん》の強いこの辺の女達の前に、私は本当に謙遜でありたいと思っている。けれど、私は折々何だか、堪《たま》らない屈辱と、情けなさと腹立たしさを感ずる」

安易に「プロレタリアートのために」「プロレタリアートに混じって」ということが、どんなに当事者性を欠いたおためごかしで、本当にそうしようとすればどんなに困難なものか、野枝の率直な感想が出ている。

「喰い物にされる女」（一九一八年）は、下層の少女が親によって工場で働かされ、十四で十二階下（浅草・凌雲閣下の私娼窟）で客をとらされる、それで親は平気でいるという人権問題に踏み込む。子どもの人権が親によって踏みにじられることは現在のアジアでも同様なことがある。否、日本でも親による性的はじめあらゆる虐待があり、それにも通じる論を立てている。

本書は全体に、伊藤野枝の代表的評論を選ぶというよりは、野枝の人間的な魅力、生々しい実感、一生懸命な生き方を伝えるものを選んだ。女性の慈善活動、婦人参政権、女性労働と家事、生理、妊娠、出産、そして下婢、売春婦の問題まで、あらゆる女性の生に野枝の考察は及んだ。

自分は資本家に搾取される賃労働者ではない、長時間の肉体労働の苦しみも味わったことがない。ちがう境遇にあるのを「私たちは同じ」といって、上から指導するのがつとめだというエライ先覚婦人にはなりたくない。しかし「私は人間が同じ人間に対して特別な圧迫を加えたり不都合をするのを黙って見てはいられないのです」と野枝はいった（「御挨拶」第一次『労働運動』第二号、一九一九年）。

この正直さは愛すべき、尊敬すべきである。

大杉と野枝の住居は転々とした。本郷菊富士ホテル―巣鴨―亀戸―田端―日暮里―西ケ原―曙町―鎌倉―逗子……。その間に、野枝は旺盛な生命力で、長女魔子に続き、次女エマ（のち大杉の妹の養女となり幸子と改名）、三女エマ、四女ルイズを生む。独立不羈《ふき》で、これまた自由このうえない文章を書いた大杉は一方、子煩悩で、子どもの遊び相手になり、子どもらのおしめを洗う父親でもあった。その点では辻潤より性的役割分担にはこだわらなかった男である。しかし大杉と野枝にもはや安住の地はなかった。

一九一七年、ロシアに世界初の労働者政権が樹立、その影響もあって、日本は社会主義冬の時代から「大正デモクランー」の時代に入っていく。労働争議が盛んになり、米騒動が起こり、水平社が成立、このような情勢の中、大杉は同志と労働運動社を組織し、また上海での社会主義者の集会に密かに出かけ、第二次『労働運動』を創刊、またアナ・ボル論争の主要な論客となり、多忙を極めた。

「私の現在の生活はどの方面から云っても、家庭生活を楽しむなどという余裕はないのです」（「台所雑感」一九一九年）

これほど魅力的で影響力の強い男と暮らしても、野枝は「妻根性」を出して夫に「同化」しようとすることをおそれた。あくまで野枝は伊藤野枝である。

「要するに、他人との生活の交渉には、もっとお互いに自分本位になる事。他人の生活に必要以外に立ち入らぬようにすることが何よりも大切な事ですね」（「「或る」妻から良

人へ」一九二一年)

一九二二(大正十一)年十二月、大杉は日本を脱出、フランスへと向かう。ベルリンの国際アナキスト大会がその目的であったが、結局、リヨンからベルリンへは入れず、翌年、パリ郊外サン・ドニのメーデー集会で演説、逮捕され、ラ・サンテ監獄へ収監ののち、日本へ強制退去が命ぜられる。

この留守中にも、野枝は一人の安心立命の境地を語っている。

「私共の生活は、世間の人達の眼からは全くノルマルな生活だとは思えないかもしれません。しかし、私はそれ故にこそ世間の人の眼からは牢屋とも見ゆる家庭の内でいじけてしぼむはずのところをとにかくも、自分を一人の人間として信ずる事の出来るところまで育つことが出来たのだと信じます」(「私共を結びつけるもの」一九二三年)

「他人によって受ける幸福は、絶対にあてにはなりません。どれほど信じ、どれほど愛する人によって与えられる幸福にしても、私はそれに甘えすがってはならない、と思っています」(「自己を生かすことの幸福」一九二三年)

野枝を未熟な思想家というには当らない。彼女よりはるかに長く生きた私も、本当にここまで孤独とむきあい、ここまで自立に到達できたかというと心もとない。野枝がよく用いる言葉だが、彼女は「ずんずん」「どしどし」進んでいった。野枝がもっと長く生きたなら、どんな遠い所まで行けたか。伊藤野枝は大杉栄とともに、長生きさせたかった日本人である。

一九二三(大正十二)年、関東大震災から十五日目の九月十六日、八月に男子ネストルを産んだばかりの伊藤野枝は、伴侶である大杉栄、甥の橘宗一《むねかず》とともに、憲兵大尉、甘《あま》粕《かす》正彦らに拘引され、その夜麹町の憲兵分隊において、虐殺された。

二十八年の短い生涯、まさに嵐のようであった。夢見たものは自らの安寧、逸楽ではない。「幸福はたしかに人間を馬鹿にしてしまいます」。野枝が願ったものは、人びとに幸福を許さない社会との徹底的な闘争、そこに生れる人間の愛情と成長であった。

＊

本書は『定本　伊藤野枝全集』(二〇〇〇年)が刊行されたのち、版元である學藝書林から「より伊藤野枝に親しみやすく読めるものを」と依頼され、私が編んだアンソロジー『吹けよ　あれよ　風よ　あらしよ――伊藤野枝選集』(二〇〇一年)を元にしている。すでに學藝書林は存在せず、この本も、全集もなかなか入手し難くなっている現在、二十世紀をかけぬけた魅力的な女性思想家、行動者であった伊藤野枝を若い読者にも読み継いでもらいたいと思い、岩波文庫の求めにより再編集した。解説もその時のものを元にしている。全集の編者の堀切利高氏、井手文子氏ももはやこの世におられない。お二人の仕事は丹念で、私ども後進を励ますものである。ここに学恩に感謝し追悼の意を捧げる。当時の編集者、磯部朋子さんにも種々の便宜を図っていただいた。記して感謝する。

参考文献
岩崎呉夫『炎の女　伊藤野枝伝』(七曜社、一九六三年)
井手文子『自由　それは私自身——評伝・伊藤野枝』(筑摩書房、一九七九年/新装版、パンドラ、二〇〇〇年)

伊藤野枝略年譜

一八九五(明治二八)年　〇歳　＊日清講和条約
一月二一日未明、福岡県糸島郡今宿《いまじゅく》村大字谷(現・福岡市西区今宿)に、伊藤亀吉、ムメの第三子として生まれる。戸籍名は「ノヱ」。

一九〇一(明治三四)年　六歳　＊社会民主党結成、即禁止処分
四月、今宿尋常小学校に入学。

一九〇四(明治三七)年　九歳　＊日露戦争開戦
叔母・マツの養女となり、三潴《みずま》郡大川町(現・大川市)に転居、榎津《えのきづ》尋常小学校に転校。

一九〇五(明治三八)年　一〇歳　＊日露講和条約
四月、マツが離婚したため今宿に戻り、隣村の周船寺《すせんじ》高等小学校に入学。

一九〇八（明治四一）年　一三歳
長崎の叔母・代《だい》キチ（代準介《だいじゅんすけ》の妻）のもとへ行き、西山女児高等小学校に転入学。一一月、代一家が東京へ行くことになり、今宿へ帰り、周船寺高等小学校に戻る。　＊赤旗事件

一九〇九（明治四二）年　一四歳
三月、周船寺高等小学校卒業。今宿郵便局に勤務。叔父・代準介に再三手紙を出し、女学校入学を懇願。年末、女学校編入準備のため上京。

一九一〇（明治四三）年　一五歳
四月、上野高等女学校四年に編入学。　＊「大逆事件」

一九一一（明治四四）年　一六歳
四月、辻潤が上野高等女学校に英語教師として赴任。夏期休暇で帰郷中の八月二二日、末松福太郎と仮祝言、翌日上京。一一月二一日、末松家に入籍。　＊幸徳秋水ら処刑／『青鞜』創刊

一九一二（明治四五、大正元）年　一七歳
三月、上野高等女学校卒業。卒業式翌日、上野公園で初めて辻に抱擁される。その夜、代

一家と帰郷するも、九日目に結婚を嫌って婚家を出奔。北豊島郡巣鴨町上駒込の辻潤宅に入る。辻は上野高女を辞職。晩春、野枝は平塚らいてう宅を訪ね、初めて会う。一〇月、『青鞜』に社員として初めて名が載る。一一月、「東の渚」(『青鞜』)発表。この頃から『青鞜』の編集を手伝う。

一九一三(大正二)年　一八歳

一月、「新らしき女の道」(『青鞜』)。二月一一日、末松福太郎と協議離婚成立。五月、北豊島郡巣鴨町上駒込に移転(野上彌生子の隣家であった)。六月、木村荘太から手紙を受けとる。八月、「動揺」(『青鞜』)。九月、エマ・ゴールドマン「婦人解放の悲劇」(『青鞜』)。長男一《まこと》を出産。

一九一四(大正三)年　一九歳

＊第一次世界大戦勃発

三月、伊藤野枝訳『婦人解放の悲劇』(東雲堂書店)刊行。七月前後、小石川区竹早町に移転。渡辺政太郎の紹介により、大杉栄と初めて会う。八月、伊藤野枝子編『ウォーレン夫人の職業』(エッセンスシリーズ30・青年学芸社)刊行。一一月、大杉・荒畑寒村創刊の『平民新聞』第二号を官憲から隠匿。

一九一五(大正四)年　二〇歳

一月、『青鞜』の編集兼発行人に。「『青鞜』を引き継ぐについて」(『青鞜』)。一月、「貞操についての雑感」(『青鞜』)。「貞操論争」に加わる。二月中旬、小石川区指ケ谷《さしがや》町に移転。六月、「堕胎論争」に関して、「私信——野上彌生様へ」(『青鞜』)発表。『青鞜』同号は原田皐月《さつき》の「獄中の女より男に」で発売禁止(風俗壊乱)。七月二〇日、辻との婚姻届を出す。一一月、今宿にて次男流二を出産。一二月初め頃、帰京。「傲慢狭量にして不徹底なる日本婦人の公共事業について」(『青鞜』)。以後、青山菊栄との間で「廃娼論争」。

一九一六(大正五)年　二一歳

一月、「雑音」を『大阪毎日新聞』に連載開始(~四月)。二月、大杉栄と恋愛関係に入る。『青鞜』、第六巻第二号をもって終刊。四月下旬、流二を連れて辻の家を出る。千葉県夷隅《いすみ》郡御宿《おんじゅく》町上野屋旅館に滞在。大杉と手紙の交換。六月中旬、流二を里子に出す。七月~九月、金策のため、大阪、九州へ。帰京し、麹町区三番町の第一福四萬館《ふくしま》で大杉と同棲を始める。一〇月、本郷区菊坂町の菊富士ホテルに大杉と移る。一一月六日、大杉と神奈川県三浦郡葉山村の日蔭茶屋に宿泊。七日、神近市子来る。八日朝、野枝は一人で帰京。九日未明、市子が大杉を刺す(日蔭茶屋事件)。市子は自首。二一日、大杉退院、菊富士ホテルへ戻る。日蔭茶屋事件は多くの新聞雑誌で非難され、以後野枝と大杉は孤立。一二月、大杉と栃木県下都賀《しもつが》郡藤岡町の旧谷中村を訪ねる。この年、特別要視察人（甲号）に編入。

一九一七（大正六）年　二二歳　　＊ロシア革命

三月、菊富士ホテルを出て転々としたのち、七月、北豊島郡巣鴨村大字宮仲に移転。九月、辻と協議離婚成立、伊藤家へ復籍。「自由意志による結婚の破滅」（『婦人公論』）。長女魔子を出産。一二月、「嫁泥棒譚」（『女の世界』）。南葛飾郡亀戸町に移転。

一九一八（大正七）年　二三歳　　＊米騒動／第一次世界大戦終結

一月、大杉と『文明批評』創刊（前年一二月印刷）。大杉の発行兼編集人と並んで印刷人に。亀戸の家には村木源次郎、和田久太郎、久板卯之助が同居。三月、大杉ら日本堤署に拘留され、東京監獄へ収監。『文明批評』には、「彼女の真実」「転機」「階級的反感」「乞食の名誉」を発表するも、四月、第三号が製本所で押収され終刊。六月下旬、避暑と金策のため九州へ出発。七月、留守中、北豊島郡滝野川町大字田端に移転。八月中旬、帰京。一〇月、「白痴の母」（『民衆の芸術』）。

一九一九（大正八）年　二四歳

一月下旬、田端の家が全焼。六月、本郷区駒込曙町に移転。一〇月、『労働運動』（月刊）創

刊。野枝は婦人欄を担当。一二月、大杉は五月の巡査殴打事件により懲役三カ月となり、東京監獄に入獄(翌日、豊多摩監獄に移監)。次女エマを出産(のち大杉の妹の養女となり、幸子と改名)。

一九二〇(大正九)年　二五歳　＊第一回メーデー

三月、大杉出獄。四月、神奈川県三浦郡鎌倉町字小町に移転。五月、大杉との共著『乞食の名誉』(聚英閣)刊行。六月、第一次『労働運動』廃刊。一〇月下旬、大杉、コミンテルン主催の極東社会主義者会議に出席のため、上海へ密航(一一月下旬に帰国)。一一月、大杉栄著『クロポトキン研究』(アルス)刊行、野枝の文章一一編収録。

一九二一(大正一〇)年　二六歳

一月、第二次『労働運動』(週刊)創刊(六月廃刊)。野枝は同人にならず。二月中旬、大杉、築地の聖路加病院に入院(三月下旬退院)。三月、大杉栄著『悪戯』(アルス)刊行、野枝の文章六編収録。三女エマ出産。四月、社会主義婦人団体赤瀾会が発会し、山川菊栄とともに顧問として参加。一一月、神奈川県三浦郡逗子町に移転。一二月、第三次『労働運動』(月刊)創刊。同人は大杉、野枝、和田、近藤憲二。同誌に「無政府の事実」を発表。

一九二二(大正一一)年　　二七歳＊日本共産党結成／ソビエト社会主義共和国連邦成立

六月、大杉との共著『二人の革命家』(アルス)刊行。四女ルイズを出産。一〇月、本郷区駒込片町の労働運動社に移転。中旬、エマとルイズを連れて今宿へ帰郷。一一月下旬、ルイズを連れて帰京。一二月中旬、大杉はベルリンで開催予定の国際アナキスト大会出席のため日本脱出(上海をへてフランスへ)。

一九二三(大正一二)年　　二八歳　　＊関東大震災／亀戸事件

四月、「私共を結びつけるもの」(『女性改造』)。五月、「自己を生かすことの幸福」(『婦人公論』)。六月、「禍の根をなすもの」(『中央公論』)。七月、第三次『労働運動』廃刊。国外追放となった大杉の帰国を魔子とともに神戸に出迎える。八月、大杉との共訳、ファブル『科学の不思議』(アルス)刊行。五日、豊多摩郡淀橋町字柏木に移転。九日、大杉との長男ネストルを出産。九月一日、関東大震災。一六日、大杉と、大杉の弟・勇の避難先、神奈川県橘樹《たちばな》郡鶴見町を訪問。大杉の妹・橘あやめの子である宗一《むねかず》を連れて帰宅の途中、自宅近くで憲兵大尉・甘粕正彦らに拘引される。その夜、麴町東京憲兵分隊において、大杉栄(三八歳)、橘宗一(六歳)とともに虐殺される。二四日、事件が第一師団軍法会議検察官より発表。二六日、落合火葬場で荼毘《だび》にふし、二七日朝、骨上げ。

一〇月、四人の子どもたちは福岡へ。八日、甘粕正彦らの軍法会議第一回公判。一六日、福岡県糸島郡今宿村谷の松林中で三人の葬儀。松原の墓地に三人一緒に埋葬。一二月八日、判決公判。甘粕は懲役一〇年、曹長・森慶次郎は懲役三年、伍長・平井利一、上等兵・鴨志田安五郎、本多重雄は無罪。一六日、谷中斎場にて葬儀。参会者約七〇〇人。主催は自由連合派労働団体と無政府主義思想団体。

略年譜作成に際しては、森まゆみ編『吹けよ　あれよ　風よ　あらしよ』「伊藤野枝略年譜」(學藝書林、二〇〇一年)をもとに、若干の訂正を加えた。

〔編集付記〕

一、本書の底本には、堀切利高・井手文子編『定本　伊藤野枝全集』(全四巻、學藝書林、二〇〇〇年)を用いた。なお第Ⅱ部収録の後藤新平宛書簡の底本には、堀切利高編著『野枝さんをさがして――定本　伊藤野枝全集　補遺・資料・解説』(學藝書林、二〇一三年)を用いた。また第Ⅲ部収録の、大杉栄からの書簡の底本には、大杉栄研究会編『大杉栄書簡集』(海燕書房、一九七四年)を用いたが、次にあげる初出を参照し、若干表記等を変更した箇所がある。

一、初出は底本に拠り、各作の冒頭に示した。第Ⅱ部・第Ⅲ部の書簡については、それぞれの末尾にとくに示したものを除き、初出はすべて『大杉栄全集』第四巻(大杉栄全集刊行会、一九二六年)である。

一、各部の扉写真は、第Ⅰ部＝『定本　伊藤野枝全集』第一巻、第Ⅱ部＝同第二巻、第Ⅲ部＝同第三巻の口絵による。

一、原則として漢字は旧字体を新字体に、かなづかいは現代かなづかいに統一し、必要に応じて読みがなを加えた。

一、読みやすさを考慮し、漢字語のうち代名詞・副詞・接続詞など、使用頻度の高いものを一定の基準でひらがなに改めた。ひらがなを漢字に変えることは行わなかった。同様の理由で、最小限句読点を加えたり、カギ括弧を変更したところがある。

一、外国の人名などのカタカナ表記は、原則として原文のままとした。

一、本書編者による注は注番号を付して示した。

一、本文中、身体・精神障害や身分差別等、当時の社会通念に基づく、今日の人権意識に照らして不適切な記述が見られるが、作品の歴史性を考慮して原文のままとした。

(岩波文庫編集部)

伊藤野枝集《いとうのえしゅう》

2019年9月18日　第1刷発行
2024年1月15日　第4刷発行

編　者　森《もり》まゆみ

発行者　坂本政謙

発行所　株式会社　岩波書店
〒101-8002　東京都千代田区一ツ橋2-5-5
案内　03-5210-4000　営業部　03-5210-4111
文庫編集部　03-5210-4051
https://www.iwanami.co.jp/

印刷・三陽社　カバー・精興社　製本・中永製本

ISBN 978-4-00-381281-5　　Printed in Japan

読書子に寄す

――岩波文庫発刊に際して――

岩波茂雄

真理は万人によって求められることを自ら欲し、芸術は万人によって愛されることを自ら望む。かつては民を愚昧ならしめるために学芸が最も狭き堂宇に閉鎖されたことがあった。今や知識と美とを特権階級の独占より奪い返すことはつねに進取的なる民衆の切実なる要求である。岩波文庫はこの要求に応じそれに励まされて生まれた。それは生命ある不朽の書を少数者の書斎と研究室とより解放して街頭にくまなく立たしめ民衆に伍せしめるであろう。近時大量生産予約出版の流行を見る。その広告宣伝の狂態はしばらくおくも、後代にのこすと誇称する全集がその編集に万全の用意をなしたるか。千古の典籍の翻訳企図に敬虔の態度を欠かざりしか。さらに分売を許さず読者を繫縛して数十冊を強うるがごとき、はたしてその揚言する学芸解放のゆえんなりや。吾人は天下の名士の声に和してこれを推挙するに躊躇するものである。このときにあたって、岩波書店は自己の責務のいよいよ重大なるを思い、従来の方針の徹底を期するため、すでに十数年以前より志して来た計画を慎重審議この際断然実行することにした。吾人は範をかのレクラム文庫にとり、古今東西にわたって文芸・哲学・社会科学・自然科学等種類のいかんを問わず、いやしくも万人の必読すべき真に古典的価値ある書をきわめて簡易なる形式において逐次刊行し、あらゆる人間に須要なる生活向上の資料、生活批判の原理を提供せんと欲する。この文庫は予約出版の方法を排したるがゆえに、読者は自己の欲する時に自己の欲する書物を各個に自由に選択することができる。携帯に便にして価格の低きを最主とするがゆえに、外観を顧みざるも内容に至っては厳選最も力を尽くし、従来の岩波出版物の特色をますます発揮せしめようとする。この計画たるや世間の一時の投機的なるものと異なり、永遠の事業として吾人は微力を傾倒し、あらゆる犠牲を忍んで今後永久に継続発展せしめ、もって文庫の使命を遺憾なく果たさしめることを期する。芸術を愛し知識を求むる士の自ら進んでこの挙に参加し、希望と忠言とを寄せられることは吾人の熱望するところである。その性質上経済的には最も困難多きこの事業にあえて当たらんとする吾人の志を諒として、その達成のため世の読書子とのうるわしき共同を期待する。

昭和二年七月

《日本文学（古典）》〔黄〕

古事記　倉野憲司校注
日本書紀　全五冊　坂本太郎・家永三郎・井上光貞・大野晋校注
万葉集　全五冊　佐竹昭広・山田英雄・工藤力男・大谷雅夫・山崎福之校注
原文万葉集　全二冊　佐竹昭広・山田英雄・工藤力男・大谷雅夫・山崎福之校注
竹取物語　阪倉篤義校訂
伊勢物語　大津有一校注
玉造小町子壮衰書　―小野小町物語　杤尾武校注
古今和歌集　佐伯梅友校注
土左日記　紀貫之　鈴木知太郎校注
源氏物語　全九冊　柳井滋・室伏信助・大朝雄二・鈴木日出男・藤井貞和・今西祐一郎校注
源氏物語補作　山路の露・雲隠六帖　他二篇　今西祐一郎編注
枕草子　池田亀鑑校訂
更級日記　西下経一校注
今昔物語集　全四冊　池上洵一編
西行全歌集　久保田淳・吉野朋美校注
建礼門院右京大夫集　付 平家公達草紙　久松潜一・久保田淳校注

後拾遺和歌集　久保田淳・平田喜信校注
詞花和歌集　工藤重矩校注
古語拾遺　斎部広成撰　西宮一民校注
王朝漢詩選　小島憲之編
新訂方丈記　市古貞次校注
新訂新古今和歌集　佐佐木信綱校訂
新訂徒然草　西尾実・安良岡康作校注
平家物語　全四冊　梶原正昭・山下宏明校注
神皇正統記　北畠親房　岩佐正校注
御伽草子　全二冊　市古貞次校注
王朝秀歌選　樋口芳麻呂校注
定家八代抄　―続王朝秀歌選　全二冊　樋口芳麻呂・後藤重郎校注
閑吟集　真鍋昌弘校注
中世なぞなぞ集　鈴木棠三編
謡曲選集　読む能の本　野上豊一郎編
東関紀行・海道記　玉井幸助校訂
おもろさうし　外間守善校注

太平記　全六冊　兵藤裕己校注
好色五人女　井原西鶴　東明雅校註
武道伝来記　井原西鶴　横山重・前田金五郎校注
西鶴文反古　井原西鶴　片岡良一校訂
芭蕉紀行文集　付 嵯峨日記　中村俊定校注
芭蕉おくのほそ道　付 曾良旅日記・奥細道菅菰抄　萩原恭男校注
芭蕉俳句集　中村俊定校注
芭蕉連句集　中村俊定・萩原恭男校注
芭蕉書簡集　萩原恭男校注
芭蕉文集　潁原退蔵編註
芭蕉俳文集　全二冊　堀切実編注
芭蕉自筆奥の細道　上野洋三・櫻井武次郎校注
蕪村俳句集　付 春風馬堤曲 他二篇　尾形仂校注
蕪村七部集　伊藤松宇校訂
蕪村文集　藤田真一編注
折たく柴の記　新井白石　松村明校注
近世畸人伝　伴蒿蹊　森銑三校註

雨月物語　上田秋成／長島弘明校注
宇下人言　修行録　松平定信／松平定光校訂
新訂 一茶俳句集　丸山一彦校注
増補 俳諧歳時記栞草　全二冊　曲亭馬琴編／藍亭青藍補／堀切実校注
北越雪譜　鈴木牧之編撰／京山人百樹刪定／岡田武松校訂
東海道中膝栗毛　全二冊　十返舎一九／麻生磯次校注
浮世床　式亭三馬／和田万吉校訂
梅暦　全二冊　為永春水／古川久校訂
百人一首一夕話　全二冊　尾崎雅嘉／古川久校訂
日本民謡集　町田嘉章／浅野建二編
芭蕉臨終記 花屋日記　付 芭蕉翁終焉記・前後日記・行状記　小宮豊隆校訂
醒睡笑　全二冊　安楽庵策伝／鈴木棠三校注
歌舞伎十八番の内 勧進帳　郡司正勝校注
江戸怪談集　全三冊　高田衛編・校注
柳多留名句選　山澤英雄選／粕谷宏紀校注
松蔭日記　上野洋三校注
鬼貫句選・独ごと　復本一郎校注

井月句集　復本一郎編
花見車・元禄百人一句　雲英末雄／佐藤勝明校注
江戸漢詩選　全二冊　揖斐高編訳

岩波文庫の最新刊

マックス・ウェーバー著／野口雅弘訳

支配について

I 官僚制・家産制・封建制

支配の諸構造を経済との関連で論じたテクスト群。『支配の社会学』として知られてきた部分を全集版より訳出。詳細な訳註や用語解説を付す。（全二冊）

〔白二一〇-一〕 定価一五七三円

網野善彦著

中世荘園の様相

動乱の時代、狭い谷あいに数百年続いた小さな荘園、若狭国太良荘。「名もしれぬ人々」が積み重ねた壮大な歴史を克明に描く、著者の研究の原点。（解説＝清水克行）

〔青N四〇二-一〕 定価一三五三円

J・L・ボルヘス作／内田兆史・鼓直訳

シェイクスピアの記憶

分身、夢、不死、記憶、神の遍在といったテーマが作品間で響き合う、巨匠ボルヘス最後の短篇集。精緻で広大、深遠で清澄な、磨きぬかれた四つの珠玉。

〔赤七九二-一〇〕 定価六九三円

ヘルダー著／嶋田洋一郎訳

人類歴史哲学考(二)

第二部の第六～九巻を収録。諸大陸の様々な気候帯と民族文化の関連を俯瞰し、人間に内在する有機的力を軸に、知性や幸福について論じる。（全五冊）

〔青N六〇八-二〕 定価一二七六円

今月の重版再開

有島武郎作

カインの末裔 クララの出家

定価五七二円

〔緑三六-四〕

プルタルコス著／柳沼重剛訳

似て非なる友について 他三篇

定価一〇七八円

〔青六六四-四〕